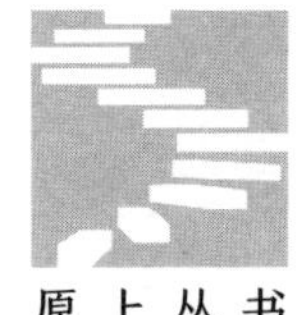

原上丛书

李　浩　郝建国　主编

N种爱情

卢一萍——著

扫码听书

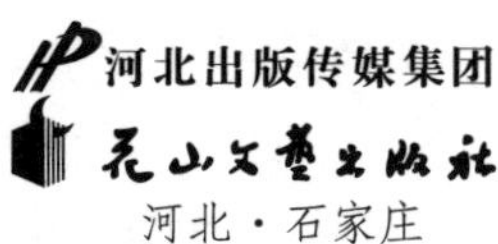

河北·石家庄

图书在版编目（CIP）数据

N种爱情 / 卢一萍著. -- 石家庄 ： 花山文艺出版社，2023.9

（原上丛书 / 李浩，郝建国主编）

ISBN 978-7-5511-6534-1

Ⅰ. ①N… Ⅱ. ①卢… Ⅲ. ①中篇小说一小说集一中国一当代②短篇小说一小说集一中国一当代 Ⅳ. ①I247.7

中国国家版本馆CIP数据核字(2023)第017567号

丛 书 名：原上丛书
主　　编：李 浩 郝建国
书　　名：N种爱情
N Zhong Aiqing
著　　者：卢一萍

选题策划：丁 伟
统　　筹：李 爽
责任编辑：刘燕军
责任校对：李 伟
装帧设计：陈 淼
美术编辑：胡彤亮
出版发行：花山文艺出版社（邮政编码：050061）
（河北省石家庄市友谊北大街330号）
销售热线：0311-88643299/96/17
印　　刷：河北新华第一印刷有限责任公司
经　　销：新华书店
开　　本：880 毫米×1230 毫米 1/32
印　　张：11.25
字　　数：225千字
版　　次：2023年9月第1版
2023年9月第1次印刷
书　　号：ISBN 978-7-5511-6534-1
定　　价：73.00元

序：筑起属于自己的“山峰”

李　浩

一

编撰一套反映当下中国小说创作实绩、展示中青年作家艺术品格和前行势头的系列丛书，一直是花山文艺出版社郝建国社长和我的共同心愿。应当说他的意愿可能更强烈、更紧迫，也更“成熟”一些，因为早在两年前他就开始策划组织“诗人散文丛书”的出版，至今已经进行到第四季，积累了丰富的经验。在经历多轮交流、碰撞和相互说服之后，便有了这套“原上丛书”。

之所以名为“原上”，一是基于我们不断谈及的中国当代文学“有高原无高峰”的共识性判断。必须承认，经历数十年的吸纳、丰富、转变和探索，时下的中国当代文学（尤其是当代小说）呈现了一定的甚至可以说几乎普遍的“高原”态势，立足于本土、个人和时代经验，深谙东西方小说讲述的艺术策略，有着广博的文学视野和经久的文学阅读，并较好地融合萃取变成个人的独特，呈现出不同的“中国故事”可贵面影。这一努力和前行，是我们绝不能忽略和无视的！然而，我们也需要承认，我们当下的写作还有诸多的匮乏和不足，尤其表现于思想性、创新性、丰富性和锐利感上……我们编撰这样一套丛书，是为彰显、呵护已经呈现“高原”态势的中青年作家的创作实绩，认知和呈现他们的文学实力，同时也冀望借此加以“促进”，希望这些作家朋友能够不断向前，最终筑起属于自己的“山峰”。而定名为“原上”的第二个原因，则源于白居易“离离原上草，一岁一枯荣，野火烧不尽，春风吹又生”的著名诗句——它意味着（或者隐喻着）不竭的新生力量，不竭的“原上”的生长和文化根脉的深层延续……“原上丛书”，愿意为已经站在了高原的、相对年轻的“新生力量”提供可能的助力，为文学的真正发展和繁荣提供可能的助力。这，应当说是这些中青年作家所需要的，也是出版社和阅读者们所需要的。

二

立足于实力，立足于读者好评、业界好评和几乎可见的“创作前景”，立足于专业审读和专业评判——也就是说，我们这套“原上丛书”首先考量的是“实力”和“未来态势”，以现有创作的真实呈现为第一标准。作家的创作影响力在我们的统筹范围之内，但它或多或少属于“次要标准”，它提供参照值但不进入标准值。实力，以及我们的未来预期，在“原上丛书”中占有更大的比重，这是我们这些编撰者应当承认的。

基于此，我们甚至更愿意从那些潜心写作但或多或少被低估，荣耀的强光尚未照到身上的那些作家中“捞取”，让他们在这里获得可能的彰显与艺术尊重——这也是我们所要承认的。也正是基于这一个原因，在我们开始遴选作家的时候“不成文”地将已经获得鲁奖、茅奖的作家忽略在外。在我们第一辑十本的编辑过程中，作家刘建东、沈念获得了2022年的第八届鲁迅文学奖——这当然是我们尤其是作家本人的荣耀，但我们和编辑团队愿意再次强调：我们在约稿和编辑丛书的过程中，他们尚未获奖，我们的选择标准是并会一直是实力和创作前景……事实上，我们也大约有理由相信，入选“原上丛书”的诸多作家或许会在今后的某一时段再有大奖斩获，或者成为具有标志意义的文学名家——这，也是我们所更愿意见到的。在接下来的遴选和编辑过程中，我们还会将这个“不成文”继续下去。

全国性，是我们这套丛书的又一立足，我们愿意将整个中国有实力的中青年作家放在一起打量，并使用同一标尺。我们当然愿意它能有一个丰富性、多样性和多层面的展示，但它们大约依然是参照值而不是标准值。花山文艺出版社隶属于河北出版传媒集团，具有地域性，但在这套丛书的遴选中我们首先排拒的就是地域性。同样是“不成文”的规定，我们会对河北籍的、现在河北生活的作家秉持更多苛刻，如果是同等条件，“被遗憾”的一定是河北作家；在第一辑包括之后的第二辑、第三辑……每辑中至多有一本是河北作家的。这个“不成文”也将是我们坚持的固执原则。

三

第一辑入选的作家是刘建东、李凤群、林那北、哲贵、沈念、王芸、和晓梅、卢一萍、郑小驴、文清丽（排名不分先后）。他们是当下文坛极为活跃、极有实力并且部分地获得着关注的中青年作家，而我们更看重的是在他们身上所能体现出的创新意识和前行态势，包括他们对于时代、生活、个人人性的有效挖掘。他们的写作，真的是在为我们提供着来自生活和文学的双重丰富。

在我看来，林那北的小说更具“东方”质地，娓娓道来，不疾不徐，语言上有一种清浅的音乐性，而在故事上也有那种“东方”式的轻和淡，仿佛不着力地推进着，而阅读者则在不知不觉中沉入她预设的涡流。她有一双敏锐之眼，这份敏锐中包含了清晰的看透，和小小的但入骨的“毒”。她熟谙生活和生活细微，极易从具有幽暗感的褶皱中做出发现。相对之前的写作，林那北的《燕式平衡》似乎更从容，社会生活的流变、个人的境遇与处境、人性的多重复杂一直是林那北所关注的，在这里，她呈现了更让人感吁、会心和由衷赞叹的文学发挥。我觉得，林那北的小说耐读，经得起重读，而在重读的过程中可能获益更多。

而在王芸的小说中加重的则是情感的力量——所以阅读她的小说，时时会有“胸口受到了重重一击”的那种情感强力，而这强力来得那么真实真诚，毫无矫饰。可以说，王芸的小说已形成她极有特质性的东西，极有“个人标识”。我认为这种标识性就是：从小事儿和微点开始，角度较小甚至是极小，然而撬开的是一个具有普世性的共有议题；故事上往往不那么用力，但涡流感重，会让人在品啜的过程中被缓缓吸入，难以自禁自拔；大量留白，会调动阅读者不断地为文本填充，在情感和智力两方面……它是那种可以引发思忖、耐人寻味的小说。在这本《请叫她天鹅》中同样如此，它聚焦生活和人性的复杂世相，探触心灵深处、生活褶皱处的幽微细部，展现一个个普通生命内在的柔软与坚硬、紧张与松弛、平和与挣扎、痛楚与欢欣、无奈与向往、绝望与执拗，在生活剧变和断裂处映现出“人”的力量。

《无法完成的画像》，具有强烈的先锋感和现代意识，同时又具有扎实沉厚的现实积累，不回避生活、生命的种种困囿和艰难，又能将困囿和艰难“熬”成诗——一直以来，我都认为刘建东的中短篇小说（尤其短篇）属于“教科书”级的，在语言上、故事结构能力上、意蕴营造和留白点的设置上，无一不见微妙与精心，就像我在“小说创作学”课上反复要讲的胡安·鲁尔福或加·加西亚·马尔克斯。这本小说集兼有现代主义创作倾向和现实主义创作倾向，而我看重的是它的融合力量，那种将两种或多种不同向度的力量完美融合并构成合力的力量。这，也是我这样的写作者试图从中汲取的。

埃柯谈到，有两类人属于“天生的作家”，一类是农民，一类是水手。将哲贵看作是“农民”型的作家大抵是合适的，因为他对地方生活的了如指掌，因为他比那些观光游客更知道、更了解这一地域的生活内部，更能体味在这一地域生活的人们的精神真实和情感真实，他在那条被称为“信河街”的地方打出了一口深邃的、不断能反射出生存实态的井。较之一般小说，《信河街别录》可能更具有地方志和民俗学价值，当然它更值得言说的还是文学价值、思考价值，那种对人生、人性和独特环境中生存的思考和追问。同时我也愿意承认，哲贵的故事能力也是我所极为欣赏的，他能将一般人无话可说之处写得风生水起，让读者感到津津有味，也能将激烈和回旋有意地半遮起来，让我们通过猜度和想象将其充满。

“80后”作家郑小驴的写作则呈现了另外一种“异质”和独特面目，他尖锐、锋利、直面现实，有一种“少年老成”的技术熟练和“坚决不肯老成”的青春冲力……在他身上和他的写作中，我能看见时下写作普遍匮乏的“巴库斯”式的原始冒险。必须说，这是一股可贵的力量，尽管它有时会引发我们的小小不适，就像我们第一次面对罗伯－格里耶的《去年在马里安巴》、让·热内的《鲜花圣母》或贝克特的《马龙之死》那样。郑小驴关注的或者说更为关注的是我们生活中的“另一潜流”，是某种有意回避和视而不见——恰因如此，郑小驴小说写作的价值感也变得更为显豁，它让我们不断地、不断地思忖：这，也是一种生活？非如此不可？有没有更好的可能，如果我是二告或者立夏，如果我是杜怀民，如果我是……我该如何选择？对于小说来说，它应当提供的是“可能”而不是解决之道，解决之道是我们在读完小说之后“自我完成”的部分，小说相信并始终相信阅读者会有自己的独立判断。

当我们在谈论爱情的时候我们是在……这是一句反复被运用已经用得过于俗滥的用语，但我还是选择用它，因为它本身包含的隐喻性质。当我们在谈论爱情的时候，我们的确很少关注于爱情本身，而是关注隐匿于它的背后和深处的那些内容，譬如欲念和释放，譬如权力意志，譬如暗在的交换和平衡，譬如操控性和……事实上，仔细回想一下，我们谈论爱情的概率越来越少了，而集中地、专注地谈论爱情的概率则更少——因此，卢一萍的《N种爱情》在提交到我们手上的时候就让我眼前一亮，竟有小小的心动。与我预想的不同，与我这个身处东部城市的写作者预想的不同，卢一萍的《N种爱情》多数与我从哲学、社会学、心理学和惯常小说呈现中得出的“预设”不同，它的里面包含着真正的爱情之美与人性之美，包含着安宁、博大、舍身的投入和为爱的“不顾一切”。曾在边疆当兵并深深融入边疆生活的卢一萍，在他的写作中呈现的是那片大地上“人类最初的爱情的战栗”，它是一种久违，一种真实，同时也是一种怀念。我甚至愿意感谢卢一萍的这一提供，它让我的内心百感交集，暗生涡流。

在本辑丛书的编辑过程中，数位编辑都对完全陌生的和晓梅的小说赞不绝口，他们完全陌生于这个名字，但又对她在小说中上佳的艺术呈现感慨万千。身处云南的纳西族作家和晓梅，属于那种只会潜心写作、“与世无争”地致力于将自己的小说写好的写作者，像她这样一直深潜于自我的文学世界而不事张扬的作家还有不少，譬如本辑中的其他一些作家，又譬如与我有过一些交集的东君、戴冰、李约热，等等。在我们时下（也包括之后）的“原上丛书”的组稿中，我们愿意更多地关注那些具有实力和未来可能的沉潜着的小说家们，可以说这也是我们的初衷。收录于《漂流瓶》中的小说均为中篇，和晓梅在她最为擅长的篇幅空间内纵横施展，建构成一个或多个有着复杂意味的交互世界。与刘建东的小说质地相似，和晓梅小说的现代感充沛丰盈，其故事结构往往也不是单一线性而是采取复调叙事多线并织，并使其铆合于统一的叙事点上，其技艺的精熟和细节控制力让人叫绝。更重要的是，和晓梅始终将小说看作“探索存在的密钥”，她的所有技艺呈现都精心围绕于小说的智识和追问，深入而深刻——在这里我愿意再次重复列夫·托尔斯泰文学标准中的第一条：小说追问的问题越深，越对生活有意义，它的格就越高。毫无疑问，和晓梅的小说处在一个高格之中，它是勘探，是言说，是审视与思忖。

许多时候我们会把沈念归为“散文作家”，就像我们有些时候会把史铁生、宁肯、刘亮程、周晓枫看作“散文家”一样，他们在散文写作中的影响力远大于在小说中的影响力，但这绝不意味他们的小说写得不好，达不到高标。《八分之一冰山》会让我们轻易地想起海明威的“冰山理论”，也会让我们在开始阅读之前就暗自认定，这本小说集将会在“未说”和“未尽”之处有更多经营——事实上也的确如此，我在沈念小说的“空白处”读出的其实更多。这本小说集，聚焦于平常人生，聚集于平常生活中的个人遭际与精神困境，充满着追问、反诘和更多体谅，叙事冷峻而又不失温情。在本辑十本书中，沈念的《八分之一冰山》大约是最具知识分子气息的一本，这一独特足以让它显得别样。它，在表层有种“隔着玻璃看世界”的距离和淡然，然而在再次的阅读中，我读到的却是骨肉相连的体恤，以及经久不散的“耐人寻味”。

弗兰兹·卡夫卡为何要让格里高尔·萨姆沙变形？就以现实主义的方式讲述一个推销员的故事不可以吗？当然可以。只是，它的强度就可能变弱，极端感就会变弱，故事的张力和阅读者被调动起的思考敏锐就会变弱。我们知道文似看山不喜平。我们知道，小说的故事性诉求和思想性诉求，都需要小说家们在不失合理性的前提下努力“推向极端”，其原本纤微的、隐藏的、不那么呈现的部分才会得到有效彰显。在现实主义题材的小说中，因为身份和条件的特殊，军人和军事文学最容易在日常化的场景中建构起“极端”，呈现出强烈的故事性和戏剧冲突。“善假于物”的文清丽在她的《撩人春色是今

年》中充分地利用着这一点，以现实的、回忆的、追怀的方式强化和突出故事主人公们的军人身份，以及他们的经历种种……尤其巧妙和独有匠心的是，文清丽在这本小说集中建立了具有象征的“军营”和同样具有象征的“昆曲”两个舞台，一武一文，一雄悍一温婉——其中的自然张力被她有效调动，魅力十足。就我有限的阅读而言，我们的军事文学写作很容易指令性地完成单一向度，其丰沛性、多义性和动人性时有不足，而文清丽在《撩人春色是今年》中的尝试无疑为我们提供了某种启示性参照。

注意到李凤群的写作应当是很晚近的事情，几位我熟悉的作家、编辑朋友向我推荐李凤群，甚至希望我能为李凤群的文字写点儿什么。我是从长篇小说《大野》开始认真关注起李凤群的，我觉得她有良好的艺术感觉，更重要的是她有一颗真诚的心，小说中诸多的人与物都连接着她的肋骨，她体恤他们、理解他们，甚至与他们共用同一条血管。对了，在强调小说的思想性（小说对生活越重要，小说的品格越高）、艺术性（与小说的内容相匹配的外在之美）之后，列夫·托尔斯泰的第三条文学标准是真诚，是作家对他所创造的一切的理解和信。在李凤群的小说中，包括这本《天鹅》中，那种真切的理解和信始终存在着，也使她写下的故事并不单纯是“一个故事”，而更多的是一种有共感的情绪，一种有共感的思考，一种具有普遍性的精神面对。从某种意味上，李凤群的小说可算作是“体验式文学”的那类创作，她更重视小说中的具体体验感和精神波动——尽管，这里面写下的或许是“他者”故事。

四

十位作家，从性别上来说，五男五女——这并非是我们的有意为之，只是在反复不断的约稿过程中机缘巧合地呈现，它不是我们的考虑因素，在第二辑及以后各辑约稿过程中，我们依然不会将它看作遴选要素。

十位作家，其身份、工作单位和生活区域各有不同：有军人、教师、编辑、作协领导和事业单位工作人员，也有自由职业者；有的生活于大中城市也有的生活于边远城市；有汉族也有少数民族……它同样不是我们所看重的遴选要素，我们要的只有“实力”和“未来态势”——而我们之所以梳理了这些不在遴选要素范围之内的点，是因为它在机缘巧合中呈现了我们试图达到和获取的“丰富”。这是我们极为看重的。希望我们遴选的作家都具有强烈的个人面目，都在以自我的方式开掘自我的精神富矿，当我们将这些作品呈现于大家面前的时候你能够感觉它们的“独树一帜”……罗素说，参差多态是人类的幸福本源——就文学作品的阅读来说，确是如此，我们甚至不愿意在同一作家的不同作品中读到不经思虑的重复，求新求异是我们阅读中的心理本能。在这里，我们强调作家们在身份、工作、生活区域和性别上的不同，更多地，是意识到

"童年记忆、生活环境和未知因素X"对作家写作的影响确有它的显见和内在微妙，这应是我们需要重视与反思的另外一隅。

他们在高原之上，他们具有代表性和独特性，他们和他们的写作，值得被关注。

是为序。

2022年11月于石家庄

自　　序

《N 种爱情》是我所写的与爱情相关的小说的第一次结集。也是这个原因，使这本小说集成了“爱情”主题的新书，使选入其中的小说也如人世间的爱情一样，使原本独立、陌生的彼此因为爱而相互亲近、融合，彼此辉映，成为一体，并两情相续，生生不息，从而焕发出了爱的力量和别样的美感。

《N 种爱情》选辑了我创作的八篇爱情小说，其中中篇、短篇各四。这些故事或发生于帕米尔高原的冰山雪岭之间，或诞生于塔克拉玛干沙漠的长天烈日之下，或流传于大巴山蔚蓝色群山的深处，都有一个宏大壮阔的时代和地理背景。在这个壮阔场域的烘托下，我力求在人物情感的描摹上做到细腻感人，其中有塔吉克族少女冰清玉洁般的初恋，有青年军官缠绵深刻的爱情，有进疆女兵在特殊年代的特殊情感，也有巴山儿女唱出的真挚的爱情之歌。我这样做，主要是想表现人在极端生存环境中所呈现出的爱情形态，最终还是想突现爱情之美，人性之美。

因为我曾在新疆生活二十余年，所以选入其中的小说因所发生时代和地域的非同一般，而与通常的爱情不同，不是花前月下、卿卿我我，而有一种酷烈的、异质的味道。我期望在这种味道里，掺入异域色彩和浓郁的边疆气息，给我所写的爱情故事带去一丝难得一见的殊异光亮。

其实，无论发生在什么地方的爱情，都有爱恨，有悲欢，有圆缺，有离合，其本质都是一样的，正如柏拉图在《会饮篇》中所说，所谓的爱情，就是人们对于寻找另一半、恢复完整的希冀和追求。所以，我希望笔下的爱情具有温情、安宁和博大的美，我也想给读者营造一个带有悲悯色彩的文学场域，让我们都能听到“那块土地上人类最初的爱情的战栗”。

2022 年 11 月 30 日，文殊院侧

目录

七年前那场赛马

一

马木提江的朋友卢克离开这里时，是塔合曼边防连的中尉军官，所以草原上的人都叫他卢中尉，马木提江也一直这么叫。他是马木提江见过的第一个在塔合曼草原能和得过金马鞍的塔吉克族骑手一决高下的汉族骑手。他走了七年了，草原上的人还会偶尔提起他。

卢克说他最近要回塔合曼草原来，马木提江早就在等着这一天了，马木提江想把七年前那件事情的真相告诉他。但现在，马木提江却不想让他来。萨娜和他的想法一样——卢克曾爱过萨娜，也许现在心里还爱着，但因为他在那场赛马中输掉了，萨娜后来成了马木提江的妻子，成了卢克的妹妹。现在，他们三个人彼此爱着，像兄妹一样。马木提江的孩子们没有见过他，但孩子们知道他们有这么一个汉族舅舅。

卢克离开这里后，已有好几次说要回草原来看看，想和马木提江以及海拉吉大爷再赛一次马。他常常写信给马木提江，草原上闹雪灾那一年，他给马木提江和萨娜寄了一大笔钱来。他们也常常给卢克写信。但说的话都没有他说的好听，他们无非是告诉他，草原上谁死了，谁搬到城里去了；草原上有电灯了，可以看电视了，谁谁谁买摩托车了——人们叫它电毛驴；或者就是萨娜怀了孩子了，萨娜生了，萨娜又怀上孩子了，萨娜又生了……都是一些家长里短的琐事，不像他信里的那些话儿，读起来比鸟儿的叫声还要好听。他们虽然不是亲人，但比亲人还要牵肠挂肚。卢克说这里的羊肉好吃，马木提江就养了一只最肥的羊给他留着，前年那只羊已经老了，马木提江不得不把它卖掉。现在马木提江又给他养了一只年轻的羊。

马木提江之所以不想让他来，是因为草原上再也不赛马了，他不知道还有什么办法来满足卢克再赛一场马的愿望。现在，年轻人都喜欢飙车。但马木提江不能告诉他，他不能让卢克还没有踏进草原就感到失望。七年前，他离开这里到乌鲁木齐后，他们就再也没有见面了。马木提江和萨娜是多么想见到他啊！

萨娜几天前就把毡房收拾干净了，毡子和被褥都已被她拿到河里清洗过。孩子们不停地问马木提江，他们的汉族舅舅哪天来，他现在走到哪里了？

卢克当年骑的那匹叫烈火的军马已在去年退役，马木提江现在养着它。昨天中午，趁天气暖和，萨娜用温水把它洗刷干净了，她还给它梳理了鬃毛，使这匹老马看上去一下年轻了许多，皮毛闪着绸缎一样的光泽。

烈火退役的时候，北疆那个哈萨克马贩子又来了。他长着一个鹅卵石一样的大脑袋，有一张扁平的脸，红脸膛，宽额头，阔嘴巴，朝天鼻，没人记住他的名字，人们一直叫他“老狮子”。其实他才四十多岁。牧民每年快离开夏牧场的时候，他都会带着两个小眼睛的伙计，开着一辆“哐哐”响的大卡车，来到高原上，收购养肥了的老马和公马，贩到高原下杀了做熏马肉。哨卡里退役的军马也大多是被他买走的。烈火是马木提江硬从老狮子手上买过来的。

马木提江现在还记得当时的情景。他听哨卡的军官对他说过，烈火这两年就要退役了，所以他一直惦记着它。他那天刚从夏牧场迁到冬牧场，帐篷还没有搭起来，连队那个放马的维吾尔族战士买买提就骑着一匹枣红马赶过来了。他说他到处找马木提江，说老狮子要把烈火买去做熏马肉，哨卡的战士都舍不得，但也没有办法，他想让马木提江把烈火买下来。马木提江一听就急了，赶紧骑马跑到哨卡。他勒住马缰的时候，又高又壮的老狮子和他的伙计已把烈火赶到了卡车上，正准备离开。

烈火像受了侮辱似的，在车上徒劳地又咬又踢。

马木提江跳下马背，把车拦住，对老狮子抚胸施礼后，说，朋友，差不多有一年没有见到你了。

老狮子把鹅卵石一样的大脑袋从车窗里伸出来，用闷雷似的声音说，这不是我的朋友马木提江吗？你是不是有马要卖啊？

马木提江说，我没有马卖给你，我想请你把你刚赶上车的那匹红马卖给我。

为什么啊？

那是一匹好马。

老狮子哈哈大笑起来，笑得路边干河床上的石头直蹦跶，车上的马也惊慌地哀鸣起来。他笑完后，从驾驶室里挤出熊一样的躯体，说，我十几岁就跟我爹贩马，我看到的马都是带着烟火味儿的、香喷喷的熏马肉。

我想把烈火买来骑，你多少钱买的，我把钱给你。

朋友，你难道没有看到我已经把它装上车了吗？我这一车不装满，从这里到喀什噶尔再到乌鲁木齐要浪费多少汽油啊！

那你出个价。马木提江仍然拦着他，变软了口气，说，那匹好马的名字叫烈火，它原来的主人是我的好朋友，在赛马时它为它的主人夺得过一副银马鞍，现在它老了，我实在不忍心让这么好的一匹马去做熏马肉，所以我要买下它。

老狮子听马木提江这么说，就说，我们哈萨克人也是喜欢骏马的，你既然这么说，我就答应转卖给你，我买的时候是两千五百块钱，我现在得增加三百块钱了。

能救下烈火，马木提江当即答应了。它从此就成了马木提江家的马。当马木提江把它赶到他家马厩的时候，真的很高兴。他第二天就到乡上的商店里给卢克打电话，把这件事告诉了他。卢克在电话那头哭了。

马木提江想到这里，又往公路上望了一眼。每一辆汽车从公路上驶过时，都会把他的目光扯过去。但萨娜的眼睛却只盯着手里的活儿，好像早就把卢克忘掉了。

二

萨娜知道卢克这么多年不回来，就是要等到他能把她真的当作妹妹的时候。他已经花了七年时间做这件事情，而萨娜也一样。把一个自己最爱的男人变成哥哥很难，她只有恳求时间来帮忙了。草原上的人很少感觉到时间这个东西，它对牧人的用处只有一个：那就是让他们的孩子慢慢长大，让他们自己快快变老。但这七年，萨娜感觉到了它每一天中每一秒的存在。咔，咔，咔，每一秒钟走过的声音都那么清晰。有时急，有时慢。急的时候，无数个声音成了一个声响，像炸雷一样可以惊动世上万物；慢的时候，那声音拉得很长，像萨娜唱歌时拖的一个尾音。

马木提江和卢克都爱萨娜，所以萨娜是个幸运的女人。但萨娜只能嫁给其中的一个。用赛马来决定，是两个男人自己商量的。他们本来就是好朋友。他们同时想到了草原上这个古老的办法。

人们都说那是草原上最精彩的一次赛马。他们几乎同时抵达终点。他们的距离只有一个马头那么远，就那么一点儿距离，对萨娜来说，却是两个人生。但那个距离是必须的，他们不能同时抵达。爱可以一起往前走，但肯定有一个人不会有目的地。他们两个人中，注定有一个人要在路上做一个爱情的流浪汉。

萨娜只能默默地看着卢克离开这里，目送他越走越远，当他消失在达坂另一边的时候，萨娜流着泪叫了一声哥哥，就伏在马鞍上，当着那么多人的面哭了起来。因为萨娜在那个时刻意识到，她这一辈子恐怕再也见不到他了。

萨娜做着手里的事。她知道班车什么时候到。她也想往马路上望，但她是个女人，她不能那么做。她只能偶尔装作不经意地瞟一眼班车开过来的方向。

她和卢克在那场赛马之前就认识了。他那时还不是军官，而是克克吐鲁克边防连前哨班的班长，萨娜家的夏牧场就在哨卡附近。

萨娜初中毕业后，就回到了夏牧场帮爸爸放羊。她那年十四岁。她不想再坐在教室里，连做梦都想着披着白雪的慕士塔格雪山和清凉的夏牧场。离开学校后，她如愿以偿地做起牧羊女，骑着马，指挥着牧羊犬，在四周都有雪山的夏牧场放牧家中的七十多只绵羊、十二头牦牛、三峰骆驼和七匹马。前哨班在高高的达坂上，站在那里，可以摸到柔软的白云。

萨娜每天都看见他骑着马，全副武装地带着几名战士沿着边界线巡逻。他有一张黑红而文气的脸，他骑在马上的时候，看起来很轻盈。他巡逻回来后，总穿着皮大衣坐在哨卡右侧的大石头旁边看书。那块石头长满了铁锈色的苔藓，像一幅画。那里氧气很少，很多汉族人来到这里后，都会头疼，没想他还能看书。萨娜有时候骑在马上，可以呆呆地看他半天。她老想着他，想知道他来自哪里，他的家离这里有多远，他想不想念自己的爸爸妈妈，他以后会去做什么，在他的老家，有没有一个姑娘爱着他；她还想知道他看的都是什么书，书里有什么有趣的知识。她有好几次忍不住想跑到他身边去，但这样的想法让她脸红心跳，她当时并不清楚那是为什么。但只要这样一想，她的脸就会腾地红起来，心中像有一群狐狸在乱跑。

萨娜希望每天都看到他。她总在哨卡周围放牧，周围的牧草都被牛羊啃光了，到最后，牛羊啃上一天草，连肚子都填不饱。这让她爸爸感到很奇怪，他问自己的女儿，草场那么大，你为什么只让牲口在那一小块地方吃草呢？萨娜的脸一下红了，但她没法儿告诉爸爸。她爸爸还说，如果都像她这样放牧，牛羊怎么能够长膘呢。没有办法，萨娜只好把牛羊赶到离哨卡远一点儿的地方去。

有一次，萨娜一个人跟在羊群后面，望着蓝得扎眼的天空，感到天地空得让人难受，就唱起了当地的一首民歌——

塔合曼草原的姑娘长大了，
她的心儿飞走了。
她要寻找一个小伙子，
但没人知道他会在哪里。

她刚唱到这里，就有人把她的歌声接了过去——

雄鹰高飞在蓝天上，

雪莲花盛开在冰雪里，
姑娘啊，你要找的意中人，
肯定和烈马在一起。

萨娜一听就知道，那个唱歌的人是个汉族人，因为他是用塔吉克语唱的，他的歌声里有一股很特别的汉族人说话的腔调。循着歌声望过去，萨娜瞪大了眼睛，她不敢相信卢克正骑着军马向她走来！

卢克离萨娜还有一段距离。他身后的雪山和天上的云一样白，反射着太阳的光，雪山下的岩石是褐色的，或深或浅的牧草从褐色岩石的边缘铺下来，沿着他走的路，越过那条发亮的小河，一直铺到她站立的山冈上。这使他显得很小，他骑在马上，像一个奇怪的小动物在不慌不忙地向前移动。他的声音就是从那么远的地方传过来的。萨娜是第一次听到他的声音。她没有想到的是，他会说塔吉克语。她觉得她的心在那一刻跳得特别快，她感到自己像要晕过去，要从马背上滚下去。

卢克从前哨班回连队必须经过这个山冈。他穿着迷彩服，一边走一边往萨娜所在的地方望。他走着走着，提了一下缰绳，他的马小跑了起来，他胯下那匹马真黑，像一团墨。萨娜慌忙整理了一下自己的衣服，她后悔自己今天没有把最漂亮的衣服穿上。他的脸越来越清楚。他的脸和高原上的塔吉克男人一样，像铁一样黑亮。他老远就向她笑着，他的牙齿很白。他在山冈下勒住黑马，用塔吉克语对她说，小姑娘，你的歌唱得太好了。

萨娜见他用长辈一样的口气跟她说话，有些愤愤不平。因为萨娜知道，这前哨班里的兵，也不过就是十八九岁的男孩子，比她大不了几岁。萨娜用汉语说，你唱得也不错，这首歌塔吉克人已唱了几千年，但我还是第一次听一个汉族人用塔吉克语唱它。

我的塔吉克语是跟我们连队的翻译学的，就会一些很简单的对话，你刚才唱的那首歌，我们连队的翻译刚好教我唱过。唉，我发现你的汉话也说得挺好的。

我在学校学过，天天在这里放羊，没人说话，有些话已经不会说了。

你为什么不上学呢？

我不想上学了，但我喜欢读书，我认识很多汉字，我还可以看汉文书呢。

嗯，不错嘛小姑娘，骑在马上，可以一边放羊一边看书，这可是件挺美的事儿啊。

我看见你总坐在哨卡旁的那块石头上看书，你读的是什么好看的书啊？你能把你看的书借给我看看吗？

好看的书很多，我可以把我看过的书送给你。

好啊！你说的是真的吗？

我回连队去拿点儿东西，马上就回前哨班，到时顺带把书带给你。他说完后，打马要走，走了几步，又回过头来说，哦，小姑娘，能不能告诉我，你叫什么名字呢？

他又叫了一声小姑娘，真可恶！萨娜在心里说完，噘起嘴挺不情愿地对他说，我叫萨娜。

萨——娜——他把这个名字在嘴里念了一遍，点点头说，嗯，这个名字很好听。

你以后不许叫我小姑娘，你必须叫我的名字。萨娜很认真地对他说。

他笑着答应了，然后说，我的名字叫卢克。说完，黑马就驮着他飞快地跑远了。

萨娜记住了这个名字。她哪儿也不去，就站在那个山冈上等他。她记得很清楚，有一个瞬间，她觉得自己比脚下一棵刚刚钻出地面的草还要微小，但又觉得整个高原和高原以外的地方——包括天空——都在她的周围运转。她是一个微小的中心，一个璀璨得像宝石一样的中心。

三

卢克从军校毕业后，回到了帕米尔高原，被分配到塔合曼边防连当排长。他是在这里认识海拉吉和马木提江的。海拉吉那时已是个六十九岁的老人，马木提江还是个没有留髭须的尕小伙子。他们是在一次草原赛马会上认识的。

卢克记得当他跨上烈火时，看到一个留着一部泰戈尔式白胡子的老头骑着一匹并不起眼的黑马，一边用塔吉克语叫着“还有我海拉吉呢！还有我海拉吉呢”一边向骑手们跑来。

看到他那么大年纪还要赛马，卢克忍不住笑了起来。但其他骑手一听到他的声音，都把胸膛挺了起来，他看到每个人都用目光向海拉吉致敬。

挨着卢克的骑手才十七岁，高鼻深目，面色黑亮，骑着一匹本地产的白马，他用装出来的很老成的声音和卢克搭话，朋友，我叫马木提江，很高兴看到你和我们一起赛马，你会说塔吉克语吗？

卢克点点头，我叫卢克，刚分到塔合曼边防连当排长，这是我第一次参加草原赛马。

马木提江目光看着前面的草原，问他，你听说过海拉吉吗？

卢克看了一眼草原尽头的雪山，有些不以为然地说，在帕米尔高原，人们都说海拉吉是最好的骑手。我刚才看到他了，我是第一次见到他，他不过是个调皮的老头儿。他这么大一把年纪了还来赛马，非得把一把老骨头颠散不可。还有，你看他的马也是一匹老马。

马木提江保持着骑士般的风度，没有在意不知天高地厚的卢克对他崇敬的骑手的轻慢，说，我们塔吉克人只有发现自己不能骑着光背马飞奔时，才会承认自己老了，你看他还能参加赛马，怎能说他老了呢？

他玩弄着手上的马鞭，接着说，还有一点我不得不告诉你，一个好骑手是不依赖马的。

出于对长者的尊敬，卢克没有再说什么，只在心里说，赛马赛马，不依赖马怎么能叫赛马呢？马重不重要，等会儿跑下来就见分晓了。

当二十多匹各种颜色的骏马伴着烟尘嘶鸣着，像流星一样掠过草原的时候，欢呼声轰然响起，但又轰地被甩在了身后。在卢克眼里，雪山像一块突然向后撕扯开的白布，他仿佛能听见布匹被撕裂开后那种尖厉刺耳的声音。成百上千的观众骑着马在赛道两侧跟着飞奔，喊叫着，打着呼哨，为自己喜欢的骑手加油。金色的草原剧烈地震动着，像个充满生命力的巨大载体。前面五公里赛程骑手们几乎并驾齐驱，不分胜负，但没过多久，卢克的烈火就冲到了最前面。它冲破高原坚硬的风墙，四蹄好像没有沾地，他感觉它不是在奔跑，而是在飞翔。他们的血液在一起奔涌，他和自己的骏马已成为一个整体。它可以感觉到它撼人心魄的俊逸昂扬之姿。有一会儿，整个世界屏息静气。他知道人们都在惊叹；然后，声音轰然而起，人们都在赞美它——啊，看，火一样的天马！他听到了忽远忽近的雷鸣般的欢呼声。

十公里赛程眼看就要到终点了，这时，卢克感觉有一黑一白两匹马像黑白两面旗帜，从他的一侧唰地招展而过。他没想到还有比烈火跑得更快的马，他轻轻地磕了一下马腹，示意它超过他们。烈火立马就明白了，大概就几秒钟时间，它就超过了那匹白色闪电，然后又很快超过了那匹黑色闪电。离终点大概只有四五百米远的距离了，卢克心里充满了自豪感，他认为烈火必胜无疑，但转瞬之间，那黑白两匹闪电相继划破高原，到了他的前面。烈火马上意识到了，它的头和脖子几乎拉成了一条直线，恨不得变成一支利箭，把自己射向目的地，但那匹黑马已经冲过了终点。在最后的关头，马木提江的白马的马头也越过了终点，虽然仅有微毫之差，但烈火还是落后了。

当卢克勒住马缰，他不得不承认，马木提江刚才对他说过的话是对的。

马木提江向他祝贺，说，在这高原上，这么多年来，还没有一个汉人成为你这样厉害的骑手。

卢克说，如果我相信你刚才的话——好骑手是不依赖马的，我也许不会落后。

这话是骑了一辈子马的海拉吉大爷感悟出来的。草原上的赛马不仅仅是赛你胯下的骏马，也不是赛你这个骑手的骑术，而是在赛你和你的骏马是否一直是一个整体。人和马的力量要合而为一，这样，你才能一马当先。但我们常常只依靠马，也许有某个瞬间，你感觉人和马成为一体、血脉相通了，但只能是一个瞬间。这也是海拉吉告诉我的。他是赢得过三副雕花金马鞍的骑手，最主要的是，他赢得了草原上最美的姑娘阿曼莎那颗像花儿一样芳香的心。

四

从喀什噶尔开往高原的那趟班车从达坂后面冒了出来，车头上顶着正在偏西的太阳的反光，像照相机闪光灯那样很亮地闪了一下。萨娜的心也随着闪了一下，心里充满了奇特的亮光。

正在码牛粪饼的马木提江把一团牛粪啪地摔在牛粪堆上，一下跳起来，高兴地说，萨娜，班车来了，这个破班车今天走得太慢了！说完，就往公路上跑。

你看你高兴成那个样子！你一手的牛粪，快洗洗手！

没事，我抓一把土搓搓就行了！

孩子们也跟着他往公路跑去，叽叽喳喳的，像三只麻雀。马木提江把最小的孩子抱起来，让他骑在自己的头上。

萨娜把衣服抖了抖，把自己周身打量了一下，追上马木提江，问他，你看我穿这样的衣服去接他行吗？

马木提江笑了，故意逗她，又不是相亲，屋里有一面镜子，你自己去看。

你就是我的镜子。

你今天就是穿着乞丐的衣服也是最漂亮的。

那辆破旧的班车装着一车疲惫的人，穿过孤独的高原，孤零零地开过来。在慕士塔格雪山的映衬下，那辆车显得很小，像卢克寄给马木提江的孩子们的、玩旧了的玩具车。萨娜老远就看见卢克把头从车窗里伸出来，微笑着，向他们招手。班车拖着一道白色的烟尘，在路边停住了。有一个瞬间，他和卢克的微笑被烟尘淹没了。

萨娜的心在那个时刻跳得特别快，像有无数匹顽皮的马驹在里面奔跑。时间在那个时刻发挥了神奇的作用。它让那七年的时光消失了，只留下了一道浅浅的刻痕。恍然中，她看到的他不是坐在班车上，而是骑在烈火上，向她疾驰而来。她再也忍不住自己的眼泪，但她马上背过身去，把眼泪擦掉了。她要笑着来迎接他。

他从车门里走出来了，这里只有他一个人下车。他还是那个瘦高瘦高的样子，只是皮肤比过去白了，人也显得文气了好多。他先和马木提江拥抱，然后又和萨娜拥抱。她闻到了他身上那种城里人的气息。孩子们好奇而羞怯地望着他，他走到他们身边，伏下身子亲了他们脏兮兮的小脸蛋，说，快，快叫舅舅！他们叫了，于是，他在每张小脸上又亲了亲，亲得最小的孩子咯咯咯地笑起来。

这时，一阵马蹄声由远而近地响了起来，烈火从一个高岗上跑下来。卢克马上呼喊起来，烈火，烈火！

马木提江说，它迎接你来了，你看它跑得多美啊，跟当年一样。

烈火来到卢克跟前，嘶鸣了一声，前蹄腾空，在他面前来了一个漂亮的直立，然后才掉过头来用嘴蹭他。他一直忍住没有流下来的眼泪，在那个时刻再也忍不住了，他抱着它的头哭了。

卢克来到房子里，把箱子打开，像变魔术似的拿出了好多东西：他给马木提江和萨娜及孩子们每人买的新衣服，还有糖果、冰糖、茶叶、城市里的糕点，给孩子们买的玩具和童话书。孩子们看到那些玩具，马上争抢起来。他看着他们，教他们玩那些玩具，他一直开心地笑着。

五

马木提江昨天晚上没有睡好。他昨天晚上和卢克喝酒时就想把那件事情的真相告诉他。七年了，他一直想着那件事情。它压在他的心里，把他压得很难受。

他枕着自己的手，眼睛望着天窗外有三颗星星的一小块蓝布一样的夜空发呆。睡眠像马一样在眼前跑来跑去，但他就是睡不着。最后，这些睡眠真的变成了马，他眼前的有星星的夜空变成了宽广的草原。这些骏马从往事中跑过来，又跑到往事里去，就这样来回奔跑着。他感到很累。萨娜躺在马木提江的身边，她的三个孩子像三只小牧羊犬一样挨她躺着。春天刚来不久，晚上还很冷，怕冻坏那些小牲口，所以在房子的一角还挤着七只羊羔、两头牛犊、两匹马驹和一峰前天才出生的小骆驼。它们现在都很安静，像刚出生不久的孩子。它们一直要和主人居住到天气完全转暖为止，主人也会像照顾自己的孩子一样照顾这些可爱的小家伙。

卢克躺在灶台边——那是马木提江家房子最暖和最尊贵的地方，他坐了那么久的车，又和马木提江一起喝了那么多的酒，显然是累了，他的有些霸道的鼾声把马木提江的房子填满了，好像他是这房子的主人。想到这里，马木提江忍不住笑了笑。

马木提江怎么也不会想到，他和海拉吉这两个得过雕花金马鞍的骑手，现在会成为这么孤独而又不合时宜的人。人们原来对骑手是那么尊敬，现在人们常常用半玩笑半嘲弄的方式对待他们，人们对海拉吉还要尊重很多，因为他已是个胡子和雪一样白的老人。对马木提江，他们就不客气了，有人跟他打招呼时，常常在老远就对他喊，啊，我们尊敬的骑手马木提江先生来了！或者是马木提江先生，你要骑着你的骏马到塔什库尔干城吗？你的骏马跑那么快，能跑过县长刚换的越野车吗？要么就是，哦，这不是我们得过雕花金马鞍的骑手马木提江先生吗？我以为你会骑马到喀什噶尔呢，没想到你也会坐班车啊……对于这些拌了石头和沙子的问候，马木提江大多数时候都只以骑手的尊严对他们点点头，报以礼貌而又不易觉察的不屑，从不用言语搭理他们。

除了因在前年的雪灾中遭了灾还没有缓过劲儿来的几户人家，塔合曼草原上的牧民现在放牧都骑摩托车了，年轻人更是早就不骑马了。他们骑着摩托车像狼群一样在草原上奔突，现在有些人还买了小四轮、吉普车。

原来，塔吉克人、柯尔克孜人在塔合曼草原生活了数千年，成千上万匹骏马在草原上奔跑了数千年，草原还像地毯一样平展。现在，这些橡胶轮子从草原碾过后，就像刀子划过母亲的身子，留下了纵横交错的伤痕，只要这些车还在草原上跑，这些伤疤就只会溃烂，不会愈合。无数的车辙留下了蛛网般的、不再长草的“马路”，一有风，白色的尘土就飞起来，整个草原尘土弥漫，把蓝色的天和闪着银光的雪山都染黄了。草原变得难看了，像一个年轻的母亲在一夜之间变老了。马木提江每次看到草原，心里就会异常难过。这哪里还像牧人的家园啊，他觉得原来那个美丽的草原再也不在了。

原来这个草原有成百上千匹马，现在马已经很少了，可能连两百匹还不到。叶尔汗爷爷和哈丽黛奶奶原来每年都会从喀什噶尔城返回到草原上来听马蹄声，那时，他们还能听到马群像风暴一样从草原上掠过。他们在八年前去世了，如果他们现在回到草原上，看到这个样子，不知道该有多么难过。

夜越来越深了，高原上只有风的声音。天窗上再也看不到星星，星星像是被风刮跑了，只有一小块灰黑色。

马木提江叹息了一声，睡意终于爬进了他的眼睛。他跟自己说，我得睡了，明天一大早，我还得给卢克备马呢。

六

卢克不知道那阵风是什么时候掠过草原的。那是他熟悉的尖啸声，像一声凄厉的狼嚎。他在高原共计待了八年，听惯了这种风的声音。今天，它唤醒了他。

夜色笼罩着草原。那一方小小的天空已经变黑。屋子里很暗，只能听到马木提江野兽一样的鼾声。在他鼾声的间隙里，可以听到萨娜和孩子以及那些小牲畜的呼吸声。牛粪火、泥土味和大家的气味混杂在一起。这种气味卢克并不陌生。那匹小马驹不知是多久前卧到他身边来的。它舔了舔他的脸。他在黑暗中抚摩着它。它安静了，显得更加乖顺。

屋外马厩里的烈火嘶鸣了一声。它知道卢克醒了。

夜风一定扬起了烈火的鬃毛。它的鬃毛像火一样，可以把夜晚点亮。今天就是它火一样的鬃毛点亮的，黎明已经降临。

风也把卢克的记忆带到了萨娜的夏牧场。他想起了那个骑在马上，老向前哨班眺望的少女。她红色的衣裙在海拔四千多米的高原十分醒目。她像一朵永不凋零的花，一朵开放在马背上的不知名的花。

那天，她在卢克眼里就是一个小姑娘。虽然他只比她大四岁，但他已是一名下士班长，已在边防待了两年。边防的生活是孤寂的，哨所周围只有到了夏天，才会有几户牧民前来放牧。他原来也不知道，哨卡附近的夏牧场是萨娜家的。卢克知道她爸爸阿布杜拉的名字，但不知道他有一个长得像雪莲花一样的女儿。

这些牧民是卢克在那个时节能见到的除军人之外的其他人。每一个来到前哨班附近的人都让战士们惊喜，更何况萨娜是一位穿着红裙子的少女呢。从发现她的那天起，战士们就喜欢远远地看她。她看不清他们，但前哨班的七个人已在高倍望远镜里无数次地看过她。她不知道，她细长的眉毛、黑而深的眼睛、高高的鼻梁、帽子上绣的纹饰、裙子上的花朵，还有她望哨卡时那种专注的神情，他们都能看得一清二楚。她是个迷人的姑娘。自从她出现不久，她就成了那个哨卡里说不完的话题。

卢克那天向她走去的时候，他知道他身后的兄弟们的六双眼睛一直跟踪着他。他们说，班长，你去把她搞定。卢克说，你们这群粗人要注意用词啊。他们“呵呵”笑了。他走到路上，听到了她的歌声。她的声音在坚硬的风里显得那么清凉柔软，让人总想从马背上滚下来。

当他从连队返回的时候，她还站在山冈上，见他骑马返回，她从马背上跳下来等他。卢克打马来到了山冈上。他的黑马喷着响鼻，跑得很快。他把一大捆书递给她。她接过时，腰弯了一下。她肯定没有想到，当轻薄的纸张印上文字，装订在一起，再捆成一捆的时候，会变得那么沉。

这都是些小说，有我们国家的作家写的，也有外国的作家写的，你慢慢看。

萨娜的眼睛望着卢克。从她的眼睛里，他发现了忧伤和孤独。但她的眼神像羔羊和马驹的眼神那样纯洁、清澈。

她后来跟卢克说过，她曾试着到离哨卡更远一些的地方去放牧。但哨卡却牵扯着她，好像她的魂儿已经留在那里了。她一天看不见哨卡，就感到身子都空了。她爸爸非常生气，她只好跟他撒了一个谎，说自己胆小，害怕没人的地方有狼。

七

天刚刚亮，萨娜就醒了。马木提江和孩子们睡得很死。她记起她昨天晚上又做了那个梦，她梦见她和卢克骑着马在草原上跑。那个草原牧草丰茂，鲜花盛开，无边无际，他们怎么也跑不到草原的尽头。卢克每次都让萨娜跑在他前面，当她跑着跑着，回过头去，他都会没了踪影，只有那匹马独自兀立。当她急得要哭的时候，那匹马总会跑到她的身边，说，萨娜，你不要难过，我就是卢克。自从卢克离开高原，萨娜过一段时间就会把这个奇怪的梦做上一次。梦境当然是有差别的，但主要的情景却差不多。

萨娜从梦境中回过神来，往卢克睡觉的地方看去，他已不见了踪影，只有那匹小马驹像个孩子似的卧在那里，样子憨憨的，和她的孩子一样可爱。天哪，她真害怕那匹小马驹会突然对她说，萨娜，我就是卢克。她想到这里，忍不住笑了。

他一定是看高原的清晨去了。他喜欢高原的清晨，他跟萨娜说过，他喜欢那种带有寒意的风景。他就是喜欢这些草原上的牧人们看似平常的或者根本不在意的东西。

但萨娜一大早起来看不见他，还是很不放心。她的心空空的，像那些只有石头的山谷。她穿好衣服，拢了拢凌乱的头发，喝了一口昨晚没有喝完的茯茶，漱了口，拿起马木提江的羊皮大衣，低着头，出了门。

天还没有大亮，草原上空气冰凉。萨娜看见卢克牵着烈火，在草原上溜达着，在薄薄的晨雾中，他和烈火的身影显得很模糊，像一个小小的影子。

有一阵风差点儿把萨娜推倒，风声像刀子一样尖利。他的衣襟和烈火的鬃毛都猛地向西边飘去。风推着她，让她踉跄着跑向他。风使他听不见她的脚步声，但烈火知道她正向他们走去，它仰起头来，回头望了她一眼。它的眼神和他的那么相似，有时像卡拉库里湖的湖水，有时又像炉子里的火。

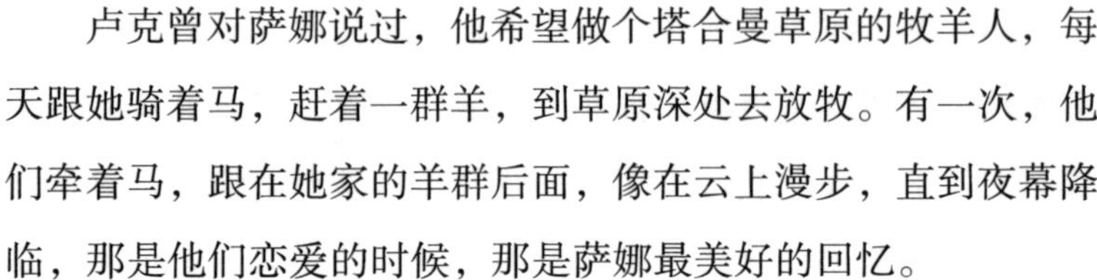

卢克曾对萨娜说过，他希望做个塔合曼草原的牧羊人，每天跟她骑着马，赶着一群羊，到草原深处去放牧。有一次，他们牵着马，跟在她家的羊群后面，像在云上漫步，直到夜幕降临，那是他们恋爱的时候，那是萨娜最美好的回忆。

卢克和马木提江是完全不同的两个人，卢克希望时间能停留下来，恨不得把一分钟变成一辈子；马木提江则和他相反，他总爱骑着烈马，带着她在草原上狂奔。他希望萨娜因为害怕而紧紧地搂住他的腰，但她的骑术并不比他差，即使马跑得飞快的时候，她的身体也可以不挨他。

卢克那么专注，她不知道他在想什么。她把皮大衣披在他身上，他才回过神来。他回头看见是她，惊喜地说，萨娜，你怎么这么早就起来了？

你比我起得更早啊，你看，这么大的风……

卢克把大衣取下来，披在萨娜身上。他把衣服披好后，打量了她一番，笑着说，这么多年了，你怎么还是那个小姑娘萨娜啊！

我的哥哥，你不要安慰我了，你看这高原上的风和太阳，就是萨拉日·胡班（塔吉克民间传说中的唐公主，一位有天仙般容颜的女子，塔吉克语意为“群芳之首”）来到这里，要不了几年，也会变老的。萨娜执意要他把皮大衣披上，她说，你从城里来，哪经得了这样的风啊。

卢克说，萨娜妹妹，你的哥哥什么样的风都能经历。你快回去，我遛遛烈火就回来，我有七年没有跟它在一起了。

听他那样说，萨娜就披着马木提江的羊皮大衣往回走。她有些伤心。她想对他说，我也有七年没有见到你了。她有些羡慕烈火，她想自己能变成烈火就好了。

卢克考军校走的那一年，因为不能再见到他，萨娜没有回她家的夏牧场去。她知道，卢克已把她的心拿走了，她不想拿回自己的心，她想让他把自己的心霸占着，一直霸占着。她在塔合曼——她家的冬牧场照顾奶奶。

萨娜想念卢克的时候，就读他送给她的书。那些书里写的生活离她都很遥远，她开头读不大明白，但读过很多遍后，那些生活就离她很近了，她觉得那些恋爱的少女就是自己，那里面写的人物都生活在她身边。啊，那些可怜的少女，虽然她们的结局都不太好，但她们的爱多么让人羡慕。她从她们那里看到了自己。她也用她们那样的眼神看过他，也用她们那样的爱爱过他，用她们那样的思念思念过他，她也有过她们那样甜蜜而悲伤的心情。

想起这些，萨娜的眼睛潮湿了。她回头望了他一眼。草原上的晨霭已弥漫开了，她只看见了他和烈火那有些飘忽的影子。他们像刚刚走出她的梦境。

八

马木提江醒来，萨娜正在灶台前忙碌。他看了一眼萨娜，有些自豪，又感到愧疚。他突然用带着几分苦涩的、满含歉意的声音对她说，萨娜，你跟着我吃苦了。

萨娜坐在炉子前煮奶茶，她虽然已是三个孩子的母亲，但身上还充满了青春的气息。她比马木提江显得年轻。炉子里的牛粪火映在她的脸上，把她的脸映照得像一朵红花，可以看清她眼睫毛上的火光。她鼻翼处的几粒雀斑像是在随着火光跳动。她带着几分羞涩，抬头看马木提江时，眼波像荡漾的蓝色湖水。马木提江看到自己和多半个屋子一起，在她的眼波里荡漾。她听了马木提江的话，什么也没有说，只露出白玉一样的牙齿，微微笑了笑。

她的一举一动还时时拨动着马木提江的心弦。他多么爱她啊，但他从来没有跟她讲过。很多时候，他只会带着她，在马上狂奔，或者唱那些古老的情歌给她听，让她随时都可以感觉到他的爱。他爱她就是这样简单——无非是希望自家的羊能多剪一些羊毛，希望母羊们多下一些羊羔，多产一些羊奶，希望家里不缺吃不缺穿，希望孩子们都能到县城去上学，希望他们长大后能成为他们汉族舅舅那样有文化的人。这就是马木提江对萨娜的爱。

马木提江从萨娜身上闻到了新鲜露水的味儿，你出门去了？

她点点头，把挤好的牛奶倒进铁锅里。

孩子们的舅舅呢？

他和烈火去看清晨的草原了。

让他好好看吧，他有七年没有看到清晨的草原了。哎，我一直没有想通，那有什么好看的。外面冷得很，你该给他送件皮大衣。

每个清晨在我们眼里都差不多，但在他的眼里却是不一样的，所以他才看不够。她说完，让马木提江把被子给孩子盖好。孩子们躺在马木提江身边，像三只羊羔子，他们浑身也散发着好闻的羊羔子的味儿，他忍不住在每个小家伙的脸上亲了一下，然后从被子里钻了出来。

奶茶煮好没有多久，卢克回来了，他身上带着清晨的寒意，带着清晨草原的味道，那种味道和萨娜刚才带回来的一样，有一股香气。

一走到草原里面，我就想赛马了。卢克对马木提江说。

马木提江不知道该怎么回答他。他只是说，只要是骑手，一见到草原都会这么想。

七年过去了，草原上肯定有好多新骑手呢。

那是当然。马木提江回答他的时候，眼睛没有看他。他的心像被什么东西揪了一下。

九

卢克一眼就看出来了，马木提江想跟他说什么，但每次都欲言又止。喝了奶茶，吃了青稞馕，他终于说了，他说，你知道吗？你应该去看看海拉吉。

卢克忍不住笑了，他在心里说，你原来就是想告诉我这个啊，这有什么不好开口的呢。他笑着说，我肯定要去看他的。

马木提江一边把馕掰成小块，泡在奶茶里，一边对卢克说，老人快八十岁了，他一直念叨你，等会儿我带你去找他。

卢克说，算了吧，还是我自己去找他，我熟悉塔合曼草原，你陪你的萨娜吧。

他笑了，我天天都陪着呢。说完，几口把馕吃到肚子里，就去给卢克备马。

配了雕花马鞍的烈火焕发了更加骏逸的光彩，卢克骑上去之后，恍然觉得自己是一位在这个清晨诞生的古代骑士。

配上了雕花马鞍的烈火显得有些激动。它前蹄腾空，引颈长嘶一声，把还沉睡着的草原唤醒了。几只牧羊犬睡意蒙眬地吠叫了几声。

配上了雕花马鞍的马总想奔跑，卢克不得不紧紧勒住马缰。时隔七年之后，再次骑着烈火走进草原，他想走得慢一些。

地处帕米尔高原的塔合曼草原，天黑得晚，也亮得晚。远处高耸的山脉只有覆盖了白雪的部分能够看出来，其他部分仍是深黑的颜色。雪山像是浮在天空中似的，显得更加高远和圣洁。虽然是无月的夜晚，但草原上洒满了雪光，发白，坚硬，带着寒意。可以看到几匹马伫立在草原上，偶尔可以看到一顶毡帐，几株树，都像剪影一样。

愈往草原深处走，天光愈浓，雪光渐渐消退，山脉越来越清晰，高原在黑夜中像一个婴儿，被无声地、慢慢地分娩出来了，给草原带来了新的活力；河流和沼泽发着光，青草和鲜花的香气开始在回暖的天光中复活，在空气中飘散、升腾，弥漫开来。深绿色的草原变得一片迷蒙，五颜六色的小花像星星显现在天幕上一样，渐渐变得明亮。然后，从雪山后面遥远的东方升起的太阳，慢慢地将这些大地的气息吸纳，草原上铺上了金色的朝霞，天地瑰丽，有那么几秒钟，生灵万物屏息静气，整个世界庄严神圣。草原四周的白色的毡帐里冒出了乳白色的牛粪烟，羊群像一片片白色的水，从草原四周的毡帐里涌出来，各种牲畜的叫声伴着牧歌声从四面八方传来，向草原汇集。草原上一片喧哗。

海拉吉已经醒来了，他坐在毡房门口的羊毛毡子上喝奶茶。

他大声说，小伙子，我听见你了，你过来吧！

卢克在海拉吉的毡房后面下了马。

海拉吉站了起来。卢克看见他的背已经弯了，显得很矮小。

卢克以塔吉克人的礼节吻了海拉吉的有马汗味和奶茶味的手，又吻了吻阿曼莎祖母一样的脸颊。

骑着配了雕花马鞍的骏马的小伙子，我一直等着你回到这草原上来，我以为你再也不回这个伤心地了。啊，快到这毡子上来坐下吧，喝一碗奶茶暖暖身子！他说话时，下巴上那漂亮的络腮胡子一翘一翘的。

卢克挨着他坐下后，说，尊敬的海拉吉大爷，我肯定会回来的。这些年，我一直牵挂着您，我常常想起当年和您一起赛马的情景。您现在比当年显得还要年轻、漂亮。

哈哈，我也觉得我比原来年轻了好多！他笑着说完，又指了指身边的老伴，自豪地说，你原来没有见过，这就是塔合曼草原最美丽的姑娘、一直住在我心里的阿曼莎！他说到这里，满含深情地看了阿曼莎一眼，阿曼莎已满脸皱纹，但每道皱纹都被幸福填满了。听了他的话，她张开缺了牙的嘴，笑了。然后，她给卢克倒了一碗热气腾腾的奶茶。

卢克和海拉吉像一对父子，坐在草原上的阳光里，坐在变得越来越暖和的高原的风里面交谈着。卢克有时用已经不太熟练的塔吉克语和海拉吉交谈，海拉吉也能讲半吊子汉话。草原上不时传来他们爽朗的笑声。

十

海拉吉记得，马木提江来向他讨教他能否成为骑手的问题是在他家黑母羊的肚子鼓起来的时候。它是海拉吉的羊群中一只年轻的羊，是第一次怀羊羔。他和阿曼莎原以为它没有怀上，一直为它会错过最好的产羔时节而遗憾。遗憾一阵，就把它忘了。没想那天早上，海拉吉起来赶着羊群到草原上去放牧的时候，发现它的肚子鼓了起来，他高兴地把阿曼莎叫出来，说你看这只黑母羊怀上羊羔子了，你看它多像你怀第一个孩子的时候啊，又害羞，又骄傲。

他的话把阿曼莎逗得笑弯了腰。

这时，海拉吉远远地看见一个人骑着一匹白得像雪一样的马，飞奔而来，由于那人是从太阳出来的方向飞奔而来的，太阳光不停地在后面追他。那人的马跑得那么快，海拉吉以为他一定有什么急事需要他帮忙，就赶紧勒住马缰，跳下马来等着。

那人到了他面前，他才看清是小伙子马木提江。马木提江飞身下马，右手抚胸，礼貌地向他鞠躬后，又吻了他的手心。海拉吉看见他的脸色有点儿发灰，眼睛里布满了血丝，就知道这个小伙子已有好几天没有睡好觉了。

海拉吉说，小伙子，你有什么事就快说。马木提江像不知道该怎么讲了，有些害羞的样子，看着手里的马缰，吞吞吐吐地说，尊敬的海拉吉大爷，我……我……没有什么事情，我只是想让您看看我……我能不能成为塔合曼草原最好的骑手。

海拉吉摸着自己那部已经有些花白的胡子，十分爽朗地哈哈笑了，看着他说，马木提江，你也看到了，现在草原上很多年轻人都骑那个突突响的，屁股后面冒烟、一溜烟儿就可以跑到县城去的电毛驴，连马都不骑了，你还来问这样的问题，是不是要弄我海拉吉老汉来了？

我是真的想成为草原上的骑手，但我不知道该怎样做，我想让您告诉我。

那你是拜师来了？

马木提江点点头，有些激动。

好哇！太好了！你不但喜欢骑马，还要做一名骑手，我真的很高兴！我还以为我是塔合曼草原上最后一个骑手了！他让马木提江坐下，接着说，但我教不了你什么。草原上的赛马不是洋人搞的那种赛马，草原上的骑手之所以成为骑手，是因为他热爱草原，热爱马。你要了解马，马是个性很强的动物，它的外表温驯安静，但内心深处有一种强烈的竞争意识。它们在与同类的竞争中，就是累死也不肯认输，战争中的许多马其实并不是受伤倒下的，而是由于剧烈的奔跑累死的；还有，你必须能够驾驭自己的骏马，这仅靠勇敢和技艺是不够的，还要向马展示你的智慧和爱心。马性强而不倔，非常好强而争胜，能逆风而上，无争名图利之心，你看畜群贪恋水草，但你屁股下的坐骑依然昂首阔步，对丰美的牧草视若无睹，这是因为它有一颗高贵的心——你也看到过，即使是几匹马同拴一个槽头，它们也不会为争食而龇牙咧嘴，它们的用心不在槽枥之间，而在千里之外。马的德行如此，骑手也要如此，人马同体同德，血脉相通——即使你的马是一匹普通的马，你也能成为一个优秀的骑手。我只能告诉你这么多，但这些话是我用一生领悟出来的，我从小就在马背上溜达。

马木提江听了海拉吉的话后，很是吃惊，他没有想到海拉吉大爷能说出圣言一样的话。他涨红着脸说，海拉吉大爷，我虽然不能完全理解你的话，但我像一个忍着饥渴在荒原上走了很多天的人，终于喝上了热腾腾的奶茶，心里舒服得很。

海拉吉得意地笑了，他也感觉刚才那些话说得带劲。

马木提江不知道该干什么，他玩弄了一会儿马鞭梢，红了脸，突然问海拉吉，海拉吉大爷，我……我还想知道，您认为塔合曼草原上的好姑娘真的都喜欢最厉害的骑手吗？在塔合曼草原上，是不是只有最厉害的骑手才有可能把花儿一样的姑娘娶到自己的毡房里呢？他问完后，抚胸等海拉吉的回答。

海拉吉哈哈笑了。他一看就知道，小伙子的心被一个姑娘迷住了，希望从他那里知道，自己的爱情能否有一个美好而甜蜜的结局。他说，以前，这个草原上的姑娘，谁不喜欢优秀的骑手啊！而一个美丽的好姑娘如果不嫁给优秀的骑手，人们就会认为她是在作践自己。当年，我奶奶长得和我的阿曼莎一样美。那时，伯克的儿子骑着一匹他爹从阿富汗的部落头人那里买来的大马，天天给我奶奶献殷勤，但她最后还是嫁给了我的骑手爷爷。我也是和你一样大的时候，见到了阿曼莎，就发誓要成为草原上最优秀的骑手的，我那时候家里那么穷，但当时草原上最美丽的阿曼莎还是嫁给了我。海拉吉说到这里，叹了一口气。但现在，很少有年轻人还想做一名骑手了，而以前的骑手都老了……骑手是草原的灵魂，没有骑手的草原，灵魂就飘散了。现在，姑娘们都愿意找个有钱的小伙子，嫁到塔什库尔干或喀什噶尔——甚至恨不得嫁到乌鲁木齐和北京去。所以，现在当一名骑手，有可能是不幸的……所以，我劝你打消这个念头，问你爹要一笔钱，也到城里开个店，多挣些钱，娶一个自己喜欢的好姑娘。

马木提江有些沮丧，这并不是他想听到的话。他垂下脑袋，觉得自己一点儿希望也没有了。他差点儿要哭了。

哈哈，马木提江，你是不是喜欢上哪个姑娘了？可不可以告诉我这个老头子，是塔合曼草原的哪一朵鲜花把你年轻的心儿迷住了？

马木提江怕自己眼睛里的泪水跑出来，仍低着头，羞红了脸，小声说，是的……两个月前，我去草原的西边找我们家那匹走失的黄骠马，遇见了一个叫萨娜的姑娘……

哈哈，你的眼光不错啊，他是阿布杜拉的女儿，还是一朵含苞未放的花朵呢，但你已能闻到花儿的芳香，看到她开放时的美丽了。这姑娘会长成慕士塔格最美的雪莲，会长成卡拉库里的白天鹅的。但我可不敢肯定她是否喜欢一个骑手——你可能是这草原上最后一个骑手了。

我现在不管她是否喜欢，但我知道，我如果能成为像您这样的骑手，我还有希望得到她。马木提江抬起头，用忧伤的语气说。

好的，很好啊，小伙子，我还可以陪你跑几年，等到哪一天你的马跑到了我的前面，你就是这草原上最好的骑手了，那时候，这草原上的姑娘都会知道你马木提江的名字。

太谢谢您了，有了您的指教，我一定会成为一名好骑手的！他听了海拉吉的话，满心欢喜地和他道了别，骑着马又像一阵风似的跑远了。

十一

马木提江早上本想跟卢克一起去看望海拉吉大爷的，这样，他在路上就可以跟卢克讲那件事。那件事像一块冰冷的石头，沉沉地压在他的心头。他觉得自己像生病了一样。萨娜问他怎么啦，他说没有什么，哄她说，可能是昨天晚上的酒冲到头上去了，人有些昏沉。萨娜让他休息，但他还是赶着羊群出了门。

现在是高原最有生机的时节，但在马木提江眼里，却像初冬一样萧条。只有想起他和萨娜的往事，他才会好受一些。爱最终会变成一种回忆，这是没有办法的事情。他记得，他认识萨娜的时候，她才十五岁。他不知道，这个姑娘的心，已经被卢克占据了。她的毡房后面有一列雪山，像凝固的白云。马木提江为了找到他家那匹走失的黄骠马，已骑着马在塔合曼草原转悠了两天。他知道这匹发情的小公马一定去找它喜欢的小母马去了。它过上一段时间也会回到马群里来，但他爸爸喜欢这匹马，总担心它被人偷走了，所以一定要让他去把它找回来。马木提江走到草原的西边时，那里正在举行一场赛马会，他远远地看见她骑在漂亮的青鬃马上，在人群中十分醒目。她的美把她和其他人分开了。

马木提江把自己的马抽了一鞭，朝她飞快地跑过去。他像一阵风似的刮到了她的身边，好像害怕她不是人世里的姑娘，而是天使在人间的一个影子，转瞬即逝。他怕自己如果不快一点儿，就来不及看清她，就闻不到她身上飘散出来的花儿一样的香气了。

但萨娜没有看马木提江一眼，她不知道他来到了她的身边。她看着骑手从远处跑来，她玫瑰花一样的脸蛋涨得通红。马蹄声那么密集，和电影里打机枪的声音一样密集，一匹马就是一挺机枪。她的脸憋得通红，她大声为自己喜欢的骑手加油。当骑手跑近后，所有的观众都在赛道两边跟着他们跑起来，像两股激流。骑青鬃马的她也在他们中间，她像一只长着五彩羽毛的鸟儿，在飞奔的人群里仍然那么醒目。

马木提江跟在她的后面，找黄骠马的事早就忘掉了。他一直跟着她跑到了终点。到了那里，他才发现，有那么多小伙子簇拥在她的周围，希望得到她的一个眼波。但她好像没有看见。对于马木提江这个陌生的闯入者，好像没有一个人注意到。当马木提江向他们打听她叫什么名字时，他们立即变得警惕起来，像牧羊犬闻到了狼的气息。没有一个人回答他，他们对他充满了敌意，巧妙地把他从她的身边挤开了。

马木提江就去问一位下巴上长着一挂山羊胡子的精瘦老人，老人告诉他，她叫萨娜，又指了指骑手中的一位中年汉子，说，那位获胜的骑手就是她的爸爸阿布杜拉。

知道她是在为她的爸爸加油，马木提江长长地舒了一口气。

他看到，她爸爸获胜后，她激动得哭了。她那么爱她的骑手父亲，他真是很少见过。

知道了萨娜的名字，马木提江像得到了最珍贵的宝贝，他在心里一遍遍地念叨着。他的心里充满了又甜又苦的味道。

赛马结束后，所有的人都带着欢乐散到了草原里。马木提江看见萨娜和她的爸爸走向雪山下的毡房。就在那个时刻，他发现自己的心从身子里溜走了，跟在她的马屁股后面，一跳一跳地跑远了。

他看着刚才那些骏马踏起的烟尘在空中飘散，越来越淡，最后被风带走了，什么也没有留下。这时他才发现，自己的脸上满是泪水。他在心里说：我也要做一个像她父亲阿布杜拉那样的骑手，不，我要做一个像海拉吉那样的、塔合曼草原上最好的骑手！

马木提江找到黄骠马时已是傍晚，他用套马索套住它，赶着它往家走。因为他的心留在萨娜那里了，所以他不想离开这里。他一次次回过头去望那顶白毡房。他知道萨娜并不知道他的心跟着她跑了，所以他觉得自己的心流落在她的毡房外面，疲惫地像兔子那样跳来跳去，凉得像一块冰。

马木提江走得很慢，天空像一顶巨大的毡房，把草原笼罩在里面，毡房顶上布满了大大小小、或明或暗的星星。即使是头天晚上，他也会盯着美丽的夜空看上半天，猜想每颗星星是用什么做的。但现在，他一眼也不想看了。

他任由马儿驮着自己走。草原已变得无比宽广，好像他永远也走不回自己的家了。

十二

看着太阳就要偏西，卢克要跟海拉吉道别了。但海拉吉不让他走，他说，你是我最年轻的朋友，你一定要在我的毡房里吃了晚饭再走。卢克感觉他像自己的父亲，也就答应吃了晚饭再走。

塔合曼草原只是海拉吉的冬牧场，他的夏牧场在古瓦罕走廊的明铁盖达坂下，每年夏季，他就会在那里撑起一顶白毡房。天冷的时候，才会搬到冬牧场来。他饭量很大，现在一顿还能啃一条羊腿，即使喝一斤白酒也没有醉意，虽然年事已高，但还可以骑着光背骏马在河川和草原上飞奔。每当卢克露出担心的神情，他都会笑着说，鹰翅在雄鹰孵出之前就和天空相配，马蹄在骏马出生之前就与草原在一起，我嘛，在我出生之前就与马背搭配着，你放心吧！我骑在马背上就像在平地上走着。

因为一辈子都在马背上，他的背有些驼，腿也成了那种在牧区常见的马步状。这种样子，使人一看见他，就知道他的裆下有一匹好马。他一生喜欢骏马，据说他年轻时曾用三十只母羊的大价钱从阿富汗的一个部落头人那里换来过一匹好马。那马四蹄雪白，全身枣红，他给它取名“帕米尔”。他说那是一匹四蹄能踏出青烟的好马。

天还没有黑，阿曼莎做的清炖羊肉的香味就弥漫在了草原上，让人垂涎。天黑的时候，马木提江也过来了。三个男人开始喝酒，那是很便宜的昆仑特曲，五十多度，那只土陶碗很大，一瓶酒刚好可以倒一碗，那碗酒在他们手里传递着，转不了几圈就见底了。

喝了一阵酒，海拉吉知道卢克是写书的作家，就说，书真是太好了……他喝了一大口酒，接着说，我不识字，卢中尉能不能为我朗诵一点儿东西啊，我愿意用塔吉克民歌来换。

卢克自然很高兴，他给海拉吉朗诵了方济各的《太阳颂》。他声音沙哑，朗诵得不好，但海拉吉听得入了迷，听完后，他竟然记住了第一段，并随口朗诵起来……

三人一瓶接一瓶地喝酒，卢克朗诵了很多首诗歌，海拉吉也唱了很多首民歌，其中有卢克非常爱听的《黑眼睛》《巴娜玛柯》和《古丽塔扎》。他的声音已经苍老，但那苍老的声音十分独特，充满了真情，透露出爱情之歌的恒久魅力。卢克是第一次听一个老者唱这样优美的情歌。他感到唱着情歌的海拉吉那么年轻。他的眼里一直噙着动情的眼泪。

三人不知道喝了多少酒，直到月上中天才作罢，然后，卢克和马木提江醉醺醺地爬上马背，任由马儿载着他们往回走。他们在马背上对着沉默的冰山喊叫，对着一尘不染的月亮歌唱。铺着月光的草原是银灰色的，它一直融入远处黑色的山体里；那冷而神圣的雪山像是悬浮在黑色的山体上，像是悬浮在黑夜之上……

十三

马木提江在马背上摇晃着，好像随时都有可能摔下来，他像个诗人似的对着卢克的背影抒起情来，啊，这美酒啊，你看那月亮多美！那天空……像萨娜一样美的月亮和天空！但我对不起你，我一定要把这件事告诉你，你听我说……你不要跑！烈火，你停住，你不要把他驮跑了，你不要把他摔下来了，你以为他还是七年前的他啊，他这些年住在城市里，坐在书桌前，与书为伴，足不出户，文气得就像我们牧场的那个女老师。哈哈，那个女老师没有到城里读书之前，还会骑马的，没想读了三年书回来，一到马背上就吓得大喊大叫。但她会骑摩托，那摩托即使跑得跟疯狗一样快，她也不会害怕。哈哈，你说这人怪不怪！

卢克走到前面去了，他在对着月亮唱歌，他唱的什么一句也听不清楚，他的声音像一头公狼在嚎叫。马木提江忍不住笑了。他对自己的马说，今晚这草原上不会有狼了。他的马打了一个响鼻，像是不明白他的话。马木提江解释道，即使再凶的狼，听到卢中尉的歌声也会害怕的，但那月亮还在笑眯眯地听他唱呢。月亮之所以能成为所有小伙子的梦中情人，可能就是因为它有母亲一样的爱心。我原来就爱把我不好意思跟萨娜说的话说给它听，那个时候，好像它就是萨娜……哎，萨娜不喜欢我喝酒，但我总是喝多。这没有办法，我可以管住自己的心，但我管不住自己的嘴。她让我来接他的时候，还对我说，你们早点儿回来，千万不要把酒喝多了。

在马木提江想要去追上卢克的时候，他突然听到身后也有人在歌唱。他的头发一下竖立起来。他的马也吓得小跑起来。那声音那么苍老，那么欢乐，那么深情。他听出那是人的声音，他不怕了，勒住马，想看看还有谁在草原的夜晚歌唱。

美丽的人儿啊，
别再用利剑戳伤我的心田，
我这可怜人为追求你，
像秋天的玫瑰，
早已凋残！

那人反复唱着这几句歌词，好像他只会唱这几句。他的马跑得很快，他的声音越来越近。马木提江忍不住笑了，是海拉吉！他喊海拉吉大爷。他快乐地答应了。真的是他！他很快就到了马木提江的身边。马木提江有些担心他，海拉吉大爷，这么晚了，你还骑马出来干什么啊？

海拉吉兴致很高地对他说，七年前的三个骑手在一起，我高兴啊，好久没有这么高兴了！我想和你们在铺着月光的草原上走一走。阿曼莎知道我高兴，她没有拦我。

两人追上卢克，直到他俩走到他的身边，他才停止唱歌。他看到海拉吉，高兴得不得了！他笑了一阵，突然又哭了。两人不知道他为什么笑，又为什么哭。

偶尔有一点儿灯火，有一声狗叫，有一阵风。

三个人并驾而行，十二只马蹄敲击着草原，声音很好听。他们想这样一直走下去，他们希望整个世界都是一个草原，可以让他们一辈子这样走下去。

卢克突然在马背上坐直了，他望了一眼湖水一样的天空，又望了一眼远处蓝色的雪山，说，我多想在这样的夜晚赛一场马啊！

海拉吉和马木提江也猛地坐直了身子。他俩虽然听明白了，但不相信自己的耳朵，马木提江大声问道，你说什么？

海拉吉已像个孩子似的手舞足蹈起来，他喊叫道，那我们就赛一场！我活了快八十岁，还没有在晚上赛过马呢！

马木提江也激动起来，好啊，你看，有我们三个骑手，有马，有草原！什么都有，那就赛一场！

三个人的酒都醒了。

马木提江叹息了一声，有些遗憾地说，可惜，海拉吉大爷老了，烈火老了，卢中尉有七年没有骑马了。

海拉吉听了他的话，首先叫嚷起来，好啊，马木提江，你竟然嫌我老了，你没有看到，我喝了那么多酒，还稳稳地骑在马背上嘛！

卢中尉也叫嚷道，你马木提江也太小看我和我的烈火了。

马木提江连忙解释，说，我只是担心你们，怕你们出什么意外。

他们没有管他的担心。他们已确定了十公里的赛程。

在帕米尔高原，短距离的赛马不甚隆重，十公里的赛马属大型赛马，在塔什库尔干每十年才举行一次，奖品有骆驼、马、牦牛，历史上还奖过金马鞍、银马鞍和元宝。后来也有金马鞍、银马鞍，但和过去不一样了，已没有人会真用纯金和纯银打造马鞍奖给你，但荣誉却是一样的。

卢克已跳下马来勒紧了他的马鞍。海拉吉说他高兴得老骨头都发痒了。他说他愿意把他的一副金马鞍拿来做这次赛马的奖品。

海拉吉的话让卢克浑身的血一下沸腾起来，他说，我就得过一副银马鞍，我以为我这一生再也没有机会得到金马鞍了，今晚终于等到了机会。

三匹马成了草原的影子，草原夜晚的灵魂。这猛然响起的马蹄声把草原惊醒了。夜色被他们撕开，卢克恍然看见耀眼的光亮从撕开的裂口处像猛虎一样扑向他们，把他们吞噬，然后让他们在光明中新生，飞速向前。他看见整个草原被那种奇异的光明所笼罩，所有的一切——草丛、沙棘、毡房、冬窝子、兀立的马、草原四周壁立的雪山、蜿蜒如飘带的河流——都焕发了新的光彩。

十四

萨娜和孩子们一直在等马木提江和卢克回来，没事可做的时候，她翻出了卢克送给她的那些书。她一本一本地翻开它们，总会翻到七年前的某一页。那书有一股好闻的、不朽的香味，那书里的故事也泛着陈香。

她不停地到毡房门口去望他们。每当有人骑马从她毡房旁边经过，她都以为是他们回来了，但她一次次跑出去迎接，却总是落空。她叹息道，哎，男人就是活到一百岁也是孩子，总是让女人担心。

当天黑还不见他们的踪影，她知道他们肯定喝酒了。她把三个孩子哄睡了，又耐着性子等了一会儿，他们还没有回来。她站在毡房门口，看着月亮一点儿一点儿地攀爬到了天空中央那团白云旁边。她怕他们酒醉后在草原上睡着了。前几年有人喝醉了，在草原上睡着后喂了狼，只留下了几截骨头和一堆血肉模糊的衣服。想到这里，她再也待不住，就决定去找他们，她把被子给孩子盖好，把门锁上，骑上马，向草原深处走去。

萨娜已经很久没有在深夜的草原上骑马了，月光像雪花一样落在她身上，可以听见“簌簌”的声音。那是月光的低语。草原的月夜那么美，那么安静。塔合曼草原已经入睡，那四围的雪山已经入睡，这整个高原都已入睡，好久才听到一声狗叫，那声狗叫也像是从睡梦里发出来的。她深深地呼吸着草原的空气，那空气有一股甜味，有一股牧草的芳香。她有些陶醉。

突然，有几只狗猛地叫起来，然后，所有的狗都叫了起来。这些狗从梦里被惊醒，吠叫声带着几分恼怒。在她的记忆里，平时的狗叫都是稀稀落落的，只有闹狼灾的时候——牧人们在夜里扛着土枪，带着弓箭，打着火把驱赶狼的时候，狗叫声才有这般声势。

谁在打狼呢？她跟她的马儿说。她的马儿开始像睡着了似的，现在已在狗叫声中精神起来。它昂起头，像是要为她看清楚究竟发生了什么事。

这时，她听到了一阵急促的马蹄声，由远而近，像一场暴雨。草原这面放在夜晚的大鼓被敲响了，它清脆的回响传得很远，那声音给草原增添了一层薄薄的光明。高原颤动起来。很多毡房里的灯亮了起来，草原上像落了很多星星。有一阵子，草原还有些嘈杂，但随着那声音十分有节奏地、激越地响起来，草原屏住了自己的呼吸。她的马也立住不动了。然后，她听到有很多马嘶鸣起来——很多人骑着马朝那声音疾驰而去；然后是摩托车发动的声音——那些年轻人也骑着摩托朝那声音跑去。

那马蹄声萨娜有些熟悉。那是他们！不知道为什么，她的眼泪一下子涌了出来，一种奇特的幸福感顿时笼罩了她。那急风骤雨般的马蹄声让她突然感到有些眩晕，把她带到了七年前，那种幸福让她无力承受。

她的马早就激动起来，但她死死地勒住了马缰，她想安静地站在这里，像一块石头那样安静地站在这里，听四面八方的声音朝那神圣的马蹄声汇集去，越来越远，越来越宏大……

萨娜伏在马背上，泪水落在马鬃里。马儿像是知道她的心事，安静下来，不再想着去凑热闹，它把她带到一个低冈上，

停住了。她看不见他们。她只看见无数的火把、手电光、摩托车灯汇成了一条小小的银河，在马蹄声的引领下，向雪山的方向飞泻而去。那时候，人的喊叫声、马的嘶鸣声、狗的吠叫声使夜晚的草原显得格外喧闹。有一会儿，月亮惊讶地躲到了一团白云后面，星星眨着好奇的眼睛。她担心在城里住了七年的卢克是否还能承受骏马的奔跑，她担心烈火这匹老马跑着跑着，会不会突然倒下……

风把她的裙子和马的鬃毛吹向神秘的蓝色雪山的方向。她终于听到了欢呼。

她不知道是谁赢了。无论是谁赢，她都会感到高兴。她舒了一口气，对自己的马儿说，你看这些野马一样的男人……好了，现在他们跑完了，可以老老实实地回家了……

汇聚在一起的灯光伴随着马蹄声和摩托车的引擎声，向四面八方散开去，那条小小的银河也向四面八方流泻开去，草原上又撒满了星星，最后，那些星星隐进了一家家毡房，草原重又安静了。

这塔合曼草原夜晚的赛马，在萨娜的记忆里，从来没有听人说起过，即使现在，它也像一场梦，即使她看到了他们的身影，也不相信这是真实的。

他们从雪山的方向走了过来。月光使神圣的雪山银色的雪冠显得透明，像一块巨大的水晶，雪山黑色的基座深沉得探不到底。过了一会儿，雪山显得远了一些，雪冠成为他们的背景，他们的影子就更加清晰了。夜晚的草原似乎柔软了许多，马儿行走在上面，没有一点儿声响。他们还沉浸在刚才赛马时飞扬的激情里，都不说话，使他们看上去像是在梦里乘马而行。到了离萨娜不远的地方，海拉吉和他们分手了，他在一个小伙子的护送下，朝自己的毡房走去。他们说了些道别的话，口气像孩子在跟父亲道别。他俩看着老人的背影，目送他走了好远。

然后，萨娜听到卢克说，哎，真是痛快呀，七年没有赛马了。

你还真行啊，你坐在城市的房子里，屁股七年没有沾过马鞍，骑术还是那么好！还有这烈火，还像匹儿马一样。

可我还是没有跑过你啊，你又赢了。

你得承认，烈火老了……你跟我不一样，我这七年间，自己还时常偷偷地打马狂奔一气呢。你不知道，过一段时间，我不跑上一气，浑身就发痒；还有，我的马也好……

也是啊，马木提江啊，我知道了，你是这草原上最后的骑手了！卢克有些伤感。

马木提江叹了一口气，有些难过地接着说，没有办法，你看今天晚上来看我们赛马的年轻人都骑着摩托。今晚的赛马可能是塔合曼草原的最后一次赛马了……他顿了顿，鼓足了勇气才说出来，这次，我本来想让你赢的，七年前那次赛马也是，但我……一跑起来，就把什么都忘了。我的马一跑起来，我的脑子里就什么都没有了……

你作为一个骑手，怎么能有这样的想法呢？卢克有些生气。

这两次是不一样的，烈火老了，海拉吉也老了，我本来就该让着你们……

卢克没等马木提江把话说完，就激动地抢过他的话说，烈火没有老，海拉吉也没有老！

但我这次真的想让你得到金马鞍，想给你留一个纪念……而七年前，我想让你赢，是因为……是因为我……爱萨娜，我爱她！

萨娜听马木提江说出这样的话，感觉自己的脸一下发烫了。

卢克好像没有听明白马木提江的话。他把烈火靠过去，拍了一下马木提江的肩膀说，我的马木提江弟弟，你的酒还没有醒啊，怎么说起醉话来了。

我的中尉哥哥，我说的都是真话，那时候，我做梦都想把萨娜娶到我的毡房里去。但你是我的对手，我提出和你赛马，就是因为我知道，我肯定能赢你，因为我那段时间天天都在练习，而你在边防连，不可能这样做。但就在赛马要开始的时候，我突然产生了让你赢的想法。但马一跑起来，我把什么都忘了，最后，当我知道我赢了你，你记得吗，我当时哭了……

我当然记得，如果我那个时候赢了你，我也会高兴得哭起来的。

我哭不是因为高兴，而是后悔，我太后悔了！

马木提江弟弟，你今天晚上是怎么啦？你这个样子我还从来没有见过。

我记得，我在赛马开始的时候，突然觉得，萨娜应该嫁给你，你和我一样爱她，你比我有文化……她如果嫁给你，就不会在这草原上受苦了。现在，每当我看到她受苦的样子，就心如刀割。马木提江说完，就打马朝自家毡房的方向跑去了。

卢克愣了半晌，叫了一声马木提江的名字，也打马追了上去。

萨娜听了马木提江的话，惊讶得张大了嘴巴。她看着他们的背影，在月色中越来越模糊，最后融进了草原的夜色里，只留下了一串马蹄声。

萨娜望了一眼天空，看到夜空里的云被风吹散了，月亮像被人用泉水洗过。她的脸上一片冰凉。啊，她多想让他们看见她脸上的泪光。

白马驹

如果我给你说，我因为爱情去年春天在帕米尔高原的塔合曼草原变成了一座冰雕，你一定不会相信。但这是真的。现在整个草原都流传开了，那里的人都可以做证。但对于我因何成为冰雕，却有各种各样的说法，所以，我现在就把这件传奇一样的事情的原委讲给你听。

一

我爱的姑娘叫巴娜玛柯。我在白母马生下月光时，第一次专注地看了她。她戴着一顶刺绣非常精美的库勒塔帽，四条长长的栗色辫子一直垂到紧凑而浑圆的屁股上，她蓝色的眼睛清澈得像卡拉库勒的湖水，她的额头像慕士塔格的冰峰一样明净，她长长的脖子上戴着用珍珠和银子做成的项链，美得像是用昆仑山上的玉雕琢出来的，她胸前佩戴着圆形大银饰，她有好看的嘴巴，嘴唇不薄不厚，正好与她的微笑相配，她的鼻子高而精巧，上面饰着几点雀斑。她穿着有很多暗色小花的红裙子，像一位公主一样骑在一匹有青黑色纹理的大马上。那是她父亲的马。她偷偷地骑它出来，就是想看一眼我家的母马生下的、没有一根杂毛的白马驹。

这匹白马驹出生的消息在草原上传开之后，好多人都赶过来看稀奇。他们说他们还从来没有看到过这么可爱的小马驹。它好像不是凡物，而是天上的神灵送到人间来的神驹。我的父亲马达罕也很自豪，但我不知道该给这匹小马取个什么名字。

巴娜玛柯一看到这匹白马驹，就有些嫉妒那匹母马，就喜欢得想变成白马驹的小母亲，就想上去抱住它，就想把它抱在自己怀里，每天把它亲几遍。她从马背上轻轻地跳下来，说，这马儿美得像月光一样。

我一见到巴娜玛柯，就被她那和白马驹一样清澈纯洁的眼眸打动了，我记得她在看白马驹的时候，我一直在偷偷地看她。我看看白马驹的眼睛，又看看她的眼睛，怎么也看不够。我看得入了迷，听到巴娜玛柯夜莺一样好听的声音传来，我惊乍了一下，脸"兀"地红了。我摸了摸脑袋，语无伦次地对巴娜玛柯说，月光？太好了！这小马的名字不是有了吗？就叫它月光吧，多好的名字，这样的名字只有你的嘴里能够说出来。

巴娜玛柯一听，也高兴得手舞足蹈，她说，你是说，这匹小马的名字是我给它取的了？啊，月光！只有这匹小马配用这个名字。我可以摸摸它吗？

当然可以，你是赐给它名字的人，你摸吧，你摸摸它，它会很高兴的……

巴娜玛柯高兴地走近白马驹，她轻轻地、小心地抚摩着它，像母亲爱抚自己的婴儿。白马驹看见这位天使走向它，用眼睛望了她一眼，并没有躲到母亲肚子底下去。它好像和她已经相识，心安理得地承受着她的爱抚，那种舒适的感觉使它抖动了一下自己还带着母亲子宫气息的皮毛。

巴娜玛柯感觉白马驹的皮毛光滑得就像绸缎一样，她忍不住抱着它的脖子，亲了亲它可爱的脸颊。白马驹也回报了她的爱，舔了舔她好看的手。

我羡慕死了，我想，自己要是那匹小马就好了。

我正陷入美好而又略带伤感的遐想中，巴娜玛柯用马鞭轻轻地捅了我一下，你在想什么好事啊，啊？

我的脸又红了，像是刚从美梦中醒过来。在一边的伙伴们都笑了，有人给我开玩笑，说我是在想哪个姑娘了。我把他们轰开，回到巴娜玛柯面前。

巴娜玛柯也笑了，但她只是微笑。她又抱着月光的脖子，亲了亲它的面颊，问我，这匹白马驹你们家以后会卖吗？

不会的，这匹马还怀在它妈妈肚子里的时候，骑手夏巴孜就把订金付了，我爸爸已答应把这匹马卖给他。

巴娜玛柯略微有些失望，她说，那么，我问你，你们家的白母马还能生出这样一匹白马驹来吗？

我耸了耸瘦削的肩头，觉得这是一个需要认真回答的问题。我就很认真地回答说，这匹母马虽然是匹白母马，但它以前下的都是其他颜色的马，这是它第一次下白马，所以，它还能不能生下一匹白马驹，我一点儿也不知道，只有白母马自己知道，你得问它。

巴娜玛柯“呵呵”笑了，她好半天才忍住笑，我先跟你说了，我还会让我爸爸跟你爸爸说，你们家的白母马如果还能生出这样一匹白马驹来，我要让我爸爸给我买回去。我爸爸已答应买一匹好看的马给我。你到时可不能把它卖给别人。

好好好，我一定给你留下。巴娜玛柯的话让我感到惊喜。我从内心深处感激这匹白马驹和它的母亲，它们让我和巴娜玛柯有缘说了这么多话。我想，如果白母马能再生一匹白马驹，我要把那匹白马驹送给巴娜玛柯。

巴娜玛柯骑着她父亲的雪青大马走了，她栗色的长辫上的银饰在她那还显得单薄的脊背上闪闪发光。她看到那么漂亮的小马，显然很快乐，这从她的歌声中就可以听出来。看着她闪光的背影，听着她那令人陶醉的歌声，我那颗青春的心变得忧伤了。在那一刻以前，我一直是个快乐的少年，我单纯的心像高原晴朗的天空一样明净，但现在，我心灵的天空已经开始奔跑爱情的云团，这些云团有时很美，有时则变得十分黯淡。

二

我们塔吉克人每年都在夏牧场和冬牧场之间漂泊，高原的春天和秋天都短暂得像一个倩影，一般只有诗人和怀春的姑娘和小伙子能注意到。在一般人的感觉里，就只有夏天和冬天两个季节。夏牧场在雪峰下面棕色的千沟万壑和大大小小的荒原

里，一户牧民一条沟壑或一片荒原，在那里找个有水的避风的角落，撑一顶白色的毡帐，就开始度那漫长的夏季。那是整个高原最孤独的季节，每家每户像一丛丛羊胡子草一样，散在高原各处，音信隔绝。但在这彼此很少来往的夏牧场，一个夏季不见，小伙子长健壮了，小姑娘长成了大姑娘，羊羔子长大了，小马驹长成了儿马；一个夏季不见，相爱的人情感更深，有仇的人泯仇和好。所以，从五月春天来临之际到十一月初雪降临这段时间，靠近河川的、像塔合曼这样的草原都是空的，只有牧草在这里生长。这就是冬牧场，这是牧民们冬季生息休养的地方。当天空飘下第一场雪的时候，他们从一两百里远的夏牧场转场到这里，住进用土坯垒成的低矮温暖的冬窝子，把喂肥的牛羊卖掉，等待母羊产下羊羔，母牛产下牛犊，母马产下马驹，亲人们再次相见，恋人们又能相会，婚礼都在这时举行，时常会有老人去世——他们为自己在这时去世感到安慰，因为如果在夏牧场去世的话，家里人要把他运回家族的麻扎有时要费很大的力气。人们从那无数的沟壑和荒原汇聚到冬牧场的时候，草原上牛羊成群，人欢马嘶，毡房连绵，炊烟如云，充满了生机和人间气息。

虽然我和巴娜玛柯家的冬牧场都在塔合曼草原，但我家的夏牧场在高原北部的萨雷阔勒岭里，那里与塔吉克斯坦相邻；巴娜玛柯家的夏牧场则在高原南面的红其拉甫附近，边界对面是巴基斯坦，相距四百多里路程。所以，我要见到巴娜玛柯很难。初夏是白母马发情的季节，所以巴娜玛柯带信来问我白母马怀上小马没有，我说已经怀上了。

我和巴娜玛柯都喜欢骏马，这使好多人觉得奇怪，因为现在很多小伙子小姑娘都是想把摩托车骑得出神入化。他们在摩托车上装饰了很多小玩意儿，有能在太阳下像镜子一样闪闪发光的磁盘，有恐龙和各种鲜花的图案，甚至还有一些国内外影视明星和歌手搔首弄姿的头像。

在我家萨雷阔勒岭里的夏牧场，我第一次如此思念一个和我家没有任何亲戚关系的少女，高原的夏天如此晴朗，但我心里却没有一个晴朗的日子；慕士塔格雪山如此明亮，从我眼里看上去，却蒙着淡淡的阴霾；我无数次梦见我变成了高原上的鸟儿，飞到了巴娜玛柯的牧场里；我常常希望自己变成一股温暖的风，吹到巴娜玛柯的牧场上，让她家的牧场开满鲜花。我每天都要骑上马，登上牧场附近最高的山峰，望着高原南面的群山，希望看见她的身影，为她一首接一首地唱塔吉克族的爱情古歌。

我还听说，县上那个最有钱的沙吾提的儿子阿拉木也喜欢上了她。他游手好闲，穿着各种奇怪的衣服，一会儿是巴基斯坦的，一会儿是美国的，一会儿“哈韩”，一会儿“哈日”，一会儿又是在国内流行的东西，他的头发也不停地变换着各种颜色和很多奇怪的样式——而这些颜色和样式在县城没有理发店能做出来，他都是专门到喀什去做的，还有人说他是坐飞机专门到乌鲁木齐去做的。他父亲本来想让他好好学习，以后能上个专门教他如何做生意的大学，但他读完初中后，死活都不读了。他不像我和巴娜玛柯，想读书但家里没有条件，所以我们初中都没有读完就回到草原上放羊了。阿拉木十六岁生日的时候，他父亲就给他买了一辆陆虎牌越野车，他在那辆车上贴了熊、虎、豹子、袋鼠、眼镜蛇、老鹰等动物的图案，还有英文、韩文和日文等，看起来像一头奇怪的野兽。

帕米尔高原出产宝石，沙吾提一直想发财，就天天去寻宝。他把找来的宝石卖给一个江苏人，这个肥胖的江苏人有个绰号叫“宝石大王”，塔吉克老乡找来的宝石是不是宝石都是他说了算。但很多时候，本来是真正的好宝石，他会说这个东西没用，只是一块山上到处都可以找到的石英石而已，随手就给扔掉了，待老乡走后，他再去把那宝石捡起来，揣进自己的腰包。他就这样骗了不少的宝石，成了真正的宝石大王，最后在上海开了一家很大的珠宝店。沙吾提还是小伙子的时候，曾经在修中巴公路的工程队里待过两年，学会了说汉语，所以他就成了宝石大王的翻译，很多宝石都是他帮宝石大王骗来的。当然，他也从中得到了一份不错的报酬，攒了一笔钱，更主要的是，他跟宝石大王学会了骗人，然后学会了做生意。他在1993年的时候，终于在喀什装了一颗金牙回来。据说这是1949年以来帕米尔高原上第一个装金牙的人。他本来要装门牙的，但装金牙的是个斜眼，所以就把金牙装在了左嘴角附近。他本来就是要炫耀一番的，如果金牙装在门牙处，炫耀时会很方便，他龇牙时人家就会看见了，现在他只有向左咧嘴时，别人才能看见。于是，他一回到高原就装牙疼，老是把嘴角往左扯，龇起左半个嘴巴，装作牙疼时的“咝咝”吸气状，没想久而久之，就成了习惯。他后来虽然装了满口金牙，但好像还是只有那一颗金牙似的，常常咧起左嘴角，“咝咝”吸气，生怕别人看不见。

满口金牙的阿拉木在一个偶然的机会看到巴娜玛柯，他看到她的第一眼，就被她迷住了。

三个月前的一天，巴娜玛柯骑马到县城来买东西，正在街上闲逛的阿拉木看到了她的背影，他就被打动了。然后他又跑到她的前面，看了她的脸，他就呆住了。他觉得自己的魂被她掳走了。他变成了她的一条狗，她走到哪里，他就忍不住跟到哪里。听说他已开着车往巴娜玛柯家的夏牧场跑了好多次。

所以，我决心要去看望巴娜玛柯，我觉得自己一定要见她一面，不然，我有可能活不下去的。

父亲曾答应过我，让我到喀什城里去玩一趟。于是，那天早上一起来，我就跟父亲说，我要到喀什城里去，您答应过我的。

我长这么大，第一次向父亲撒谎。

父亲看着我，有些不解，巴郎，我们是在夏牧场，从这里到县城去坐班车很不方便的，何况，这些牛羊我一个人也管不过来。到了冬牧场再说吧，那时有的是空闲时间，你想在城里待多久都行。

我就想现在去，我从来没有去过喀什城，他们说夏天的喀什城比冬天好看。我最多四五天就回来。

父亲有些无奈地说，那好吧，你长大了，有心事了，我看你出去散散心也好。他说完，从贴身的汗衫里掏出五百块钱给我。

我换了一身崭新的衣裳。父亲骑马一直把我送到公路边，把装着馕和酸奶疙瘩的褡裢递给我，嘱咐道，你就在这里等着，大概中午的时候，就有喀什到县城的班车经过这里，你先到县城住一晚上，明天一早县城有到喀什的班车。喀什城大得很，你是第一次进城，自己要留意一点儿，把钱装好，不要惹是生非，我四天后骑马到这里来接你。不要忘了回来时给我带几瓶酒。

我点头答应了，和父亲道了别，他便骑着马回去了。

我看着在午后的阳光下像黑绸子一样的路面，知道我顺着这条路的一端走去，就能走到巴娜玛柯的身边。想起她迷人的微笑，我的心又咚咚地跳动起来。

我在傍晚才等到那辆喀什到县城去的班车，所以到县城后，天已黑透了。我在街上找了一家五块钱一晚上的旅馆住下后，又买了送给巴娜玛柯父母的茯茶和糖。我想给巴娜玛柯也买一件礼物，但我不知道该买什么东西合适，最后把所有的商店都转完了，终于给她挑了一条红头巾。

我还看见了富家公子阿拉木和他的几个小兄弟在街上晃荡，他们把自己打扮得像电视里的节目主持人一样花哨，他们的皮鞋在街上昏暗的灯光里闪光，他们的耳朵上竟然戴着明晃晃的耳环。他们手里拿着灌装的青岛啤酒，一边喝着，一边唱着国内的流行歌曲。

可以看出，阿拉木他父亲虽然有那么多钱，但他的儿子还是那么空虚、无聊。和我比起来，我的生活虽然艰苦，但我的心里有无边的爱，藏着一个巨大的秘密。对于这个秘密，除了我自己，谁也不知道。想到这里，我偷偷地笑了起来。我已有好久没有笑过了。走进旅馆的时候，我咧着的嘴还没有合上。肥胖得像个羊毛纺锤一样的老板娘见了我问道，小伙子，看你那高兴的样子，是不是在街上捡到宝石了？我仍只是笑着。那天晚上，虽然那个房间里睡了六个人，其中有四个人鼾声如雷——他们此起彼伏，完全是雷霆的合唱，但我睡得十分香甜。

我一大早就醒了，跑到公路边去等到红其拉甫的便车。县城里的一切都还在沉睡，只有带着寒意的晨风在四处闲荡，把白杨树叶吹得哗哗响。我蹲在路边，一边啃着馕，一边望着天空，月亮已经沉到西边的雪山那边去了，残余的光辉给那几座以深蓝色天幕为背景的雪山勾勒出了一道淡淡的银边。天上的星星还是那么精神，有几颗特别明亮，眨着，像巴娜玛柯的眼睛一样。她在天上看着我呢。我在心里对自己说。

天亮后，不时有经红其拉甫去巴基斯坦的货车呼啸而过，但没有一辆停下，最后，我拦了一辆边防部队的吉普车，他们像是认识我似的，问了我去哪里，就让我上车了。一位中尉军官问我到红其拉甫干什么，我说去看巴娜玛柯。他问，就是那个漂亮的小姑娘吗？他们家就在我们哨所附近放牧。我说，是的。他说她是你的女朋友吧？你可得好好地喜欢她，我们边防连的战士也都喜欢着她呢，还有那个沙吾提的儿子也老开着车来找她。我知道他前面的话是在跟我开玩笑，但后面那句话却是真的。我不笑了，我的心像被人捅了一刀，痛得我眉头都皱了起来。路两边的风景像按了快退键的录像一样，从车窗外飞快地掠过去了，我的眼睛只看到了交替闪现的蓝、白、棕三种颜色——那蓝的是天，白的是雪，棕的是山和荒原。

小伙子，到了，河边那顶白帐篷就是你要找的姑娘家的。我顺着中尉指给我的方向望去，看见那顶毡帐扎在河边，很是醒目。帐篷顶上飘着中午的牛粪烟，那烟比天空还要蓝。

三

我的心跳得像敲响的羊皮鼓一样响，似乎整个高原都可以听见。我朝那顶白毡帐望了很久，它就是我心中神圣的爱情的宫殿。想起巴娜玛柯就住在里面，我的眼睛就潮湿了，但我却没有勇气靠近它一步。

雪线还很低，晶莹剔透的雪山似乎伸手就可以触摸，雪山的寒意被风带过来，从我的脸上掠过。洁白的云团在雪山顶上飘浮着，红其拉甫河像一匹蓝色的绸缎，在海拔四千多米的高处飘动，河两岸已有浅浅的绿意。巴娜玛柯家的马和羊群散在河岸边，他的父亲骑着那匹雪青马，跟在羊群后面，牧羊犬无所事事，无聊地蹲在离白毡帐不远的地方，牦牛则跑到了雪线附近。

虽然我已习惯高原缺氧的生活，但我可以感觉到，由于缺氧，空气显得很重，让人的呼吸变得很费劲，加之内心的激动，更觉得呼吸艰难。

我看到了她妈妈走出毡帐，取了一些干牛粪，然后又进去了，她的两个弟弟在外面和四只小羊羔玩耍了一会儿，被他们的妈妈叫进去了。我等着她出来。我想知道她是否真的住在里面，好像只有这样，才能确认这就是她在高原上飘移的家。

我在一块长着红色苔藓的石头上坐下来，我想，只要我看见了她的身影，我就有勇气向她跑过去。我觉得那顶白毡帐成了这个世界的中心，一切都围绕着它在飞快地运行。

太阳慢慢偏西，阳光越来越柔和，风越来越硬，风中挟带的寒意越来越浓，雪山被暗下来的天光衬托得更加明亮。这时，我看见巴娜玛柯提着一个白铁皮水桶，到了河边，打了一桶水，又回到帐篷里去了。她走出来时，我没有看清她的脸，我只感觉到她的脚步是轻快的。她往回走时，因为提水时需要用力，她向左倾斜的背影是那么美，她的腰很细，但很有力。

我站起来，她的背影让我觉得自己想飞，我那么快地来到了河边，像鹰从高空俯冲而下。我在河边洗了一把脸，河水清凉，我忍不住趴下去，喝了几口。然后，我找了一个水流平静的地方，照了照自己。我看见自己原本很亮的眼睛蒙上了一层薄薄的雾霾。

我来到巴娜玛柯的白毡帐前，她爸爸已把羊群赶回了家，雪青马已拴在了拴马柱上，牦牛已从雪线附近自己归来，没有听见牧羊犬的吠叫，现在不需要看护羊群，它一定是会自己的伙伴去了。巴娜玛柯和她妈妈的头埋在羊群里，正在挤奶。巴娜玛柯的屁股朝着我来的方向，像一轮红色的月亮，我感到有些害羞。母羊柔和地叫着，头抵着头，屁股朝外排成两行，等着女主人把鼓胀的奶包里的奶挤掉，几只高大的公羊在羊圈里无聊地兜圈，十多只半大的羊羔子则在羊圈外欢快地蹦跳着。我叫了一声巴娜玛柯，她没有听见，我又叫了一声，她从母羊屁股后面抬起了头。她看见我，有些不相信，露出了惊讶的神情。她的左手提着奶桶，两只手上都沾着新鲜的羊奶。她的母亲也随之站了起来。羊都抬起头来，面对着我的羊好奇地看着我，屁股对着我的羊也把头转过来，好奇地看着我。

我走过去，按我们塔吉克人的礼俗，吻了她母亲满是鲜羊奶味的手。

她把奶桶递给母亲，从羊群里走了出来。她的红裙子上沾着白色的羊毛。她的头发兜在黄头巾里，黄头巾上也沾着白羊毛，她的脸上还沾着一根。我从她身上闻到了母羊的新鲜的奶味儿——啊，她是一只多么漂亮的小母羊！

啊，是你啊，真没有想到！你怎么到这里来了？她一边走近我，一边问道。

我……我……

我不知该怎样回答她。

你是从你们家的夏牧场来的吗？

我点点头。

那可远了，有好几百里路呢。

搭车来的，也没显远。

你走了这么远的路，到这里来，一定有什么事吧？她一边问我，一边用水壶里的水洗手。然后请我到帐篷里去。

我……我是来告诉你，我家的白母马怀上小马了。你带话来问过我，我怕那个人没有把我的回话带给你，所以就来了。我终于找到了这个借口。

啊？没想到让你跑了这么远的路！早知道，我就不带话去问你了。

没有什么的，这里我从来没有来过，我自己也想来看看。

那就在这里多住几天吧。

听了她的话我很高兴，我也想在这里多住几天，甚至想在这里住一辈子，但我不能这么做。我来这里已很冒昧了。我言不由衷地说，如果明天有便车，我明天就回去，家里的羊群，爸爸一个人照看不过来。

她听了我的话，眼睑低下了。她站在白毡帐门口，望了一眼雪山，什么话也没有说。

毡帐里很暖和，她的父亲盘腿坐在那里，从毡帐顶上的通风口透进来的天光罩住了他，使他的身影看上去很朦胧。他正在抽莫合烟，烟从那光柱里飘了出来。看清我是个贸然而至的客人后，他连忙站了起来。我吻了吻他的有羊膻味和莫合烟味的手心。我告诉他我父亲的名字，他说他认识，他们年轻时在一起赛过马。

我把我来这里的借口又说了一遍。说这些谎话时，我的心跳得很厉害。她父亲听说我跑那么远的路专门来告诉白母马已怀上小马驹时，非常感动。他请我在烧着牛粪火的炉子前坐下，然后说，现在很难找到像你这么认真对待一件事情的小伙子了，不管你家的母马下的是白马驹还是黑马驹，我到时都买了。我去宰一只羊，我要好好招待你，今天晚上我们可以好好喝几杯。

这样的盛情让我感到很不好意思，我想阻止他父亲，但他父亲已经出去了。一会儿，他牵进来一头公羊，让我过目。然后就牵出去。她的两个弟弟也跟出去看宰羊去了。

毡帐里只有我和巴娜玛柯了，我摸了摸贴身放着的红头巾，但我没有勇气送给她。

羊肉在灶台上散发着香气。我和她父亲说了很多话。我还第一次喝了白酒。酒的火焰在我的身体里燃烧，我感觉我的身体变得越来越轻。我怕自己最后变成一片羽毛，被身体里的火烧焦，或随风飘走，我没有再喝。她父亲也没有再劝我。

灶台是我们塔吉克人帐篷中最显贵的地方。所以靠近灶台的地方也就是专为客人腾出的睡觉的地方，巴娜玛柯的妈妈把我安置在灶台边躺好，我在牛粪火的暖意中很快就睡着了。

早上起来，我跟巴娜玛柯的父亲说，大叔，您已知道我家的白母马怀上马驹这件事情，我也就该走了，我得回去帮助我爸爸照看羊群。

巴娜玛柯听到了我说的话。她把头转过去了。她爸爸挽留我，但我已心满意足，我一定要回去了。他最后只好说，我去问一下边防连有没有到县城去的车，这段时间你可以让巴娜玛柯带你转转我们家的牧场。他说完，就骑着光背马到边防连去了。

巴娜玛柯牵出两匹马来，问我，需要马鞍吗？我说不用。我们俩便都骑着光背马，信马由缰地在她家毡帐后面的荒原上慢慢溜达着。

我们走了好久都没有说话。这里的雪山漂亮吗？她突然问我。

我又望了一眼涂抹了朝霞的雪山，说，这些雪山很漂亮，每一座都很漂亮，像我有一次在电视里看到的金字塔，只是这些塔是银色的，好像是纯银砌成的。

她听了我的话，也望了一眼雪山。

我站在我们家的夏牧场的山头上，一次次望见过这些金字塔一样的雪山。我接着说。

真能望见吗？

我记得我爷爷曾给我说过，眼睛望不见的地方，心能望见。我在那个山头上，不仅能望见这些雪山，还能望见你。

我的声音很低，但寂静的高原的清晨却能让她听见我说的话。我看见她的脸红了。她用脚磕了一下马腹，马儿带着她一颠一颠地跑开了。我追了上去，重新来到她身边。她转过头去，低垂着眼睑问道，那你还跑这么远的路来干什么？

我摸了摸怀里的红头巾，鼓足勇气对她说，我……我是来送这条红头巾的。我说完，把红头巾递给了她。她接过去，用蓝色的很幽深的眼睛看了我一眼，羞红了脸，又一次骑马跑开了。我正要追上去，她爸爸快马跑了过来，老远就喊道，小伙子，边防连有车到县城，他们马上要走！我只好把马勒住。

当我坐着连队的吉普车跑了好远，看见骑马来送我的巴娜玛柯还站在那个小山冈上，我看见她把那条红头巾包在了她的头上。

四

从红其拉甫回来后，我就特别留意白母马的肚子。我希望它能为我心中的巴娜玛柯也生一匹白马驹。我有好几次一边抚摸着母马的肚子，一边自言自语，一匹白马驹，那可是巴娜玛柯最希望得到的宝贝啊。

白母马终于在第二年春天分娩了，正如我所愿，白母马为我们生下了一匹和去年一样漂亮的白马驹。看到白马驹生出来，我激动得好像那是为我生下的孩子。我飞身跨上父亲的马，跑去给巴娜玛柯报信。春天像是一夜之间来临的，很多地方还有没来得及消融的残雪。但草原在一夜之间铺满了新绿，像是有一位仙女趁牧民们熟睡的时候，把一床刚织好的绿地毯铺在了草原上。草原上充满了勃勃生机，春天的气息扑面而来，令我陶醉。我的马儿跑得像风一样快，有时候我嘴里忍不住发出“霍霍”的啸叫声；有时又张开嘴，让鲜嫩的牧草的气息和各种花朵的香气灌进我的肺腑里。

马上又是从冬牧场转场到夏牧场的时候了，我的内心又忧伤起来，我自卑地想，我把她当作心中的明月，而我在她心中恐怕连塔什库尔干河里一块能引起她注意的白卵石也不是。

巴娜玛柯家从夏牧场转场到冬牧场后，阿拉木更是三天两头地开着他那辆怪兽一样的越野车去找她。

想起这个花花公子，我感到难过。我不担心巴娜玛柯会被阿拉木征服，但我担心她会被他开的那辆车征服。我的心里流出了一支献给巴娜玛柯的情歌，我在飞奔的马背上忍不住大声唱了起来，我多想让草原上的每一个生命都来见证我的爱情啊——

我心中的巴娜玛柯啊，
慕士塔格顶上的冰雪一样纯洁；
她美丽的黑眼睛啊，
喀拉库勒湖水一样清澈；
我对她的思念啊，
圣洁的蓝天一样高深难测……

五

当我带着草原好闻的春天气息来到巴娜玛柯的毡帐后面，

刚要下马，却见巴娜玛柯骑着马正从不远处跑来。看到她，我心里充满了喜悦，我的心那么紧张，整个身体好像都被春天的风带走了。我忍不住轻轻地叹息了一声。我不知道自己为什么会发出这声叹息，但我知道这声叹息是从我心的最深处发出来的。

巴娜玛柯的怀里抱着一只小羊羔，她像抱着一个宝贝婴儿。她怕颠着了小羊羔，所以没有让马跑得太快。

她勒住马，她的脸蛋被春光染了两团红晕。一只母羊生了一只小羊羔子，我要把它送回毡帐里来。我远远地就看见了你，看到你飞快地向这里跑来了。她动作优美地从马上跳下来，接着说，你很少到我们家的冬牧场来过，请到毡房里坐一会儿吧。

她抱着羊羔站在春天的阳光下。她比我上次见到时又长高了一些，变得更加苗条了；她的面孔镀着高原的阳光，变成了淡淡的棕黑色，但却像乍放的花，散发着香气，更加动人；她的屁股已经像母马的臀部一样丰满；她的胸前已有了丰满而优美的曲线……她像一块玉，经过时间这个艺术家的雕琢，已变成一件珍贵的艺术品。

我羞涩地说，我家的白母马下了一匹小白马，和月光一样漂亮，我跑来就是要告诉你这个消息的。

真的吗？

真的。今天早饭后下的，我当时心里很紧张，我不知道白母马会下一匹什么颜色的马驹子。我看见母马一点点地把它生出来，竟然和月光一样白。

太好了！我要和你马上去看看！她把小羊羔交给已经八十多岁高龄的奶奶，很快就出了毡房，轻快地上了马，向我家的草场跑去。

跑了没有多远，就看见阿拉木的怪兽向草原驶来。车轮碾过柔软的草原，我似乎听到了那些牧草在车轮下的呻吟声。

阿拉木一只手开车，一只手和脑袋一起伸出车窗，大声喊道，巴娜玛柯，你要到哪里去？他嘴里的金牙随着他嘴巴的开合，金光也一闪一灭的。

我多希望巴娜玛柯不理他，继续跟我往前走。但她勒转马头，跑到阿拉木的怪兽跟前，才勒住了马缰。我要到马木提江的草场去，他家的白母马生了一头白马驹，我要买下它，所以我要跟他去看看。她对他说完话，又把笑着的脸——多美啊——转向我，说，他就是马木提江。

阿拉木轻慢地看了我一眼——虽然他是抬头看我的，但却让人感觉他的目光是自上而下的。他下了车，昂贵的白皮鞋擦得很亮，穿着一套新的时髦的白色休闲西装，留的不再是那种爆炸式的彩色头发，而是染成了金黄色，梳得一丝不乱——感觉他突然变成了一个很有教养的、电视剧里面的归国华侨。但他稍微离得近了一点儿，我就能闻到了他身上那股发情期的种羊的气息。他金口一闪，向我问道，你家的母马这次就下了一只白马吗？

他竟然不屑地把马称为“只”，一个不敬重马的人，是不配做草原的孩子的。我觉得他不配和我说话，就没有理他。

他金口一闪，又接着说，回去告诉你的老父亲，说我阿拉木要把他的白母马和白马驹一起买下，让他好好想个价格吧！

阿拉木先生，我想告诉你，在我们塔吉克人生活了几千年的帕米尔高原，在这雄鹰高飞的地方，所有人都知道，世界上有很多东西是金钱买不来的。而你，能用你父亲挣下的钱买下什么呢？

阿拉木的脸色一下子变得难看了，他冷笑了一下，说，我想，我用我父亲挣下的钱买你这样的穷鬼还是没问题的。

但愿有一天，你能把自己买回去！我毫不示弱地回敬他。

单纯的巴娜玛柯不知道我们为什么一见面就针尖儿对麦芒儿地干上了，她还不知道这一切都是因为她。她说，你们这是干什么啊，你们以前有仇吗？说罢，又转过头来对阿拉木说，我在马木提江家的白母马生下上一头白马驹的时候就给他讲了，我要买这匹小马驹，我父亲也答应了，你要买，只有等下一次了。

巴娜玛柯，我不需要买什么破马，我买那破马干什么呢？我早就想离开这个鬼地方了，我爸爸已经在乌鲁木齐买了有花园的别墅，但我奶奶离不开草原，等她死了后，我们全家就要搬到乌鲁木齐去了，永远离开这个鬼地方，打死也不回来了。他用炫耀的口气大声说完，点了一支烟，摆出潇洒的姿势抽了一口，吐出一串烟圈又说道，但你喜欢那白马驹，我就为你把它连同那白母马一起买下来，送给你！多少钱都无所谓。这样，你就不用担心你买不到那匹马，你也就不用担心他们把小马喂不好，更主要的是，你就不用再往马的主人家跑了。

我为什么要你帮我买这匹马呀，我自己骑的马，我自己能买得起。巴娜玛柯说完，转身要走。

好了，不说这个了，不说这个了，我今天来，是专门来看你的。你要去看白马，你坐我的车，我送你去就行了，半个小时就可以到。

不用了，我喜欢骑马。

听了巴娜玛柯这句话，我心里很高兴。

你上次不是说，你的胆子大得很吗？但我相信，你敢骑着马在草原上跑得像风一样快，但你肯定不敢坐我的车。阿拉木知道，他今天一定要把巴娜玛柯请到自己车上来，不然，他今天会很没面子的。

巴娜玛柯笑了笑，说，我只是个牧羊姑娘，我习惯了骑马，你那样的车，我怕我坐上去会……晕车的。她差点儿说她坐上去会吐。她说完，就用靴子磕了磕马腹，转身走了。

我从来没有这么自豪过。我为巴娜玛柯自豪。我打马跟上了她。我听见阿拉木在喊巴娜玛柯的名字，他的声音被我们抛得越来越远。阿拉木开着车追上来，最后终于在草地里给陷住了。我看着巴娜玛柯优美的背影，我真想把自己在来的时候唱的那首情歌唱给她听。

六

巴娜玛柯赶到白母马的马厩前，白马驹正在母亲的肚子下吃奶。

月光已经长得很高大了，眼神里有一种烈马的桀骜不驯，像是要在这些来看热闹的人面前显露一手，它跃过马厩的两米多高的土坯墙，像一支白色的利箭一样射向了绿色的草原，留下了几声有力的嘶鸣声和一串清脆的马蹄声。

好马！真是一匹好马，人们赞叹道。

哥哥的行为使白马驹松开了母亲的奶头，它像是受到了激励，在马厩里尥蹶子，撒起了欢。

巴娜玛柯看着白马驹，觉得它和月光一样骏逸。她已可以看到它成年后的风骨。

看，它的眼睛和你的眼睛一样清亮、一样干净。这是我成千上万句中赞美巴娜玛柯的话中说出的第一句话。我的声音不高，脸也红了，但我很高兴。

巴娜玛柯单纯得和小白马的眼睛一样，她问，是吗？我的眼睛有那么漂亮吗？

我重重地点了点头，用平生最大的勇气说，不仅是眼睛，你每一个地方都漂亮，就像这匹白马驹。

巴娜玛柯听了我的话，脸上绽放出两朵羞红。她什么话也没有说，转过身去，轻轻地抚摸白马驹。然后回过头来，问我，它有名字了吗？

自从它怀在白母马的肚子里，我就在给它想名字，你觉得雪光怎么样？

雪光？好的，你和我想的一样啊！

巴娜玛柯说完，搂着雪光的脖子，亲了亲它，骑上马回去了。我一直把她送到她家的毡帐附近，才骑马返回。我的心里充满了对爱情的美好向往。

没想第二天，阿拉木那辆越野车就停在了我家牧场附近一丛高原柳后面。他躺在车里，听着在国内流行的音乐，看到我骑着马，赶着羊群走远后，才来到我家的毡房门口。家里只有我的父亲和母亲在家。阿拉木心里暗暗高兴，装作很有礼貌地向父亲问好，并送上了自己带来的茶叶和酒。

父亲有些受宠若惊。人们都知道他是帕米尔高原最富的人的儿子。平时这个小伙子的眼睛都是看着天上的，今天却这样恭敬，父亲不知道他要干什么。母亲给他烧了奶茶，摆上了干果、馕和糖果，他也没有嫌弃，每样都尝了尝。

他和父亲聊了一会儿天，说，大叔，我是你儿子马木提江的好朋友，我听说你家的白母马昨天刚下了一匹白马驹，我刚好想买一匹马，就过来看看，不知道大叔这匹小马卖不卖？

我养不了那么多马的，当然要卖了。不过，现在小马驹刚生下来，还不是卖它的时候。

大叔，那你打算多少钱卖呀？

那得看它长大之后是一匹好马还是一匹破马了，好马得三千块，破马就贱了。

你们家那匹白母马下的马都是好马。

那倒是，不过，白母马现在老了。

您估计它还能为您下几匹小马呢？

最多也就两三匹马吧。

大叔，我想现在就把小白马买下来，我怕别人给抢走了，不管它以后是长成好马还是破马，我都给您四千块钱，准备把您家的白母马也买了，这样的话，我就可以自己去养，我今天就可以把小白马和白母马一起带走。我一共按五匹马的价格给您出钱……见父亲不明白，就掰起指头给他算起来，您看，白母马、已经生下来的小白马——您刚才不是说这白母马最多还能生两三匹小马吗？我给您按三匹马算——就是说，我把这三匹还没生出来的马也算上，一共就是五匹马了，当然，老母马和它还没有生出来的小马我可只能给您三千块钱一匹。这一共呢，我给您一万六千块钱，您觉得怎么样？

我的阿拉木巴郎，你这是在逗我耍呢，我还从来没有听说过有人这样买马的。

大叔，我今天就这样买马了，我说的是真话。

你花的是你爸爸的钱，这么大一笔钱，应该由你爸爸做主的。

这是我自己的零花钱，你卖给我马就行了，我把钱全带来了，现在就可以付给您。他说完，就把一沓崭新的人民币啪地拍在了桌子上。

但是……有个情况我还没有告诉你，那就是塔合曼东边的巴娜玛柯昨天已经来看过这匹小马了，她说她要买的，我已经答应她了。但那钱的确诱人，在这高原上，除了阿拉木这个把钱不当钱的花花公子能出这个价，就是五匹真正的骏马，也不会有人出这个价的。何况有三匹马还没有影子呢。父亲的眼睛很难离开那沓钱了。

大叔，不管谁买这马，既然是做生意，那肯定是谁出的价钱高，谁最先付钱，这马就卖给谁了。

你说得也对，那好吧，这钱我就先收下了。不过，如果你反悔了，你再来把这钱拿走就是了。

好了，我现在就打电话，叫一辆车来把马运走。他说完，就用手机给他的朋友打了一个电话。一会儿，他朋友就开来了一辆卡车，他把母马和小马赶到了车上，然后很有礼貌地和父亲告别，然后，这个胜利者开着车，把车里的音乐放得很响，吹着欢快的口哨，甩下一长溜烟尘，狂奔而去。

七

我披着一身月光，赶着羊群回到毡房后，我闻到了清炖羊肉的香味。全家人都在等我，每个人的脸上都绽放着笑意，露出过节才有的表情。见我回来，母亲把炖好的羊肉盛到了盘子里，父亲脸上的笑最为明显，像是用力刻上去的，他竟然从墙角摸出一瓶伊力特曲来。这一瓶酒就值三十八元钱，在我们的印象中，这种酒一直是乡上的干部喝的，我父亲一直喝三块钱一瓶的昆仑大曲，还从没有喝过这么贵的酒。但我知道父亲无论如何是舍不得买这么贵的酒的，肯定是别人送的，就问，爸爸，你又不是乡长，谁会送你这么贵的酒啊？

父亲以喜悦的口气说，谁也没有规定好酒就非得送给乡长喝啊！他把酒倒进碗里，嘬了一口，发出了很夸张的响声，然后很陶醉地赞叹道，好酒就是不一样啊！你坐下，也喝一杯吧。

我坐下后，母亲递给我一块羊肉，说，在外面累了一天了，先吃点儿，你爸爸喝的酒是你的朋友阿拉木送的。

阿拉木？他来干什么？我把嘴里的肉囫囵咽进肚子里，把手中的大块肉放下了。

母亲就把今天阿拉木来买马的事给我讲了，父亲又做了一些补充，然后感叹道，虽说卖给他的是五匹马，但实际上那三匹马是连影子也没有的，谁能想到一匹老母马、一匹小马驹子能卖这么多钱？我开始一直还以为他在说疯话，闲得没事，逗我寻开心呢，没想到人家啪地拍下了一万六千块钱。我这次可是知道什么叫有钱人了！有钱人就是把钱当空气一样花。他说完，又深深地嘬了一口酒——他原来喝酒都是大口大口地喝，这酒他舍不得那样浪费，所以每一口虽然响声很大，但都只喝进去了一点点。那酒在他嘴里窜一阵，剩下的一丁点儿再缓慢地渗进喉咙里，像一串串火苗，燎得他很陶醉。

我低下了头，我感到自己的心凉透了，那种冰凉从心中扩散开来，我觉得自己的整个身子都被冻透了。我变成了一尊冰雕，坐在那里，屋子里的热气使我身上散发出丝丝热气，但冰雕内部的寒冷使这整个外部世界的暖意也奈何我不得。慢慢地，毡房被寒意充满了，草原的气候也像是突然陷入了寒冬。全家人都不知道是怎么回事。父亲还是那样喝进一口酒，然后说，怎么变天了？是不是要下雪了……

家里人都纷纷找来厚衣服穿上。

母亲见我没有动，以为我累了，就翻出我的羊皮袂子给我披上。她的手无意中触到了我的脸，觉得我的脸像冰一样冷，但她并没有怎么在意，只嘀咕了一句，这孩子进屋这么久了，怎么脸还没有焐热啊？

我的眼睛里滚出了一串冰珠子，那是我的眼泪。它们落在地上，声音很轻微，很快就融化了。

北京吉普

一

县长仁慈的祖父的爸爸阿布德·拉赫曼·巴布尔当我们这里的伯克时，修建了塔什库尔干的第一所监狱。从这个姓氏你就知道，这是一个尊贵的家族。县长的这个祖先十分暴虐，但在他当这里伯克的十七年零五个月时间里，他修建的这座坚固无比的监狱里并没有关进去一个人，这成了他一生最大的遗憾。弥留之际，他对即将承袭其位的儿子说，我背了一个暴虐伯克的名声，原想这个监狱还要扩建的，没想一根人毛也没有关进去，我死不瞑目啊！我只能寄希望于你了。但从那时到十二年前，那个监狱都只关过我一个人。其原因是，我们帕米尔高原每一块草原的民风一直以来都是淳朴的，每一顶毡房里的人祖祖辈辈都是善良守法的。

当县上的人来草原抓我的时候，我正在毡房里喝奶茶，啃青稞馕。我被抓走后，很快就成了轰动帕米尔高原的一件大事。我的故事现在还在流传。说法很多很多，越往后传说就越离谱，总之，我的荣誉一点儿也没有受损，反而成了一位和伯克家的后人作对的民间英雄。有人说我被关起来是因为我用马鞭抽破了县长滚圆的大肚皮，县长肚子里的肥油淌了一地。还有人说县长的儿子开着他老子的吉普车到塔合曼草原来调戏塔合曼草原最漂亮的姑娘娜依，被我碰见，把他痛揍了一顿。他开车逃跑的时候，我骑着一匹跑得飞快的骏马追上去，把跑着的汽车用套马杆套住了，汽车竟没有挣脱，被力大无比的我拉翻了。县长十分生气，把我抓到监狱里去了……我后来逢人便对这夸大的传说进行纠正，但他们说我说的鬼话一点儿也不可信——事情是我做下的，但他们却不相信我的说法，我一点儿办法也没有。

我在监狱里蹲了三年，被放出来后，我的英雄事迹已传遍了高原的每一条山谷。娜依还等着我，成了我的新娘，这也传说成了一个美丽动人的爱情故事。这个我很喜欢，我没有去纠正它。但关于我和那吉普车的事情，我还是想做些纠正——我已经六十多岁了，我不能撒谎，我要告诉这高原上的人，我被抓起来的原因其实很简单，就是因为我把县长的新吉普车用马鞭子抽得像一只癞皮狗……

当然，这是距今已有四十余年的往事了，虽然澄清了事实，不像传说那么动人，但往事就像一块风干肉，追忆起来有一股时间的味道，还是很有嚼头的。

二

在那之前，我们到喀什噶尔去都是骑马，连县长也是。走到喀什噶尔大概最快也要半个多月时间。而很多人——商人、探险家、使者、圣人，也都是骑马到我们这里来，从这里再到更加遥远的地方去。在大雪没有封山的时节，这样的人也是往来不绝，好像并不比现在少多少。要经过这里的人，要去远方的人，即使前面有千难万险，他们都是要去的，这是没有办法的事。几千年来，有多少人经过这里啊，他们像风一样，没有留下一丝痕迹。

那一年，我们家的母绵羊一次产下了四只小羊羔子——这样的事在这之前有没有发生过我不知道，在那之后我再也没有听说。当时，我正把最后一只小羊羔子抱进怀里，慕士塔格雪山突然发生了雪崩。那四只小羊羔子惊吓得“咩咩”叫了起来。从那以后，这座神圣的雪山就老是发生雪崩。那沉寂了数千年的亘古冰雪从数千米高的地方像白色的大水一样咆哮而下，一直奔腾到塔合曼草原的边缘，那升腾起来的雪雾冰沫还会闪现出一道道彩虹。但那雪崩是可怕的，有一次差点儿把我和我的羊群埋在雪里面。好长一段时间，没有人敢再到雪山跟前去。更奇怪的是，喀拉库勒湖的湖水即使在没有风的时候，也会不时掀起波浪，好像铁锅里的水突然沸腾了；而伴随着这些现象发生的还有一些奇怪的事情：我们的冬窝子有时会像人打嗝一样抖动一下。反正那个时候，如果你一天不在家，家里的东西就会自己移动一些距离，好像它们能自己爬行。喀什噶尔产的土陶碗会莫名其妙地掉到地上，摔成几块；雕花的长嘴铜壶要在平时，你把它放在那里，就是几百年过去了，它也不会动，但那时却像个醉鬼似的常常倒在地上。牲口有时像受惊了，像是听到了狼嚎，突然雕像般停在那里，竖起耳朵，眼睛里闪现出吃惊的神色。

但我们却听不到任何声响，天空还是那么蓝，高原还是那么雄阔壮美。我们开头都以为是地震——我们把它叫“大地的蠕动”。这种蠕动每隔几年就会在大沙漠地区发生。帕米尔高原是从大沙漠边上长出来的，像一棵大树。大沙漠蠕动的时候，这棵大树肯定要被晃动。但一阵子就过去了，有时还没感觉到就过去了。大地也会在一段时间里蠕动好几次，但没有哪一次像这样，已经一年多了还没有停歇。我们感到有些害怕了，越来越害怕，担心久而久之，这棵大树上的叶子——冰川、河流、草原、湖泊会真的像树叶那样被摇下来，飘落在大沙漠上，枯萎凋零。我们惶惶不可终日，每天都祈祷。但一点儿用处也没有，大地的蠕动反而更加剧烈了。我们都可以感觉到了，畜群经常被惊吓，藏身于草原的狐狸和隐藏在山里面的狼群也被这大地的震动搞得心神不宁，它们在白天也会发出令人毛骨悚然的叫声，然后盲目地四处奔逃。

后来就不停地传来雷霆之声，开始很远，后来越来越近。我们这里很少下雨，所以原来很少听见那种声音。而下雪总是静默的，像大自然的偷情，总是尽可能不声张，尽可能消除一切声息，在所有的目光之外——那个过程却是抒情浪漫、酣畅淋漓、激情澎湃的。所以闪电和雷声都只是属于大雨，属于大自然充满激情的新婚燕尔。

我们所有的人，包括牲畜和牧羊犬，都不停地往天上看，但天上什么也看不出来。天空的表情还是那样，丽日朗朗，白云如雪，它的颜色还是像喀拉库勒湖的湖水一样深邃幽蓝。慕士塔格雪山的雪崩更加频繁，它那像长发一样披散下来的冰川已经崩溃，我们塔吉克人和无数路过这里的旅人仰望了数千年的雪冠也已崩塌掉了，有些地方已露出苍灰色的岩石，这“冰山之父”已变得像一个脱发秃顶的人，很是丑陋了。最后，我们感觉那雷霆一样的声音不是从天空滚过的，而是从高原里面传来的。它从我们的脚底下滚过，轰鸣到了更远的地方。

我们感到更加惶恐。但没过多久就有人传了话过来，说那并不是大地在蠕动，而是大沙漠里绿洲上的人在开山修马路，已经快修到布仑口了。人们传说那马路可以并排跑十匹马，要穿过整个帕米尔高原，一直修到巴基斯坦的首都伊斯兰堡，而它的另一头，据说连着我们的首都北京。无论是伊斯兰堡还是北京，那都何其遥远，都只是我们传说中的地方，而现在，要用并排跑十匹马的马路连接起来，那仿佛是天方夜谭，所以没有一个人相信那传过来的话是真的。在我们那时的意识中，弱小的人类不可能完成这样一件伟大的事情。当然，我们现在知道了，人类足够强大，强大到完成了无数我们原来想都不敢想的事情。

大概是两个月后的一天上午，因为草场被雪崩掩埋了，我只好到苏巴什达坂附近去放牧自家的羊群。当我赶着羊群来到达坂上，我一下子惊呆了，我看到在萨雷阔勒岭的山脚下，在喀拉库勒湖的湖边，全是蚂蚁一样劳作的人群。我站在那里看了很久，看到他们一刻也没有停歇，突然，他们全都躲了起来，没了踪影，像是钻到了地底下，然后，雷声响起来了，一排一排的，一股股黄色的烟尘冲天而起，把山羊一样大的石头掀得很高，然后重重地砸在地上。雷声过后，那些人又冒出来，不停地劳作，不时可以听到风把他们好听的号子声送过来。我终于知道了，那雷声原来是那些人搞出来的！我激动得连自己的羊群都不要了，骑马跑了半个多马站的路，把我的发现告诉了我一路上碰到的人，但草原上的人却不相信，他们没有理我，用一种奇怪的眼神看我一阵子，说我闲得慌，说完就只管干自己的事情去了。

三

我只好去找娜依。我比她大两岁，但我感觉我们是一起长大的：我们在一起读过几年书，我们常常骑一匹光背马——我骑在前面，她骑在后面，她总是抱着我的腰——在草原上疯，我们一起追过狼，套过狐狸，抓过兔子和旱獭。记得有一次——我十一岁、她九岁的一天，我对抱住我腰的娜依说，娜依，你给我当妹妹吧，我只有姐姐，没有妹妹。她说，不行，我要做你的女人，跟你一辈子都骑在一匹马上放羊。我说，那也好，你还得给我生很多小羊羔子一样可爱的孩子。她说，我会的。

三年后，当她从夏牧场回到冬牧场之后，我们就不在一起疯了，她变得害羞起来，她躲着我，我好不容易见到她，她的脸就红得像早晨的太阳一样。我知道这是为什么，因为她变成一个好看的女人了。

我们相互躲避着对方，很少说话，冬牧场的半年时光就以这种奇怪的方式度过了。当她和家人从冬牧场转场到夏牧场时，我去送她，但她好像只会害羞，不会说话了。她只在我骑马到那里的时候，低着头问了我一句话，你来了？她骑上马走的时候，她说了另一句话，我们走了。但奇怪的是，从那以后，我就对她牵肠挂肚起来。我担心她在夏牧场放羊时，没人和她说话，她会感到孤独；高原起风的时候，我担心风会吹跑她的头巾；闹狼灾的时候，我担心狼会糟蹋她家的羊群；我老是梦见她一个人骑着她的小红马在空旷的雪原上飞奔，那马跑得那么快，好像她随时都会从马背上掉下来，这使我总是从睡梦中惊醒。我承认，那半年时光好像比我度过的所有日子都要漫长。

当娜依再次从夏牧场回到冬牧场时，我远远地跑去迎接她。我差点儿没有认出她来。她的小红马已经长得很高大了。因为我们塔吉克女人在转场时总会把自己打扮得最漂亮，她骑在马上，像一位公主。她变得大方了，没有离开这里时那么害羞，现在她看到我的时候，眼睛火辣辣的，脸上流露出惊喜的神情。她跳下马来，我握着她的手，然后相互吻了吻对方的手背。她的手很修长，但变得粗糙了，有一股淡淡的马缰绳的气味。

她说，我们半年不见，你都长这么高了！都留胡子了！

她显然还没有意识到自己的变化，她的美像英吉沙刀子的刀刃一样锋利，逼得我不敢看她。现在轮到我变得像姑娘一样害羞了，我说，你也是的，长得像个王宫里出来的公主了。我觉得这话从我嘴里飘出来了，但只到了嘴边。我没有听见，她也没有听见。

她的爸爸妈妈在马背上看着我们，宽容地微笑着。我过去吻了他们的手心，他们吻了我的额头。

这时，我看见县长的儿子马伊尔江骑着一匹配着银鞍的马，也从县城跑来看娜依了。他穿着汉族人的衣服，整洁、干净，最上面的一颗铜纽扣和风纪扣有意没有扣上。当他勒住马缰的时候，风把他身上布料、香皂和阳光的味道送进了我的鼻子里，这样的衣服我只看见县城里的汉族干部穿过。他的马也很干净，像用香皂洗过似的，连身上冒出的马汗也有一股香气。他看见我，警惕地盯了我很久；我也狠狠地看着他。我们像两匹势不两立的种马，一见面就充满了敌意。

他为娜依的爸爸带来了珍贵的茶叶和冰糖，那是官员才能喝上的绿茶——据说产自遥远的浙江杭州城里一个比喀拉库勒湖还要美的湖边，名字叫“西湖龙井”，即使县城的百货公司也买不到，我们当时很少见到过。那种茶叶泡出的茶有一种春末夏初的草原的颜色，的确有一种直透肺腑的香味，但那种香味我们牧民并不习惯。就是现在，我们草原上的人也只喝那种墙砖一样的茯茶。那种糖也是很珍贵的，呈淡黄色，像小冰块，但放进嘴里却有一种很舒服的甜，后来我们知道，那糖的名字真的就叫冰糖。

娜依的爸爸本来想，如果娜依嫁给了县长的儿子，他家就不会缺这样珍贵的礼物了——遗憾的是，他的宝贝女儿没有那么做。但老人家一直以拥有那盒茶叶和那包冰糖为荣，那茶叶他放了十几年，一直没有舍得喝，家里来了客人，他最多拿出来，打开盒盖，让客人闻一闻，直到最后变成了粉末，他也没有舍得扔掉。那包冰糖他则把它分成了上千粒，有小孩子到他帐篷里去，他就用拇指和中指小心地取出一小粒，让那孩子尝尝。那时候，草原上的孩子都想吃他那“冰做的糖”，很多小孩为了那粒糖，不惜偷偷地骑马跑几十里路。

娜依看到马伊尔江的时候，对我说，我们先走。我挺直了腰，像个武士一样跟着她走了。

但马伊尔江看上去却很平静，他下马后，很有礼貌地向娜依的爸爸妈妈行了礼，然后把茶和糖双手递到了娜依爸爸的手上，然后还和他说了好一会儿话才离开。从那以后，他就经常骑着那匹很干净的马到草原上来闲逛，并且经常被娜依的爸爸热情地邀请到自家的帐篷里去喝奶茶。原来娜依一见他来，就躲开了；但时间久了，他和她搭话时，她也应了。有一次，我看见马伊尔江到草原上来找她，他们骑着马，一起走了好远的路。他们一边走，一边交谈，我还听见她发出很好听的笑声。

四

我找到娜依时，她正在剪羊毛。看到我那兴奋的样子，她停下手里的活儿，一边搓着手上的羊毛，一边抬起头，半开玩笑地微笑着问我，看你那样子，是不是发现蓝宝石啦?

娜依，蓝宝石算什么！我发现了在我们高原上从来没有发生过的事情！

是吗？看你那激动的样子！你可从来没有这样激动过。她没有停下手里的活儿。

我看到了很多很多的人，蚂蚁一样多的人，修马路的人，他们都已到了喀拉库勒湖边了，雷声就是他们弄出来的，轰轰轰，冲天而起，我今天到苏巴什达坂上放羊的时候看见的。我说的都是真的。我的羊群都扔在达坂上不管了，专门跑回来想告诉大家，但没有一个人相信我的话，他们觉得我说的是疯话。我相信你会相信我的，你跟我去看看吧！我因为激动，话说得很快，而且语无伦次。

娜依看我那个样子，忍不住笑了，她的声音像驼铃一样好听。

难道你也不相信我说的话吗？我有些生气了。

我从来都是相信你的，我这就跟你去看，如果真能看到他们弄出来的雷声，那真是太神奇了。她说完，放下手里的活儿，跳上马背，跟我走了。

她跑在前面，我跟着她，我喜欢跟着她，我喜欢看她的背影。有时候，我们并驾齐驱，说一些话。她刚剪完羊毛，身上有一股羊的味道，小母羊的味道，那是我喜欢闻的草原上的女人的味道。

我和她跑到苏巴什达坂的时候，刚过午后。太阳悬在头顶，像一盏金灿灿的灯，好像一伸手就可以拿回毡房里去照亮。当她看到那么多人在萨雷阔勒岭下忙碌着，她惊呆了，张开的嘴巴好半天没有合上，像花朵一样好看。在那些人的身后，我们依稀看到了一条红褐色的蜿蜒盘旋的大路的影子。

哎呀，那么多人，我从来没有见过那么多人一起做一件事情，那少说也有一千多人吧！她望着他们，惊叹道。

这在我们这个高原上肯定还是第一次呢！我看不止一千人。

我爸爸曾听县上那个最有文化的戴眼镜的汉族干部说，很久很久以前——好像是唐朝的时候，曾有上万铁骑从这里经过，到很远的地方去打仗，他们的人肯定比修路的人多。

但他们那么多人，为什么没有修一条可以并排跑十匹马的大路呢？哪怕修一条可并排跑五匹马的大路也行啊。

他们可能要不了那么宽的路。

怎么要不了啊？那么多人，如果有一条这样宽的路，大军不是更好走吗？我想他们之所以没有修那样宽的路，可能是因为没有办法把山炸开。哎，这样的问题太高深了，我想，只有那些有学问的人才能知道。

我听马伊尔江说，这种大路叫马路，但马路虽然叫马路，但并不是用来跑马的。

我一点儿也不想听到马伊尔江的名字，更不想从她那里听到。我警觉起来，满怀醋意地说，马伊尔江？他知道马路？不用来跑马，为什么叫马路呢？

他十岁的时候，他爸爸带他到喀什噶尔去开过眼界，当然知道马路。他说，在喀什噶尔就可以看到马路，还可以看到很多我们这高原上看不到的东西。至于为什么叫马路，他也不知道，但他告诉我，马路是用来跑汽车的。

汽车是什么东西？我的口气变得有些生硬。我觉得那些忙碌的人在我眼前变得有些模糊了。我因为嫉妒，眼睛都有些潮湿了，但她好像没有察觉到。我觉得她是装作没有察觉到的。

马伊尔江跟我说过，他也没见过汽车，但他爸爸见过，他十岁那一年，他爸爸带他到喀什噶尔的主要目的就是想让他看汽车，但那车是专员坐的，他去的时候运气不好，专员坐着它到乌鲁木齐开会去了——啊，你想想，那车可以跑到乌鲁木齐！他爸告诉他，说那车有很亮的眼睛，吃一种有臭味的油，有四个轮子，轮子上架着一个小房子，房子里放着两排椅子，人就坐在椅子上，跑得很快，比草原上最快的马跑得还快，但只能沿着马路跑。马路修通后，他爸爸就会配一辆这样的车。到时候，他爸爸到喀什噶尔去开会，就不用再骑马了，而是坐这样的车去，据说三天就可以到了。

我不知道马伊尔江何时告诉了她这么多新东西。我尖酸地说，你从那个县长儿子那里知道的可真不少啊，那个脸白得像银狐一样的家伙都给你爸爸送茶和糖了，那你到时也可以和他一起坐那个跑得比快马还快的四轮怪物到喀什噶尔去转转了，那多神气啊。

她感觉到我的嫉妒了，因为这妒意太强烈了。但她故意哧哧地笑，然后说，马伊尔江真是很有学问的，如果真有那样一个四轮怪物，我到时肯定要去坐坐的，你难道不想吗？如果想，我把你也带上。

我永远不想！我觉得那没有什么了不起的，不就是比我们的勒勒车多了两个轮子吗？

我想肯定没有那么简单，它肯定比勒勒车要金贵很多，你想啊，就为了那一辆车，专门动用了这么多人，为它修了这么宽一条路！那要花多少钱啊，马伊尔江告诉我，说这条马路是专门为他爸爸坐的汽车修的。

他爸爸是县长，神气一些是应该的，可他是什么呢？好像他爸爸是县长，他也就是县长了，甚至比县长还神气了，哼！

他告诉我，他爸爸已经给他安排工作了，说是安排在县里的组织科管干部，全县所有的干部——包括汉族干部都属于他管。

他告诉你的事情可真不少啊，看来，他以后可以接他爸爸的班，做个县长，你到时也可以做个县长夫人了。我以嘲讽的口气说完，又接着补充道，但我不会羡慕他，因为这都是他爸爸给他的，他得到这一切的时候，自己没有流一滴汗水，他的心一辈子也不会踏实。而我，即使一辈子是个塔合曼草原的牧人，但我毡子上的每一根羊毛都是我的劳动所得，我的心踏实得一点儿不好的梦都不会做。

我的话并没有惹娜依生气，相反，她还有些神气起来，但她也不忘挖苦我。她眉毛一挑，笑着说，哟，我们塔合曼草原这么多年来，终于出了一位心眼儿像羊毛一样细、胸怀像天空一样宽的男人了。

在她眉毛一挑的时候，我就忍不住笑了。

我看见她的脸变得那么好看，我看见了她蓝色的、美丽的眼睛，我看见了她脸上那玫瑰花一样的颜色。

我站在那里，怔了好久，仍然觉得像在做梦。我像一个梦游的人，觉得马儿载着我，已经走在了宽阔的马路上，覆盖在马路上的积雪才融化掉薄薄的一层，上面留着两道零乱而清晰的车辙。马儿沿着车辙走，马路上的车辙只有两行，车轮的花纹印在上面，很清晰，很好看。马路渐渐消失，融入无边无际的从慕士塔格雪山山顶一直披挂下来的冰雪中，好像这路不再是通向喀什噶尔，而是通到了慕士塔格雪山顶上那传说中的天堂花园，在天堂花园下面，喀拉库勒湖那一汪蓝色深不可测。

五

那条马路很快就爬过了苏巴什达坂，马路爬过那个达坂后，塔合曼草原上的人常常去看热闹，他们都说我原来说的不是疯话。他们知道了那雷声其实不是雷声，而是炮声；知道了那马路也叫公路；知道了什么叫汽车，知道了汽车中有卡车，那是用来拉东西的，还有小汽车，那是修马路的头头坐的。这种小汽车我们只看见过一次，那还是公路竣工的时候，那位头头坐着那辆绿色的小汽车来参加竣工典礼。他坐在一大块红布下面，红布上写着白色的汉字和维吾尔文，他的声音通过一个铁喇叭传出来，震耳欲聋，但我们一句也没有听懂。

县长也露面了，也坐在那块写着白字的红布下面。他说的话我们能听懂，但他嘴里好像含着什么东西，我们一句也没有听清。很多人都是从很远的地方赶到这里来听他们说话的，有人骑马走了三天，没想结果却是这样。人们失望之余，就想着这样尊贵的人能看上一眼也很幸福啊，但他们坐在一个专门搭建的高台上，坐在铺着红布的桌子后面，面前还放着一个包了红布的麦克风，所以即使有鹰一样好的眼睛，也看不清楚他们。

那次竣工典礼结束之后，修路的人便坐着卡车离开了这里，只留下了那条灰白色的马路，风一吹过，就会腾起一股股白色的烟尘。高原又恢复了过去的宁静。我们期望真有汽车开到高原上来，但一个漫长的冬天就要过去了，我们连一辆汽车的影子也没有看见。只有我们这些小伙子，常常到那路上去跑马，在马路上跑马可以跑得像风一样快，那感觉真是不错。

可能是马伊尔江原来给娜依讲过，这马路一修通，上面就会给他爸爸配一辆北京吉普，但我们却没有看到北京吉普的影子，马路修通后，他没有再到草原上来过。这使我打心眼儿里感到高兴。娜依好像已把他忘记了，没有再提过他的名字。

慕士塔格雪山又戴上了雪冠，它两年多来被修路放炮损毁崩塌的部分，已被一个冬天的大雪修复了。记得那天是五月一个有月亮的晚上，我们突然听到了汽车的马达声，它从马路上鸣响而过，一路上按着喇叭，引起整个草原的狗都吠叫起来，圈里的畜群也骚动不安；一只正在草原上嚎叫的狼听到喇叭声后，突然停止了嚎叫；人们被从睡梦中吵醒后，都几乎说了同一句话：有一辆汽车开到高原上来了！

这个消息没过几天就传遍了高原，说那辆汽车是专门给县长坐的。县长现在坐着它，在这段马路沿线来回视察。但县长从来没有下过车，就像他原来骑马视察时，都是让马疾驶而过一样，我们仍然很难看清他的面貌。

但每个见到北京吉普的人都会向坐在里面的县长致敬——有时也搞不清他们致敬的对象究竟是县长还是吉普。反正，在很多人眼里，即使溅在车上面的泥点子，附在上面的尘土，都泛着不同凡响的光彩。人们看见它扬起的高高的灰尘，就会停住，远远地注视它，然后右手抚胸，向它致礼；骑马的人则会赶紧勒住马缰，跳下马来，站在路边，用目光迎送它。总会有很多人想看清县长的脸，但车玻璃反射的光让人什么也看不见。所以关于县长长什么样子，人们有很多种说法，以至于后来县长虽然换了好多任，牧民们都以为还是原来那个县长。有时候北京吉普会向人们鸣喇叭，后来人们知道，那就表示县长在问候大家了。以至于后来好长一段时间，县长的车为了把路上的畜群轰开，大声鸣笛，牧民们也会说，听，县长在问候我们了。

但就在我和娜依家准备从冬牧场转场到夏牧场的那天，县长那辆北京吉普突然开进了牧场里，并且停在了娜依家的冬窝子前。从北京吉普颠簸着开进草原的那一刻，人们就争相转告，说县长亲自到草原视察来了。于是，很多人都骑马跟在碾过草原的北京吉普后面，希望一睹县长的尊容。他们没有想到县长的目的地是娜依家，他们本以为会是队长家呢。

人们第一次在草原上看见北京吉普的车门打开了，并从里面走出了一个人——当他们看到“县长”原来是个十八九岁的小伙子时，都很吃惊，说这个小伙子真是了不起啊，年纪这么轻，就领导我们这么大面积的一个县了。虽然他的个子并不高，但人们还是以仰视的角度来看他。每个人都过来和他握手，被握过手的人激动得眼里都含着泪水。被握过的手在被握的一瞬间都变得柔若无骨，都觉得它不再长在自己的手臂上，像是长了翅膀，像鸽子一样扑棱扑棱飞走了。一位老者走上前来，向他抚胸鞠躬后，十分恭敬地问道，我们可不可以摸一下你的这个能跑起来的铁家伙，我们无数次看到它跑得比马还要快，但我们从来没有摸过它。那个年轻人说，你们摸吧，每个人都可以摸一把。人们听后，小心地走上来，像触摸圣器一样，小心翼翼地、轻轻地把整个车从头抚摩到了尾。最后，还是那位老人抚胸鞠躬后，说，谢谢尊敬的县长。听人们这么说，娜依忍不住笑了。看来，当这个小伙子原来骑着马来这里瞎逛的时候，并没有引起人们的注意，人们并不知道他是谁。

这时，马伊尔江才知道他们把自己当成他爸爸了，就说，我不是县长，我是县长的儿子马伊尔江，我在县上的组织科工作。

我们见到了县长在组织科工作的儿子，也就是见到县长了，我们知足了！老人激动地说。

那好吧，你们都散去吧，我要帮我爸爸办点儿公务。他知道再这样下去，他是没法儿和娜依说上话的。

听说县长的儿子要办公务，乡亲们都和他握手告别，都很满足很听话地走了。

六

这个县长的公子坐着他县长爸爸的北京吉普，到草原里来向娜依炫耀的确是我没有想到的。

我一直没有下马摸那辆草绿色的北京吉普，也没有离开，我骑在一匹现在早已去世的红马上，当娜依害羞地从冬窝子里走出来，我看到马伊尔江高兴得眼睛眯成了一条缝。

但当他看到我还骑着马站在那里，就愣住了。他好像不认识我了，打着官腔说，小伙子，这里没有什么事了，你也去忙你自己的事情吧！

他的话实在令我恶心，我没有理他。

当马伊尔江要和娜依说话时，我就骑马从他们跟前走过，然后在稍远处用歌声提醒娜依——

天鹅飞翔在洁净的蓝天，

狐狸只能在草丛里流窜。

天鹅栖息在湖边的时候，

如果狐狸来到你的跟前，

你不要相信它甜蜜的谎言。

…………

马伊尔江很恼火，但他也没有办法。他邀请娜依坐他父亲的北京吉普，娜依一下害羞了，她红着脸，但她无法拒绝对那个能跑得比骏马还要快的铁家伙的好奇心。她低垂着长长的睫毛，上了车。

我唱歌的声音一下变了，我骑马跟了上去。

车屁股后面喷出一股难闻的黑烟，吼叫一声，开动了，但没跑多远，就“吱”的一声停住了。娜依慌乱地从车上跳了下来，蹲在路边呕吐起来。

我的心像被别人用剥羊皮的刀子剜掉了一块，痛得身子差点儿缩成了一团。我抽了红马一鞭，像一阵旋风一样跑了过去。

马伊尔江蹲在娜依身边，小心地问着什么。没想一阵风从他身边掠过之后，他被我像拎一只羯羊一样拎了起来，他还没有来得及叫一声，就被我放在了仍在飞奔的马鞍上。他吓得像被人捅了几刀，怪叫着，脸上没有一丝血色。他的手胡乱地抓了半天，终于抓住了马鬃。马继续奔跑了好长一段路，才停了下来。他哆哆嗦嗦地问道，你……你要……干什么……

你把娜依怎么了？我拔出腰里剥羊皮的刀子，在他脖子上比画了一下。

没……没有怎么，我……我可以……发誓……

那她怎么会吐呢？我知道，她长这么大，从来没有吐过，可你看看，她今天吐成这个样子，像要把心都吐出来了。

她……她只是晕车，一晕车就会吐。

你骗人，我没有坐过那个铁家伙，但我看见过。我看见你坐它没有晕车，你的县长爸爸坐了这么久，也没有晕车，为什么花儿一样的娜依坐了，就晕车了？

你如果不相信我，就去问娜依吧。

我把他从马上扔下来，来到娜依身边。娜依已经吐完了，她脸上玫瑰花一样的颜色没有了。

马伊尔江从地上爬起来，没来得及拍掉身上的泥土，像一匹受了伤的狼，仓皇逃窜了。

那个毛驴子一样的家伙，他把你怎么了？

她摇摇头。他……没有怎么，我……第一次知道了，那个车是个魔鬼，坐在那个车里面真是遭罪死了……

那个家伙请你上车的时候，我就觉得他没有安好心。你看他的车跑得比兔子还快。我不会这么轻易地饶了他！我说完，拿上套马杆，跨上马，狠狠地说，我一定要去把那个魔鬼给你抓回来！

娜依站起来，她显然想制止我，她伸出一只手，像是要把我拉住，但我已经上了马；她还说了一句什么话，但我的马已飞奔起来，她的话还没有传到我耳朵里，就被风刮跑了。

于是，在塔合曼草原上，就出现了自有人类以来的第一幕场景，只见一辆崭新的草绿色吉普车拖着一溜儿烟尘，从草原上颠簸着驶上那条新修的马路；我骑着一匹枣红色的骏马，手持一杆捕捉烈马的套马杆，像一个古代的勇士，追击着那个使我心爱的娜依呕吐得脸上失去了血色的四轮魔鬼。

吉普车注意到了我，它泰然自若，并不慌乱，好像还在故意逗我。有时候，它的速度很慢，我眼看就可以套上它了，没想它“轰”的一声，又像狐狸一样蹿出去好远。

我一直把它追到了背阴的山下，那里的马路上除了积着雪，还积着从山上滑下来的碎石，坑坑洼洼，很不好走。吉普车屁股后面喷着黑烟，吭哧吭哧地跑不快，我拍马上前，一套马杆把它给套住了。然后，我逼近，用马鞭狠狠地抽打着它，我每一鞭抽下去，草绿色的吉普车就会油漆脱落，出现一道明显的鞭痕，有几鞭子，我把车玻璃也抽碎了，我看到马伊尔江和开车的司机开始时还挑衅着我，还在车里嘻嘻哈哈地笑着，后来，他们都吓得面无人色了。他们以为我一定是疯了。

在我愤怒的鞭挞下，吉普车的车身已一片斑驳，车玻璃全都碎了，就连车上的帆布也被我抽打得裂开了。在吉普车试图逃窜时，我的套马杆又把它的车灯和倒车镜给打掉了。哈哈，这个原来很是光鲜、很是威风的四轮魔鬼，就这样变成了一只癞皮狗。

七

这就是我的故事的真实面目。

我的过失是因为无知，但主要是因为爱。我虽然在监狱里待了三年，但与我的爱比起来，那真是算不了什么。前面说过了，娜依成了我的妻子。现在，我们已儿孙满堂。

哦，有一件事差点儿忘了讲，我从监狱里出来后，马伊尔江已当了组织科科长，他的爸爸还是县长，他的爸爸还是那么胖。有一天，我正要赶着羊群到草原上去放牧，一辆吉普车来到了我家的毡房前。马伊尔江从车里钻了出来，他面色红润，像抹了羊油，浑身都尽显了干部气派。

我没有理他，继续把羊往外赶。

嗨，兄弟，就是仇人走到我们塔吉克人的毡房前，也得给碗水喝啊。

尊贵的阿布德·阿尔·拉赫曼·巴布尔伯克的后人，在这草原上可以把水给仇人喝，但没有把羔羊送给狼吃的。

他站在羊圈门口说，那听我说两句话总可以吧。

狐狸嘴里的话一向都很好听，有话你就说吧！

首先，我要告诉你，我爸爸终于实现了他祖父的爸爸阿布德·阿尔·拉赫曼·巴布尔的愿望，在他修建的监狱里关进了一个人，但你其实是挺冤枉的。你那时不知道，那车虽然是我爸爸坐的，但并不是我爸爸的而是国家的，你损坏了车，就损坏了国家的财产，这肯定就要让你坐牢了，这是没有办法的事。但你也没有吃亏，你被这高原上的人传说成了英雄。

这些我现在知道，不用你来告诉我。

然后，我要告诉你，娜依真的是因为坐车晕车才呕吐的，我连她的一个指头也没有碰过，我可以发誓。

你可以不说人话，但千万不要说鬼话。

这样吧，如果你有种，你就学会开车，学会了开车，你就知道晕车是怎么回事了。

哼，你不用这样来作践、挖苦我，我一个放羊的人，能到哪里去弄个车开呢！

国家还要给县上配一辆吉普车，现在还没有司机，你如果有种，县政府就送你到喀什噶尔去学开车！

我坐牢都不害怕，我还害怕你这个伯克家的后人让我去开车吗?!

那好，你是个站着尿尿的汉子，也是传说中的英雄，话说出来可不能反悔！

我嘴里吐出的唾沫星子都能变成铁钉子，我说出来的话，绝不反悔！

既然这样，你现在就坐我的吉普车到县上去，明天就出发到喀什噶尔。

走就走！我丢下自己的羊群，坐进了他的吉普车，这车虽然早就修好了，但我一眼就认出来了，它就是那辆被我用马鞭子抽打成癞皮狗的吉普车。

我就这样成了县政府的一名驾驶员，开了近四十年车，前几年才退休。我开过各种牌子的车，虽然我知道我的娜依一坐吉普就晕车，但我还是最喜欢北京吉普。

等待马蹄声响起

一

一对老人相互依靠着坐在塔合曼草原上，黎明的天光剪出他们亲密的身影。两匹马在不远处闲荡，草原上十分安静，有三两只乌鸦无声地掠过黛色的天空。

世界寂静得好像什么也不会发生。

但他们知道，过不了多久，他们期待中的声音就会出现。

草原上干冷的风带着呼啸声从黎明时分的草原上掠过。他像孩子似的伸开双臂，任由她帮他把羊皮袄穿上。

他恍然听到了一匹马的嘶鸣声。

他的耳朵已有些聋了，但这时却变得像猎犬一样灵敏。

他出神地望着远方，脸上泛着沉迷和向往的光彩。他不只是能听到那声音，好像还能看到那声音的形状——是暴雨的形状，她记得他曾给她讲过。她永远不能忘记他描绘他看见马蹄声的情形——

他脸上挂着少年激动时才会有的潮红，紧紧地握着她的手，激动地说："啊，哈丽黛，我看见了马蹄声，像黎明时骤然而至的暴雨，猛然间……掠过草原，把沉睡的一切都惊醒了，把一切都冲刷得干干净净，包括我做过的梦……”

这样的情形她只在他年轻时见过，她觉得他在她眼里一点儿也没有变老。

“叶尔汗，你还是那么年轻，像个健壮的小伙子。”她说。

“我们都还年轻，你也还是那个年轻的哈丽黛。”他的声音因为激动而略微有些颤抖。

那年，他七十七岁，她七十二岁。

二

十年前，他们随儿子搬到城里居住后，一有机会，就会在秋天回到草原上来，听听马群从草原上奔驰而过的声音，闻闻草原上的草香、花香，望一望草原尽头的天山苍郁的森林和连绵的银色的雪峰。

当年，他是塔合曼草原所有姑娘都倾慕的最有名的骑手，如果说他是雄鹰，马就是他的翅膀，一骑上马背，他就感觉自己能飞上苍穹。他说：“我这个没有翅膀的人，只有借助马才能飞起来。而马蹄声，我觉得它是世界上最好听的声音。我从小就喜欢把耳朵贴在草原上，听各种各样的马蹄声。”

而她，谁不知道她是塔合曼草原最美丽的姑娘啊，自从她长成一个小雪杉一样挺拔的少女那天起，她家的毡房门口就没有断过前来说亲的人，就连喀什噶尔也有人赶过来；只要她走出毡房，骑马来到草原上，小伙子便会打马跑过来，围绕在她的身旁。那些来求婚的人中，很多家境都很好，但她只爱帐篷漏风、与母亲相依为命的骑手叶尔汗。

现在，时间已无情地改变了他们，已从他们身上找不到一点儿年轻时的痕迹了，但看到他们时，你并不会感到忧伤。

城市离草原有三百公里路，但他们每次都像赴约似的满怀深情地前往。下了车，向艾克拜尔家借两匹马，带着酥油、馕和马奶酒，就迫不及待地打马向草原深处奔去。

上马时，他们的身手还是灵活的。但在城里待了一年，马一旦跑起来，不免有些担心，怕自己的老骨头承受不了那种生命的飞奔。那片草原上的人很少有年老的想法，他们只有活和死两种概念。即使老人，也很少下过马背，很少停止在草原上奔驰。除了有一天，再也上不了马背了，他们才会承认自己的衰老。

一到城里，他们就变得伤感起来，但他们不愿让儿子察觉，把那伤感一直埋在内心深处。他们在喧哗的城市中感受不到生命的存在，生命的河流变得那么枯涩，根本看不见激起的浪花，当然，就更难听见那河水流淌的声音了——只能听见某种低哑的呜咽，甚至很多时候，只能听见水泡破裂时的轻微的叹息。

当马奔驰开来，他伏在马背上，“哟——嚯——”地尖啸起来。那时，他会听见生命之河的奔涌。他回头看她时，看到她的身手敏捷，看见她和自己一样，脸上有泪水在闪光。

来到草原深处，他们下了马，打量一会儿对方，然后相拥着，微笑着拭去彼此脸上的老泪。

她说："我们……还行……我原来以为，我连马都上不去了，就是上到马背上，也骑不稳了，没想到还行……"

"不会有什么问题的，你还像羚羊一样灵活。"他像在与自己热恋的姑娘说话。

三

他们支起那顶小小的白色毡帐，用绳子把马腿绊好，然后把一块毡毯放在草原上。相互依靠着面朝东方坐好，风吹拂着他们的满头白发，像白色的火焰。两匹绊了马腿的马不能跑了，知命地披着清晨的雾气，在不远处闲荡。有几只不知名的鸟儿在晨风中玩耍，它们有时候不扇动翅膀，在空中停住，然后乘着气流滑翔。一只鹰无声地飞翔在更高的染了霞光的蓝天中。

风把远处马的嘶鸣声送过来，天地间充满了草原的清香。他们孩子似的躺在草地上，大口呼吸着草原母亲的体香。他在陶醉中忍不住唱起了他第一次向她求爱时唱的情歌《姑娘追》：

你的黑眼睛迷住了我的心，
你的白牙齿勾走了我的魂，
你的美貌点燃了爱情的火，

而你冷得就像冬天里的冰。

他的声音已经沙哑，但仍像过去一样饱含深情。她想起过去的时光，心中充满了幸福，一点儿也不为失去的一切而伤感。她也忍不住唱起了《到底是为什么》：

我到河边去提水，
却忘了把桶带；
锅里已经倒上了水，
又忘了点木柴；
歌儿已跳到嘴边上，
却忘记了唱的是什么；
哎呀呀，你说说，
这到底是为什么？

他们那次去得早了，就在草原上一首接一首地唱着情歌，一首接一首无拘无束地唱着，有时欢笑，有时哭泣，直到最后在毡毯上沉沉睡去。

四

太阳从草原东边的雪山后面升起来了，迎面扑来的阳光剪出了他们苍老的身影。他们和金色的草原一起，被朝阳抹上了一层浓浓的玫瑰色的光辉。

突然，他醒了过来，把耳朵贴近了草原，像孩子谛听母亲的心跳，挂着露水的青草把他的脑袋吞没了。当他抬起头，转过身来，看见了一只狐狸，他大声说："精灵一样的小家伙，我听见了你，你过来吧！"

狐狸狐疑地往前走了两步，又退回去好几步。

他站了起来。他在城里生活了十年之久，但他的两条腿还是像骑手那样呈骑马状，分得很开。

她也醒过来了，看见那只狐狸，她露出缺了牙的嘴，笑了。

"看见那只狐狸，我非常高兴，记得，五十多年前的那个黄昏，你把我带到草原深处，也有这样一只狐狸，它也是这个样子看着我们。"

"哈哈，它可能就是五十多年前的那一只呢。"

"不可能了，除非它变成了精怪。"她的声音略微有些伤感，但她不愿意让这种情绪弥散开，就转了话题，"叶尔汗，你说说看，你刚才是听见它来到这里的吗？我觉得它站在那里没有动。"

"它动了，偶尔会抬一抬腿，虽然轻得像偶尔落到鼓面上的几滴雨点，但那也是声音。"

"你这耳朵在城里背得很，一到草原上就灵得很啊，一根针掉到草丛里你也能听见！"她把他夸完，又对那只狐狸说："你跟我们一起听听马蹄声吧，你会听到世界上最好听的声音……”

那只狐狸歪着头，终于没有理解她的话，拖着尾巴，转身走了，很快就隐没在草丛里。

这时，太阳已经升到了远处天山的雪山顶上，融化的雪水升腾起的水汽舒缓地飘向深蓝色的天幕，在雪山顶上凝结成了一朵莲花状的云团。草原在阳光中已经舒展开来，每片草叶上都反射着太阳的光。所有的生灵都活跃起来，一只黄羊影子一样无声地从不远处跑过。一群乌鸦一定是闻到了狼群留下的腐肉，聒噪着，欢快地向远处的雪山飞去，很快就没有了踪影，好像融进了雪山之中。各种声音忽远忽近，在草原上空随风飘荡，像一部激越的交响乐。

但他感到这里——这草原的中心——异常寂静，只有那两匹马——它们现在已经熟悉——相互厮磨，偶尔打一个响鼻。

他们不再说话，只是期待着。

五

草原变得温暖了，她脱了身上的羊皮袍子；他像孩子似的伸开双臂，任由她帮他把羊皮褂子也脱下来。

他把脸贴在了草原上，说：“我听到了一匹马蹚过河流的声音。”

她也把耳朵贴近草原，“可我只听见了风贴着草原刮过的声音，只听见了几声不知道名字的虫子的叫声。”

他有些生气，“我们是草原的孩子，我们的心就是这草原的泥土做的，所以草原上的一切都是随着我们的心跳动的。当有一匹马从草原上跑过，也就是从我们的心上跑过，你怎么能感觉不到呢?”

“我再试试，我相信我能听见的。”

他们把耳朵贴在草地上，像两个顽皮的孩子。

过了一会儿，他推了推她，激动地说：“快听，那声音传过来了……就像是……就像是大地的心在跳。”

是的，至少有五百匹马在南面的草原上奔驰。那两千只蹄子敲打着草原，就像两千个鼓槌，敲打着草原这面大鼓。他的脸上涌着血，一片赤红，把他的白胡子衬得更加耀眼。

“它们近了，越来越近，我听得见了它们喘气的声音，里面有近百匹马驹子，还有儿马，在里面不守秩序地乱闯。最前面的一定是一匹黑马，黑得发亮的黑马，紧随它的是一匹白蹄儿的枣红马，有一匹马驹子掉了队，那母马正回过头去照顾它……哈丽黛，你听得出来吗?”

“怎么听不出来？它们现在正向左边的河川拐去，正沿着河川像洪水一样向远方跑去。以前，我们每年都要到那河川里去。那只马驹子跟上去了，哈哈，小家伙真行呀，它生下来还没满月呢。”

马群跑到河川后，停了下来，就像狂风突然止息，像暴雨猛然歇住，但天地间似乎早已被强劲的生命力注满了。

六

他的脸还贴在草地上。她把他拉起来，用手小心地擦去他

脸上的泥土和草屑。

“啊，再没有比那声音更充满力量的了……”他站起来，伸了伸胳膊，无比满足地说。

他因为满足而不停地在草地上走来走去，那手足无措的样子，使她忍不住笑了。

他们在温暖的阳光里，呼吸着草原甘甜的气息。然后，她拾了一些干草和牛粪，在铝锅里煮好了酥油茶。他们喝着酥油茶，吃了馕，还喝了一点儿马奶酒，然后信马由缰地一边在草原上溜达着，一边交流着各自的感受，直到回到城里。

回城之后，他们不再说什么，把那珍贵的东西藏在心里，慢慢地品味。他们其实也想告诉别人，但没人愿意听；耐着性子听的人，听完后也只会安慰他们似的一笑，露出不可思议的神情。他们心里一定在想，这么大年纪了，跑那么远的路去听马蹄声，真是疯了。

七

他和她自进城后一共回了九次草原。她第九次陪他回来时，他已经不行了。他们没有骑马到草原上来，而是他儿子开车把他送到草原上的。他的确老了，即将走到生命的尽头。他

祈求她和儿子一定要把他送到塔合曼草原上去。听不到马蹄声，他无论如何也咽不下最后一口气。

那个夜晚有一点儿凉，儿子去拾了牛粪，要为他烧堆篝火。他制止了儿子，他说那样会惊扰马蹄声的。

第二天清晨，她和儿子把他的身体侧过去，使他的耳朵能贴近草地。

当那声音传来，他那已被死亡笼罩的苍白的脸重新有了几丝红晕。他微笑着，嘴里轻轻地说着什么。她把耳朵凑上去，听见他说："……感……谢……你和……草……原啊……"他说完，就闭上了眼睛。

她没有哭，只是握着他的手。她想，他一定是去追寻远去的马蹄声了。

"可是，现在我还来这里干什么呢？他不在了，把我一个人孤零零地扔在人世上。我都八十岁了，可能是自己老糊涂了。"她下了车后，自言自语地说。

她已不敢让马跑，只任由它走着。这还是艾克拜尔第一次借给她的那匹马。它也已老了许多，像是相互理解似的，它走得很慢。

马每往前走一步，她心中的悲痛也就会多一分。她感到浑身困乏，眼睛里的泪总是难以止住。她知道自己已走不到草原深处，就停下来，把毡子铺好。

没有他，她老觉得冷，老是想把衣服裹紧些。

她现在才知道，她原来到这里来，不是为了听那马蹄声，而是为了看他。

世界真安静啊，她一次又一次追忆他幸福而满足的笑，追忆他们欢乐的歌唱，追忆他们相拥着熟睡时的情形。她既感到悲伤，又感到幸福。她不知道自己是什么时候睡着的。

她梦见她和他各骑着一匹白色的大马在草原上飞奔，直到累得从马背上栽下来。他们一躺到大地上，那熟悉的声音就会惊雷一样从草原深处传过来。

天地间充满了金色的阳光，绿色的草原波动着，一浪接一浪地涌向远处高耸的雪山……

阳光有些干硬，日头已升起好高。她沮丧地承认，自己已错过了听马蹄声的时机。她抹了抹额前的白发，然后用头巾把头发包好，烧了酥油茶，吃着馕，把给他敬的马奶酒泼在草地上，然后说："叶尔汗，我错过了听见马蹄声的时机，但只要草原还在，马群还在，我就会再来……"

当她说完话，从草原上抬起头，她的眼前突然出现了金色的马群，良马神骥，奋蹄扬鬃，引颈长嘶，像金色的旋风从眼前掠过。阳光洒在它们身上，它们身上闪着光。她高兴地呼唤着："啊，神马！神马！"

有一匹高大骏逸的马从马群中来到了她的面前，它低下头来，用嘴触着她的脸，温热的鼻息喷在她的脸上。它说话了，是他的声音："你要知道，我会永远陪伴你。"

她兴奋地随那声音站起来，但白马已扬起四蹄，披着一身神圣的阳光，飞跑开去。

克克吐鲁克

一

我们清晨六点钟从团新兵营出发时，才有一层薄薄的天光，虽然已是四月，但高原上的空气里还飘浮着一股寒冷的味道。从我们上车后，就没有一个人说话，好像这军车拉的不是新兵，而是一堆冰冷的石头。

军车在雪原上蠕动着，像一只深秋的蚂蚱。高原上的风和飞扬起来的积雪已经把车身上的泥尘打扫干净。十分醒目的草绿色车身像一小片春天，颠簸着，缓慢地移动着。

绿洲上早已是春意盎然。可这高原，除了冰峰雪岭，就是冰湖冰河冰达坂，好像我们穿过这个无边的冰雪世界，要去的不是边防连，而是北极的某个地方。

新兵分配完毕，当我听说自己分在了克克吐鲁克边防连，便问新兵连连长，这个地名是什么意思？听到我问这个问题，他觉得很奇怪，看了我好久——好像我不是穿着军装的军人，而是一只要把戏的猴子。他淡然地说，克克吐鲁克就是克克吐鲁克，谁知道这个鬼地名是什么意思。

我想，它肯定不是一个鬼地名。我看了一眼坐在对面、随时都有可能被颠散身子骨的班长，忍不住想问问他。他在这高原已待了十多年，一定知道的。但看看他那张黑得爆皮的脸，我又忍住了——倒不是怕他，而是怕他把这个念着如清泉过幽涧般悦耳动听的名字，解释得和他一样粗俗不堪。我宁愿凭着自己的想象去解释它。

“克克吐鲁克……”我在心中默念着这个地名。我觉得它新鲜，耐读，音节感很强，有宽阔无边的想象空间，能给人安慰。我想它的意思要么是飞翔着雄鹰的地方，或是有河流奔流不息的地方，再不就是萦绕着牧歌的牧场，或者是塔吉克人的祖先修筑的神秘古堡……

自从军车开始翻越海拔五千多米的奇切克力克达坂开始，我的头就开始痛起来，就像是谁用锥子在脑子里使劲儿扎似的。这时，班长破天荒地说，你们都给我听着，虽然你们还是些嘴上没毛的新兵蛋子，但出了新兵营，就是真正的军人了，从现在开始，你们都要给我撑出个男人样子来。大家听了班长的话，都忍受着高山反应的折磨，谁也不愿意成为第一个现出狼狈相的人。但没过多久，就有两个家伙没忍住，趴在后厢板上，像孕妇一样哇哇呕吐了。最后，除了班长，每个人都未能幸免。

我们在新兵营用半年时间训练出来的强健体魄，突然之间变得像玉一样脆弱。大家吐空了早上吃的馒头、稀饭和咸菜，吐掉了在路上吃的压缩饼干、红烧肉罐头，最后，吐掉了胃液和胆汁，只差点儿没把五脏六腑都吐出来了。大家半躺在车厢里，连坐起来的力气都没有了。

塔什库尔干河两岸的雪要薄一些，河流中间的冰已经融化，可以看到一线深蓝色的河水。偶尔，还可以看到一个塔吉克老乡赶着在长冬中煎熬得枯瘦的羊，在河边放牧。

就在我们非常难受的时候，突然听到了一阵动听的歌声——

雄鹰飞在高高的天上，
我心爱的人儿他在何方？
我骑着马儿把他寻找，
找遍了高原所有的牧场……

这是一个女孩子的歌声，那歌声是突然响起的，就在不远的地方。她是用汉语唱的，这样的地方竟有汉族姑娘，我感到十分惊奇。大家都坐起来，高山反应好像一下子轻了许多。但行进的汽车很快就把那歌声抛远了。我想，克克吐鲁克，它的意思可能就是情歌响起的地方……

不知道又走了多久，军车“吱”地刹住了。

“下车！”刺耳的刹车声刚刚响过，班长就站起来，大声喊叫道。

汽车篷布被掀开，白花花的、混了雪光的阳光“哗”地扑进来，把大家推得直往后倒。班长已飞身跳进了白光里。有一个瞬间，他被那光淹没了，只剩下了一个影子。

太阳已经偏西，但雪地上的阳光依然很厚，厚得可以没过脚踝。我们从车上跳下来的时候，感觉像跳在棉花上一样松软。我感觉自己的脑子迟钝，像块榆木疙瘩，身子发飘，怎么也站不稳。

班长像铁桩一样立在雪地里，招呼我们列队。

几个老兵和一群马在那里等着我们。他们在冰雪中如一组群雕，背景是肃穆的雪山和凝固了的卡拉秋库尔苏冰河。士兵、军马、雪山、冰河和蓝天、白云构成了一幅深沉而又寂寥的图景。

列完队后，班长给每人扔了一块压缩干粮、一盒雪梨罐头，说："从现在起，我要看着你们这些娘儿们一样的新兵蛋子，五分钟把这些吃完，然后继续出发！"

大家看着吃食，马上就想呕吐，没有一个人动。

"要活命，就得吃，这是命令！现在，只有四分钟了！"

大家打开了罐头，和着压缩干粮，往嘴里填。但有人吃下去后，马上又呕吐起来。班长不管，要我们吐了再吃，直到吃得不吐为止。

由于大雪仍然封山，前面四十多公里简易公路军车已不能前行。我们需要在这里换乘军马，才能到达我们要去的地方。

二

大家把压缩干粮和雪梨罐头填进肚子，跨上了军马。虽然在漫漫长冬中苦熬的军马都很瘦，并不是想象中的那么雄健、骏逸，但大家第一次骑马，都有些激动。

分给我的是一匹白马。它是那些马中最瘦的，瘦得只剩个骨架，当风敲打它骨头的时候，就能听到金属似的声响。这使我不忍心骑它，觉得随时会把它压趴下去。我打量着它，倒想扛着它走。

雪光映照着雪原，如同白昼，不时传来一声狼嚎。它凄厉的嚎叫使高原显得更加寒冷，我不由得把皮大衣往紧里裹了裹。

人马都喘着粗气，夜里听来像是高原在喘息。

这儿有那么多狼，那么，克克吐鲁克……一定是个狼群出没的地方。想到这里，我不由得害怕地向四面的群山望了望。

到达克克吐鲁克已是夜里两点。边防连的营院镶嵌在一座冰峰下面。冰峰被雪光从黛蓝色的夜空中勾勒出来，边缘有些发蓝，如一柄寒光闪闪的利刃，旁边点缀着几颗闪亮的寒星和一钩冷月。

营房里亮着灯，战士们拥出来欢迎我们。这些被大雪围困了五个多月的官兵把我们拥进会议室后，就激动地鼓掌。他们一直在等着我们。我们这些陌生的面孔使他们感到自己与外界有了联系。他们用那因与外界隔绝太久而显得有些呆滞的目光盯着我们，一遍遍地打量，好像我们是花枝招展、风情万种的姑娘。

因为高山反应，我一夜未能入睡。新兵们大多没有睡好。我们的眼圈发黑，眼睛发红。

吃了早饭，连长把我叫去。他最多二十八九岁，但我惊奇地发现没有戴军帽的他，头已秃顶。他黑铁般的脸衬托着他的秃顶，异常白亮。他掩饰性地捋了捋不多的头发，点了支烟，深吸了一口，问道："说说看，你有什么特长？"

我想了想，摇了摇头。为了不让他失望，我答非所问地敷衍道："我喜欢马。"

"那好，从今天开始，你负责养马，连队的军马都交给你。"

"什么？"

"就这样吧，"连长用不容置疑的口气说，"记住，军马是我们无言的战友，你要像爱护自己一样爱护它们。"

我虽然不知道怎么爱护自己，但我只得答了一声："是！"

我就这样成了克克吐鲁克边防连的军马饲养员，成了帕米尔高原上的一个马倌。

临离开连部时，我忍不住停住了，回转身去。连长马上问："你还有事？"

"连长，能不能问一下，克克吐鲁克，它是什么意思？"

"哈哈，这个……这个克克吐鲁克就是克克吐鲁克，它的意思，到时候你自然会知道的。"

我搬进了马厩旁的小房子里。老马倌带了我一段时间，我从他那里学会了铡马草、配马料、钉马掌、剪马鬃，冲马厩、套马等"专业知识"。

每当我赶着马群出去放牧的时候，我都在寻找着来时在路上对克克吐鲁克的想象，但我没有找到一点儿与想象相符的地方，连狼嚎声都很难听见。我认为，克克吐鲁克……这个不毛之地，可能就是死亡之地的意思，千百年来，它靠这个好听的名字掩盖着它的荒凉和可怕。

想到这里，我更加迫切地想知道它的意思了。我拽住了一个志愿兵，问他："老兵，你说说看，克克吐鲁克是不是死亡之地的意思啊?"

他严肃地摇摇头，说："我们只把它当一个地名，管它的意思干什么!"

我又问别人，他们都不知道。别的新兵去问，得到的答案也差不多。

三

五月缓缓地来了，春天已被省略，阳光似乎是一夜间变得暖和起来的。我赶着马群走到雪峰下时，听到了大地在阳光里解冻时发出的巨大声响。

冰消雪融。不久，雪线便撤到了山腰上，营地前那片不大的草原上，萌出了浅浅的绿意。

我每天赶着马群，顺着卡拉秋库尔苏河放牧。

谁都注意到了，我从没把马群赶进营地前那块小小的草原。

没有了冰雪的衬托，营院便融进了那古老的、寸草不生的黑褐色山体里。那块绿色的草地便成了这里全部的美和生机。别的地方，都显得狰狞，它们虎视眈眈，似要把那美和生机吞没。

从偶尔传来的牧歌声中，我已知道塔吉克老乡正骑着马，赶着羊群和牦牛从河川游牧而来。

我看着马群安静地吃草，任由风吹乱它们的长鬃。那匹皮包骨头的白马变化最快，它已经长了膘，显露出了骏逸的风采。

我成了一个自由的牧马人，只是这种自由是由孤寂陪伴的。那时，我便唱歌，从小时学的儿歌开始唱，一直唱到最近学会的队列歌曲。那匹白马听到我的歌声，会常常抬起头来望我，像是在聆听着。有时，它会走到我的身边，停住，眨着宝石般的眼睛。不久后的一天上午，好像是受到了我歌声的召唤，我忽然听到了动人的歌声：

江格拉克草原的野花散发着芳香，
我心爱的人儿他在何方？
我骑着马儿四处寻找，
找遍了高原的每一座毡房。

卡拉秋库尔苏河怀着忧伤，
我来到了克克吐鲁克的山冈上，
我看到他骑着骏马，

像我心中的马塔尔汗一样。

还是那个女孩子的歌声，那歌声是突然响起的，就在不远的地方。她还是用汉语唱的，但那声音显然是高原孕育的，那么旷远、高拔、清亮，像这高原本身一样干净、辽阔。而那歌唱者呼出的每一缕气息都清晰可闻，使你能感觉到生命和爱那永恒的光亮。如果世世代代没有在这里生活，就不可能有那样的嗓音。

我像被一种古老的东西击中了，有一种眩晕，有一种沉醉。

歌声停止了，余音还在雪山之间萦绕。天上的雄鹰一动不动，悬浮在雪山上；两只盘羊偎依着站在苍黑的巉岩上面，好像在庆幸它们没有远离。它们和我一样，沉醉在她的歌声里。

我循着声音，用目光搜寻那唱歌的人。但她好像在躲着我。我向她的歌声靠近一点儿，她就会离我远一点儿。我只能听见她的歌声，却看不见她在什么地方。

四

接连好几天，我都听到她在唱这首歌。

最后，我都把这首歌学会了，才看到了她。正如我料想的那样，她是一个塔吉克姑娘。

我看到她的那天，她站在高冈后面一个小小的山冈上，冈顶一侧有几朵残雪，四周是高耸的冰峰，脚下是一小群散落的羊群。她头上包着红色的头巾，身上穿着红色的长裙，骑在一匹枣红马上，看起来，像一簇正在燃烧的火。她像是早就看到了我。我看她时，她朝我很响地甩了一下马鞭。然后，马儿载着她，一颠一颠地下了山冈，我再也看不见她了。

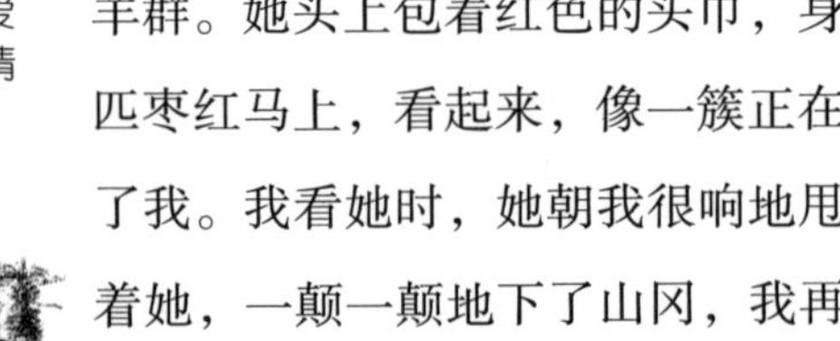

我感到一种与高原一样古老的忧郁，突然弥漫在了这晴朗、空阔的天地里。

那天，她再也没有出现过，她像是被那个山冈藏起来了。

第二天，我也没有看见她，只远远地听见了她的歌声。

第三天，我看见那个山冈侧面的残雪已经化掉了，我忍不住赶着马群向下游走去。

第四天，我看见她仍骑在那匹马上，风把她的裙裾和头巾拂起，向我所在的方向飘扬着。

我的心安静了，觉得受了抚慰一般，我坐在河边，看着哗哗东流的钢蓝色的河水发呆。

我不知道白马是多久前离开我的，也不知它什么时候把姑娘那匹枣红马引了过来。它鞍辔齐备，只是没了那个有云雀般动人歌喉的骑手。

白马朝我得意地“咴咴”嘶鸣一声，像在炫耀它的魅力。

而我不知该不该把她的马给她送回去。

红马紧随白马，悠闲地吃着草，像是已经相识了很多年。

一会儿，她的身影出现了，她骑在另一匹光背的黑马上。在离我十几步远的地方，她跳下了马。黑马转身嘚嘚地跑回马群。她微笑着，朝我走来。我看见了她帽子上的花很好看——那一定是她自己绣的，那些花儿正在开放，好像可以闻到花香；看到她背后金黄色的发辫上缀满了亮闪闪的银饰，一直拖到她凹陷的腰肢下；她的臀部那么紧凑，微微向上翘着；她的双腿修长，脚步轻盈；随着风和脚步飘动的裙子，使她看上去像会飘然飞去。我突然想，她要是能飞离这里，飞离克克吐鲁克这个苦寒之地，飞到云朵外的仙界之中，我定会满心欢喜。

她走近了，我看清了她红黑的脸蛋，蓝色的眼睛，薄薄的嘴唇。她看看我，又看看那两匹马，然后害羞地径直向那匹白马走去。

但我仍然蹲在河边，一只手仍然浸在河水里。我都忘记站起来了。

我担心白马认生，会伤了她，才猛地站了起来。而她已在抚摸白马优美的脖颈儿，白马则温驯地舔着她的毡靴，好像早已和她相识。

我在军裤上擦干了湿漉漉的、冰凉的右手，走过去，看见她的脸正贴在白马脸上。

那个时刻，高原显得格外安静，只能听见风从高处掠过的声音，一只不知名的鸟儿从一棵芨芨草后面突然飞起，箭一样射向碧蓝的天空，把一声短促的鸣叫拉得很长。

我垂手立在她的身后。

好久，她如同刚从梦中醒来，看见我，羞涩地低下了头。

“这真是一匹好马。”她说。她的汉语有些生硬，但格外悦耳。

我点点头。

“它叫什么名字啊？”

“它没有名字，它是军马，只有编号，看，就烙在它的屁股上，81 号。”

她好奇地转过头，看了看缎子一样光滑的马屁股，“哦，真的烙了一个编号，不过，这么好的马，应该有个名字。”她已不像原先那么羞涩了，嫣然一笑，露出雪白的牙齿，问有些腼腆的我，“那，你是军人，不会只有编号没有名字吧？”

我忍不住笑了，“当然，我叫卢一萍。”

“卢、一、萍。”她像要把这个名字铭刻在记忆深处，把每个字都使劲儿重复了一遍。

“你是克克吐鲁克边防连的？”

“是的，我是今年刚来的。”

“我叫古兰丹姆。”

“我没想到你会用汉语唱歌。”

“我在县城读过书。前年，也就是我该读高二的时候，我爸爸得了重病，就辍学回来放羊了，不然，我今年都该考大学了。”说到这里，她很难过，“爸爸到喀什去看了好几次病，花了很多钱，但还是没有好转。你看，为了给他治病，我们家的羊卖得只剩下这么一点儿了。”

我看了一眼她家那剩下的三十来只羊，安慰她说：“你爸爸的病很快就会好的，等他的病好了，你还可以继续去

上学。”

“我很想上学，但我今年都十八岁了。”她伤心地说。

五

老马倌年底就要复员了，他常常到营地前那片小小的草原上去，一坐就是半天。正是因为大家和我一样喜欢那片草原，所以我从没让马群到那里去吃过草，一个夏天下来，那片草原一直绿着。牧草虽然长不高，但已有厚厚的一层，像一床丝绒地毯。我一直希望那块草地能开满鲜花，但转眼高原的夏天就要过去了，连阳光灿烂的白天也有了寒意，所以，我也就不指望了。

有一天下午，老马倌让我陪他到草原上去坐坐，我默默地答应了。

他用报纸一边卷着莫合烟，一边说：“我看你最近一段时间像丢了魂儿似的，回到连里也很少说话，你是不是有什么事啊？”

我连忙掩饰，“班长，没有，啥事也没有！”

“没有就好，你一定要好好干，干好了，说不定也能像我一样，转个志愿兵干干。”

“我一定会好好干的，你放心！”

“我相信你能干好。”他说完，把卷好的莫合烟递给我。

我说：“你知道，我不会抽烟。”

“抽一支没事的，你出去牧马，有时候好几天一个人在外面，要学会抽烟，抽烟可以解闷。你就学学吧，抽了，我就告诉你克克吐鲁克的意思。”

我一听，赶紧接过烟，说：“班长，你快告诉我吧。”

他把烟给我点上，自己也慢条斯理地卷好一支，点上，悠悠地吸了一口，把烟吐在夕阳里。看着烟雾慢慢消散，望了一眼被晚辉映照得绯红的雪山，叹息了一声，嘴唇变得颤抖起来，他又深深地吸了一口，然后用颤抖的声音说：“我问过好几个塔吉克老乡，他们都说，克克吐鲁克……从塔吉克语翻译过来的意思就是，开满……鲜花的地方……”

“开满鲜花的地方?”

“是的，开满……鲜花……的地方……”他说完，把头埋在膝盖上，突然抽泣起来。

知道了克克吐鲁克这个地名的意思，我突然觉得这个地方变得更加偏远、孤寂了。我认为那些塔吉克老乡肯定理解错了，即使是对的，那么，这个地方属于瓦罕走廊，在瓦罕语中，它是什么意思呢?这里还挨近克什米尔，那么，它在乌尔都语中又是什么意思呢?说不定它是一个遗落在这里的古突厥语单词，或一个早已消亡的部落的语言。

因为在驻帕米尔高原的这个边防团，谁都知道，这里海拔最高，氧气含量最低，自然条件最恶劣。

“开满鲜花的地方，这简直就是一个反讽!”我在心里说。

我决定去问问她。这里一直是她家的夏牧场，她一定知道克克吐鲁克是什么意思。

没有想到，她的回答和那些塔吉克老乡的回答是一样的。

“可是，这个边防连设在这里已经五十多年了，连里的官兵连一朵花的影子也没有看见。”

“那么高的地方，是不会有花开，但克克吐鲁克，就是那个意思。那里的花，就开在这个名字里。”

六

从那以后，我好久没有见到她。我曾翻过明铁盖达坂，沿着卡拉秋库尔苏河去寻找她。我一直走到了卡拉秋库尔苏河和塔什库尔干河交汇的地方，也没有看到她的影子。她和她的羊群都像梦一样消失了，我最后都怀疑自己是否真的遇到过她。

有一天，终于传来了她的歌声，我第一次听到她的歌声里有些伤感：

珍珠离海就会失去光芒，
百灵关进笼子仍为玫瑰歌唱；
痴心的人儿纵使身陷炼狱啊，
燃烧的心儿仍献给对方……

我骑马跑过去，刚把白马勒住，就问她：“嘿，古兰丹姆，这么久你都到哪里去啦?”

"有一些事情，我爸爸叫我回了一趟冬窝子。"我觉得她心事重重的，正想问她，她已转了话题，高兴地接着说，"我去给你的白马寻找名字去了，在江格拉克，我给你的白马找到了一个很好听的名字。"

我知道江格拉克离这里有好几个马站的路程，我想到她离开这里，原来是做这件事去了，放心了许多，我说："那么，古兰丹姆，你快些告诉我，你为它找到了什么好名字？"

"兴干。"

"兴干？它是什么意思呢？"

"这名字来源于我们塔吉克人的一个传说。说是很久以前，这里有一位国王的女儿，名叫莱丽。她非常漂亮，鹰见了她常常忘了飞翔，雪豹见了她也记不起奔跑；所有的小伙子都跟在她身后把情歌唱，不远万里来求婚的人更是没有断过，但她只爱牧马人马塔尔汗。不幸的是，她的国王父亲根本看不起他。

"马塔尔汗的马群中有匹叫兴干的神马，洁白得像雪一样。国王想得到那匹神马，但神马只听马塔尔汗的话，国王想尽了办法也抓不住它。没有办法，国王答应只要马塔尔汗把神马给他，他就把莱丽嫁给他。马塔尔汗信以为真，把神马给了国王。国王得到神马后，却把马塔尔汗抓了起来，关进了牢房。

"神马知道后，挣脱装饰着宝石的马缰，摧毁了国王的监狱，救出了自己的主人，然后又与国王请来的巫师搏斗，把巫师和国王压在了江格拉克的一座山下，而神马也被巫师的咒语定在了那座山的石壁上。

“马塔尔汗获救后，带着莱丽往北逃去，最后在幽静的克克吐鲁克安居下来，过上了恩爱幸福的生活。他们死后，马塔尔汗化作了慕士塔格雪峰，莱丽化作了喀拉库勒湖，他们至今还相依相伴，没有分离。而那匹白马至今还在江格拉克东边的半山上。远远看去，它与你的白马一模一样。”

“这传说真美，这白马的名字也非常美。”我说完，就叫了一声“兴干”，它好像知道自己就该叫这个名字，抬起头，前蹄腾空，欢快地嘶鸣了一声。

古兰丹姆很高兴，她走到白马身边，用手梳理着它飞扬的鬃毛，好久后才说：“我很喜欢这匹白马，我可以骑骑它吗？”

“当然可以，它自从来到克克吐鲁克，还没有驮载过女骑手呢。”我爽快地答应了，“不过，我得给它装上马鞍。”

“不用的！”她高兴地跨上了白马的光背，抓着白马的长鬃，一磕毡靴，白马和她如一道红白相间的闪电，转瞬不见了。

过了好久，她才骑着白马返回来，在白马踏起的雪沫里激动地跳下马，说：“兴干真像那匹神马。”她说这话的时候，我看见她的双眸中闪烁着泪光。

七

营房前那块草原已变得金黄，那里依旧没有花开。

有一天早饭后，我正要把马从马厩里赶出来，老马倌突然从外面冲进来，激动地说："草原上……草原上的花开了，快……你……快跟我去看看！"他的声音都沙哑了。

我想他肯定是想那草原开满鲜花想疯了，我说："那里草都枯黄了，怎么会有花开呢？"

但他拉着我，硬把我拽到了草原上。我果然看见有一团跳跃的红色！

我简直不敢相信自己的眼睛，我屏住了呼吸，疯了般扑过去，我发现那是用一条头巾扎成的花朵。

那是古兰丹姆的头巾！

我硬咽着说："这是……这里开放的唯一的花朵……"

老马倌早已泪流满面，"真不知道……这花……该叫什么名字。"

"古兰丹姆，古兰丹姆……这朵花的名字叫古兰丹姆……"我喃喃地说。

这朵用头巾扎的花一定是她今天一大早放在这里的。我把马赶到河谷里，就赶紧去找她。

在明铁盖达坂下，我看到她一个人信马由缰，正沿着卡拉秋库尔苏河河谷往回走，我看见她长辫上的银饰闪闪发光。她好像没有听见白马那急促的马蹄声，也没有回头。我赶上去，和她并驾齐驱时，她才转过头来，对我微微笑了笑。

"古兰丹姆，那朵花真好看。"

"但那里只有一朵花。"

"一朵花就够了，我相信，即使是冬天，那朵花也不会凋谢。”

“但就是那样的花，有一天也会枯萎的。”她有些忧郁地说，然后，转过头来，问我，“你喜欢克克吐鲁克吗?”

“还说不上喜欢，也许待久了就会喜欢一点儿。”

“等你喜欢上了那个地方，那里就会一年四季开满鲜花。但那些花儿是开在心里的。”

“那么，克克吐鲁克应该是一个属于内心的名字。”

“是的。只有开在心里的花儿，才永远都不会凋零。”她的眼睛有些潮湿，“你知道吗？我的名字是从我们的一首歌里来的，你想听吗?”

“当然想。”

“那我就唱给你听，冬天就要来了，我们不久就要搬到冬窝子里去，这可能是我最后一次给你唱歌了。”她说完，就唱了起来——

古兰丹姆要出嫁了，
马儿要送她到远方；
克克吐鲁克的小伙子啊，
望着她的背影把心伤……

她唱完这首歌，像赌气似的，使劲儿抽了一鞭胯下的红马，顺着河谷，一阵风似的跑远了。

八

从那以后，我更想见到她。但整个卡拉秋库尔苏河河谷空荡荡的，只有越来越寒冷的风在河谷里游荡。

冬天就在四周潜伏着，这里一旦封山，我要到明年开山的时候才能见到她了。想到这里，我觉得十分难受，忍不住骑着白马，游牧着马群，向河的下游走去。我又一次来到了卡拉秋库尔苏河和塔什库尔干河交汇的地方，但我连她的影子也没有看见，我在那一带徘徊。我常常骑着我的白马，爬到附近一座山上去，向四方眺望。但我只看到了四合的重重雪山，只看到了慕士塔格峰烟雾缭绕的身影，只看到了塔什库尔干河两岸金色的草原，只看到了散落在草原上的、不知是谁家的白色毡帐和一朵一朵暗褐色的羊群。

那些天，我感觉自己像个穿着军装的野人。饿了，就拾点儿柴火，用随身携带的小高压锅煮点儿方便面、热点儿军用罐头吃；渴了，就喝河水；困了，就钻进睡袋里睡一觉。我把马绊着，让它们在这一带吃草，准备在这里等她。虽然我作为军马饲养员，可以在荒野中过夜，但我是第一次在外面待这么久。

玻璃似的河水已经变瘦了，河里已结了冰。雪线已逼近河谷，高原的每个角落都做好了迎接第一场新雪的准备。

头天晚上我冻得没有睡着，我捡来被夏季的河水冲到河岸上的枯枝，烧了一堆火，偎着火堆，待了一夜，直到天快亮的时候，我才迷迷糊糊地睡着了。我梦见一朵白云承载着古兰丹姆和她的羊群，飘到了我的梦里。我高兴得醒了过来，没有太阳，蓝色的天空已变成了铅灰色。我像一头冬眠的熊，从睡袋里爬出来。我先望了望天空，看了看那些快速飘浮的云。我在云上没有看见她。我想，我该归队了。但我不死心，我涉过了塔什库尔干河，骑马来到了靠近中巴公路的荒原上，再往前走，就是达布达尔了。马路上已看不到车辆，只有络绎不绝的从夏牧场迁往冬牧场的牧人。他们把五颜六色的家和家里的一切驮在骆驼背上，男人骑着马，带着骑着牦牛怀抱小孩的女人和骑着毛驴、抱着羊羔的老人，赶着肥硕的羊群，缓慢地行进着，像一支奇怪的大军。

我骑马站在公路边的土坎上，看着一家一家人从我脚下经过。眼看太阳就要偏西了，我还没有看见她。正在失望的时候，我胯下的白马突然嘶鸣了一声，然后，我听到了远处另一匹马的嘶鸣，我循声望去，看见她和她的羊群像一个新梦一样重新出现了。我高兴得勒转马头，向她飞奔而去。

她看见我，连忙勒住马等我。我一跑拢，她就问我："冬天已经来了，你还跑到这里来干什么？"

"我想……"

我突然有些害羞，正想着该怎么回答她的时候，一匹马向我们跑了过来，马鞍两边各有一条细瘦的腿，由于马是昂头奔跑的，我没有看见那人的身子。待马跑到了我的跟前，马被勒住，马头垂下去啃草时，我才看见了那人短粗的上半身。他的脸也是又短又瘦的，一副尖锐的鹰钩鼻几乎占去了半个脸的面积。他在马背上不吭气，只是死死地盯着古兰丹姆。

古兰丹姆指着他，对我说："这是我的丈夫，我上一次离开你不久就和他成亲了。他们家的羊多，我们需要用羊换钱给我爸爸治病。"

我这才注意到，她的穿着已经变了，她的辫梢饰有丝穗，脖子上戴着用珍珠和银子做成的项链，胸前佩戴着叫作"阿勒卡"的圆形大银饰，库勒塔帽子上装饰着珍珠和玛瑙。这已是一个已婚女人的装束。我像个傻子，什么话也说不出来。

"天就要下大雪了，你赶快赶着马回连队去吧，这里离连队要走好久呢。"

她说完，想对我笑一笑，但她没有笑出来。她转身去追赶羊群去了。那的确是很大一群羊，至少有三百只。

九

大雪已使克克吐鲁克与世隔绝。有一天，我正吹着鹰笛，连长过来了。连长说，走吧，大家正讲故事呢，你也进去讲一个。

我讲了古兰丹姆讲给我的关于神马的传说。

有几个老兵听后，哧地笑了。连长说："你小子瞎编呢。"

我说："我是听一个塔吉克老乡讲的。"

“你肯定在瞎编，那个传说根本不是你说的那样。”连长说完，就讲述起来，“我告诉你，正版的传说是这样的，说是很久以前，塔什库尔干地面上本没有这么多雪山，到处都是鲜花盛开的草原。圣徒阿里就住在草原上。他有一匹心爱的白马，那是他的坐骑，平日白马在草地上吃草，悠闲地奔跑，不料心怀妒意的魔鬼设下毒计，使白马在阿库达姆草原误吃毒草，昏昏睡去，未能按时返回，结果误了阿里的大事。阿里很生气，变了好多座大山，压在草原上，并将白马化作白石，置于一座山的山腰，以示惩戒，并将魔鬼藏身的阿库达姆草原化成了不毛之地，然后愤然离去。从此，这里一改原貌，成了苦寒的山区。这才是兴干神马的传说，这里的乡亲一直都是这么讲述的，《塔吉克民间故事集》里也有这个故事，连队的阅览室就有，不信你去看看。”

我听后，愣了半晌。好久之后，我转身冲出连队俱乐部，冲进马厩，抱着白马的脖颈儿，失声痛哭起来。

荒原情歌

一

凌五斗虽然是饲养班班长，但整个班就他一个人。他由士兵升任班长的第二天，就带着一把五六式冲锋枪、二十发子弹、一顶单兵帐篷、一条睡袋、一口小铝锅和一堆罐头、压缩干粮和米面，骑着那匹枣红马，赶着二十五匹各色军马，到离连队四十多公里外的一条无名河谷去寻找有水草的地方。他要在大雪覆盖整个高原之前，把这些军马喂肥，以使它们熬过漫长的冬天。

凌五斗离开连队，觉得自己一下变得脆弱了。高山反应很快就袭击了他，让他差点儿没有支撑住。他觉得自己有些发烧，像是感冒了一样。

裸露出来的山脊呈现出一种异常苍茫、孤寂的颜色，没有消融的积雪永远那么洁白、干净，苍鹰悬浮在异常透明的高空中，一动不动，可以看见它利爪的寒光和羽翎的颜色，冰山反射着太阳的光芒——连队的六号哨卡就在冰山后面。由于太晃眼，凌五斗没法抬头去望它，这让他第一次真切地感到了一种莫名的恐惧。

第一天，他赶着马群越过了雪线，雪线下面已有浅浅的金黄色的牧草。第二天，他来到了无名河谷附近。藏族老乡扎西已在那里放牧，他长年穿着那套紫红色的藏袍，看不出年龄，他的脸像一块紫黑色的风干牛肉，似乎一生下来就那么苍老。他每年夏天都会赶着牦牛和羊群到连队附近的高山草场放牧，但时间最长也就两个多月，他们一家人几乎是官兵唯一能在连队附近接触到的老乡。

凌五斗老远就听到扎西在唱那首在高原传唱了千百年的民歌——

天地来之不易，
就在此地来之。
寻找处处曲径，
永远吉祥如意。

生死轮回，
祸福因缘，
寻找处处曲径，
永远吉祥如意。

他的声音并不好听，尾音总带着狼嚎的味道，但有一种圣洁的感觉，似乎可以穿透坚硬的石头和冰冷的时间。

凌五斗来放牧的时候，连队通信员汪小朔曾压低了声音对他说："凌五斗，你知不知道？你去放马时可能会遇到扎西，他有一个像仙女一样好看的女儿。我听曾和指导员一起到他帐篷里去租过牦牛的文书回来说，他女儿才十七岁，不过，今年该十八岁了。她名叫德吉梅朵，文书连这名字的意思都打听到了——就是幸福花的意思。他说她长得真像一朵花。看文书那个样子，好像想把人家含在嘴里。反正他一从那里回来，就沉着脸，锁着眉，要给德吉梅朵诌情诗。"

凌五斗听通信员那么说，突然想起了老家最好看的女孩袁小莲，不禁有些伤感起来。

"哈哈，你看你的眉毛也像文书一样锁起来了，是不是也想给德吉梅朵写诗了？"

凌五斗摇摇头，"文书是文化人，我哪儿能写！"

凌五斗望了一眼插在白云里的雪山，暗自叹了一口气。"袁小莲……"他在心里喊出这个名字的时候，不禁泪如泉涌。他再也难以控制住自己的情感，伏在马背上，号啕大哭起来。

他记起，他已经好久没有哭过了。想起袁小莲，他就想哭；想起母亲，他想哭；想起奶奶，他想哭；想起老家乐坝，他想哭。他哭得马儿都不吃草了，它们低垂着头，也像是在流泪。他哭了差不多一个小时，才抽泣着收住了。他觉得自己这一辈子从没有这么痛快地哭过，他觉得自己的身体原来就像被阻塞的沟渠，现在都被眼泪冲刷开了，那阻塞在渠沟里的污泥浊水都顺着渠沟流走了。他浑身轻盈、通泰，像是可以飘浮到大团大团的白云上去，像是被高原上遍布的神灵的光芒穿透了。

二

即使到了现在，这座高原的很多地方仍然是无名的，即使是高拔的雪山，奔腾的河流，漫长的山谷。凌五斗身边的河流也是一条无名河，天堂雪峰的冰雪融水静静地流淌着，晶莹纯净，它在这昆仑山、喀喇昆仑山、喜马拉雅山、冈底斯山构架的无穷山峦中，冲突、徘徊，最后没有找到出路，消失在一个没有出口的蔚蓝色湖泊里，去倒映天空的繁星和白云。河两岸的牧草并不丰茂，但不时会出现一片金色的草滩。河岸两侧一年四季都结着冰，衬托得河水呈一线深蓝，中午，河面上会升起丝丝缕缕的水汽，轻烟一般，像梦一样虚幻、飘浮。

凌五斗离扎西的帐篷有一段不远不近的距离。他很想和扎西说话，但扎西过第三天就不见了，他家的帐篷、牦牛和羊也看不见了。

在这阔天阔地里，万物自由。几只黄羊抬起头来，好奇地打量他一阵，然后飞奔开去，它们跑起来，雪白的屁股一闪一闪的；藏野驴在远方无声地奔驰，留下一溜烟尘。他还看到过野牦牛、雪豹、棕熊和猞猁，水边有黑颈鹤、白额雁、斑头雁、赤麻鸭、绿头鸭、潜鸭；河滩附近还有藏雪鸡和大嘴乌鸦；几只雪雀突然从金色的草地间飞起，鸣叫着，像箭一样射向蓝天，消失在更远处的草甸里；天空中不时有鹰和金雕悬停着，给大地投下一大片阴影。

自入伍以来，他还没有这么自由过。他沿着无名河游牧，过几天就换一个地方，他支起帐篷，把自己要骑乘的马的马腿绑上，把其他的马放开，到天黑的时候，才把它们找回来，有时候，他两三天才去找一次。他觉得放马应该是连队最好的工作。

有一天，凌五斗赶着马儿从喀喇昆仑山的大荒之境进入了至纯至美的王国，金色的草地漫漫，那是纯金的颜色，一直向望不到边的远方铺展开去；风从高处掠过，声音显得很远；远处的山峦相互间闪得很开，留下了广阔的平原。险峻的冰山像是用白银堆砌起来的，闪在天边，在阳光里闪着神奇的光芒。天空的蓝显得柔和，像安静的海面；大地充满慈爱，让人心醉；让人感觉这里的每一座峰峦、每一块石头、每一株植物都皈依了佛——实际上它们的确被藏族人民赋予了神性。高原如此新鲜，似乎刚刚诞生，还带着襁褓中的腥甜气息；大地如此纯洁，像第一次咧开嘴哭泣的婴儿。

这一切让凌五斗无所适从，他不由自主地呵呵笑了起来。他觉得，只有那样的笑才能表达他对这块土地的惊喜和热爱，才能表达他对这至纯至美之境的叩拜和叹服。他感到自己正被这里的风和停滞的时光洗浴，它们洗涤了他的五脏六腑、血液经脉、毛发骨肉。

就在这个近乎神圣的时刻，他突然听到了高亢、甜美而又野性十足的歌声。

他循着歌声寻找唱歌的人，却没有看见她的踪影，又转了十多分钟，才看到她骑在一匹矮小壮实的藏马上，放牧着一大群毛色各异的牦牛和羊，一只威猛的藏獒跟在她的身边。

看见他，她勒马停住了，把粗声吠叫的藏獒喝住。她穿着宽大的皮袍，围着色彩鲜艳但已污脏的帮典，束着红色腰带，有一只脱去的袖子束在腰间。她最多十七八岁。他突然想起了汪小朔所说的德吉梅朵，但他不敢确定。

她看他的眼神那么专注。他感到了她目光里的热情。她的羊此时也大多抬起头来看他，那只藏獒不离左右地护着她。他怕惊吓着她，不再向她走近，只在远处勒马看着。

她笑着，招手让他过去。她笑起来那么清纯，白玉般的牙齿老远就能看见。

当他快要走近她时，她却勒转了马头。小小的藏马载着她，一跳一跳地跑远了，只留下一串清脆的笑声。

那匹高大的藏獒笑话似的冲他吠叫了几声，像头黑毛雄狮一样随她而去。

凌五斗向前方望去，没有看见毡帐，也没有看见炊烟，只有金色的草地一直延绵到模糊的雪线附近。她站在一座小山包上，只有一朵玫瑰花那么大一点。她的羊更不起眼儿了，就像一群蚂蚁，正向她拥去。她的歌声在前方突然响起来，那么动听：

不见群山高低，
只见峰峦形状。
我的白衣情人，
缘分前世已定。
…………

凌五斗如果能听懂她的歌声，一定会以为那歌是专门唱给他听的。但他只能远远地、久久地望着她，直到她消失得无影无踪。他有一种恍然如梦的感觉。那天，他再也没有看见过她。他不知道她的帐篷支在哪里，不知道她的家在何处，不知道她是否已有“白衣情人”，也不知道在那样无边的旷野中，她是否感到恐惧，是否感到孤单。躺在单兵帐篷里，他以一种忧郁而又复杂的心情牵挂起她来，就像牵挂袁小莲一样。

三

马能闻到马的气息。军马很难见到其他同类，就像凌五斗很难见到其他人一样，他的马循着姑娘的马儿留下的气味，在第三天来到了她放牧的地方。他看见她的时候，她正出神地望着一个无名小湖天蓝色的湖水发呆。

整个天空倒映在湖里，太阳从水里反射着光芒，与天上的太阳互相照映。但那里并不暖和，湖边散落着发暗的残雪。一阵风吹过，湖里的天空就晃动起来，太阳和云朵被扯得变了形，湖里的阳光顿时乱了。凌五斗忍不住往天上望了望。他看见天上那轮太阳是完整的，天空也是完整的，才放心了。

藏獒对着他吠叫了几声，声音像从一个瓮缸里发出的。她抬起头，看见是他，对狗说了句什么，那狗便不吭气了，摇摇尾巴，乖顺地卧在了离她不远的地方。

他和她隔着那个蓝汪汪的小湖。他看见她望他的时候，有些害羞，虽然冷风劲吹，但他觉得自己的脸和脖子发烫，像被牛粪火烤过。

她的脸红黑、光亮，像一轮满月，众多的发辫盘在头上，发辫上饰着银币、翡翠、玛瑙和绿松石。耳朵上的耳环，脖子上的项链，使她显得贵气而端庄。她的藏袍上有大红的花朵。她笑了起来："你看你，多像庙里的红脸护法！"

凌五斗听不懂，他傻呵呵地笑着，觉得自己也该说些什么，他看了看自己的马，说："我的……马把我带到了这里。"

"我叫德吉梅朵，我知道，你是天堂湾的解放军叔叔。"

军马很兴奋，它们和她的马亲热着。他觉得很难为情。"我的马和你的马混到一起去了。"他骑马过去想把它们赶开，但它们很快又黏在了一起。

她看了，忍不住笑起来，她笑得捂住了自己的肚子。她一边笑着，一边说："解放军叔叔的马欺负德吉梅朵的马了！"

"连队的马都是公马……"他感到很抱歉。

她笑着唱了起来——

公马母马相爱，
那是前世良缘，
你像狠心父母，
总想把它拆开。

那些马黏在一起跑远了，他又回到了湖边。

“你的歌声真好听，比袁小莲唱得好听多了。”

“天堂湾上的雪很厚，我从来没有去过。我爸爸说，你们住在鹰的翅膀上。”

“袁小莲是我……老家乐坝最好看的姑娘。我喜欢她，柳文东老师也喜欢她。”

“我爸爸说，天堂雪峰很美，但我只能看到它的山尖尖。”

“哦，柳文东老师是我们乐坝小学的老师，他的课教得很好。”

“我家的冬牧场在多玛，从这里回去要翻越高高的苦倒恩布达坂。”

“我喜欢放马，放马的时候没人管。”

“我有两个弟弟，一个在多玛小学上学，一个还在吃奶。我妈妈生下最小的弟弟后，身体就不好了，所以我爸爸赶回去照顾她了，我只能一个人在这里放羊。”

“这么大的地方，只有我和你，还有这些牲口。”

“你要在这里放多久的马呀？”

“你一个姑娘，放这么多羊，还有马，还有牦牛，真是很能干……”

“你在这里，我们就可以说话了。”

“在这样的地方放牧，你一点儿也不害怕，真是了不起。”

“我好久没有和人说过话了，我想说话的时候就跟扎西说。”

“扎西？要是我会说藏话就好了，你可以教我吗？”

“扎西是我们家的狗，它跟我爸爸一个名字。我爸爸最喜欢它，所以把自己的名字给了它。它有时候听我说话，有时它根本不理我。我有时候也跟我骑的马说话，它的名字叫普姆央金。”

“我得去看看那些马，我也会帮着把你的马赶回来。”

“哎，没有想到你这么快就要走了，傻乎乎的小伙子，多谢你陪我说了这么多话。”

凌五斗骑着马，转身要走，但他不想转身。他记得，这是他第二次有这种感觉。这感觉和他当兵走的时候一样，不想离开袁小莲。

他回头看了德吉梅朵一眼。德吉梅朵看着他消失在一个金色的山冈后面去了。

四

那些马撒着欢儿，就那么一会儿时间，已跑得没了踪影。凌五斗骑着马找了半天，才在一个浑圆的山冈后面把它们找到。它们不愿意再返回湖边，好像不愿意再受人管束。凌五斗把它们收拢，赶到湖边的时候，夕阳已沉到西边高耸的雪山后边去了。西边有一大块天空呈玫瑰色，最高的雪山顶上还可以看到夕阳的光辉。

德吉梅朵已把她家的羊收拢，母羊们头顶头、屁股朝外一溜儿排好，她正撅着一轮满月似的屁股在羊屁股后面挤奶。几只公羊和一些半大的羊在附近闲逛，几只小羊羔子在羊屁股后面欢快地蹦跳。那些牦牛仍散落在四周，它们好像永远都在埋头吃草。听到凌五斗吆喝马的声音，她抬起头，对他笑了笑。

扎西已经认识他，不再对他吠叫了，但也没有迎接他，只是礼貌性地摇了摇尾巴。

凌五斗把所有的马绊好。德吉梅朵已把羊奶挤完了。她手上还沾着奶汁和羊毛，拿出随身带着的一个木碗，舀了一碗羊奶，递给他，说："你来尝一尝，还是热的。"

凌五斗接过木碗，他闻到了一股羊奶的膻味。他不习惯喝这种东西，但他还是喝了。

德吉梅朵的脸上总是带着笑。她笑着看他喝完，自己也喝了一碗，到湖边洗了碗和手。

她把羊赶到一个离湖岸不远的背风的山包下，把它们收拢，在羊群旁边铺了毛毡和羊皮，点了一堆牛粪火，准备睡觉。

凌五斗没有想到，她就是这么度过一个个寒冷的夜晚的，他觉得这太不可思议了。他把帐篷在离她不远的地方搭好，然后走过去，对她说：“姑娘，我不知道你叫什么名字，不知道你是不是扎西家的德吉梅朵，但你不能睡在露天里，这会把你冻死的。”

“扎西？德吉梅朵？是的，扎西是我爹，德吉梅朵就是我。”她指了指自己的鼻子尖。

“你，德吉梅朵？”

火光映照在她红黑发亮的脸上，她像是听明白了这句话，使劲儿点了点头，再次指着自己的鼻尖：“德吉梅朵。”

凌五斗没想她真是德吉梅朵。“我们连队的文书和通信员都知道你。”

“是的，我家的这条狗也叫扎西。你说的扎西应该是我爸爸吧。人家总把我爸爸和它搞混，我爸爸叫它的时候，好像是在叫他自己，我们总忍不住会笑。我奶奶和我妈都不同意他给这条狗取这个名字，但我爸爸不听她们的话。”

“我要跟你学藏语。我记起了一句话，扎西德勒。”

她听懂了，她高兴地回应他：“啊，扎西德勒！”

“德吉梅朵？”

她点点头，“德吉梅朵。”

“德吉梅朵，扎西德勒！”

“金珠玛米，扎西德勒！”

凌五斗指了指羊，德吉梅朵说了它藏语的发音，凌五斗就跟着她读。他又指了指马、狗、牦牛、火、帐篷、湖泊、天空、月亮、星星、云朵、雪山、我、你、睡觉、醒来……每个字词他重复几遍，便记住了。而德吉梅朵，也跟他学着这些词语的汉语读音。

显然，在这样寥廓而空寂的夜晚，这件事让他们很高兴。德吉梅朵亮晶晶的眼睛活泼地闪动着，像天上的星星一样。

最后，他看夜已深了，就用刚学到的藏语对她说："德吉梅朵，帐篷，睡觉……"

德吉梅朵一听他的话，害羞地转身低下了头。牛粪火的火光在她红黑的脸膛上不停地跳跃。她说："我跟羊，睡觉。"

凌五斗听懂了这句话。他摇摇头说："外面太冷了。"

但她没有听懂这句汉语。他只好去拉她。她用热烈的眼光看了他一眼，顺从地跟着他钻进了帐篷里。

凌五斗看她躺好后，从帐篷里退出来，躺到了德吉梅朵原先准备睡觉的毡子上。

德吉梅朵撩起帐篷的门帘，看着他，咯咯咯地笑了。凌五斗听到她的笑声，也嘿嘿地笑起来。

五

凌五斗放马离开连队已经有一个月零七天了，这么长时间里，连队连他的影子也没见着。连长陈向东非常担心，因为凌五斗所带的食物最多只能吃二十天。吃完后，按说他应该回连队补充的。但他自从赶着马儿离开连队后，就再也没有回来过。

陈向东和指导员傅献君做过很多可怕的设想：第一种可能是他犯了傻劲，找不到回连队的路了；第二种可能是他在荒原上迷路后，饿死了；还有可能就是他被狼撕掉了。他们特别担心的是，怕他赶着马群误入了邻国，他是军人，又带着武器，如果被对方视为侵略，搞不好会引起一场边境冲突。

两人都不敢想他如果真出了事，会是什么后果。他们后悔当初把这个差事交给了他。

连里还不敢把这件事向上级报告，陈向东决定带人亲自去找他，等真找不到了再说。连队还留着几匹用来巡逻的军马。次日一大早，他带了三个人，骑马向无名河谷——在军事地图上，它叫十四号河谷——走去。他们找遍了整条河谷，但除了偶尔能看到几堆已被风化得一塌糊涂的马粪、一群乌鸦、几只黄羊外，就只有一阵阵带着寒意的风了。陈向东抬头看了看天空，也只看到了深邃的碧蓝苍穹和白色祥云。

这条河谷是连队的牧场。让人跟着军马，就是不要让它们跑出这个河谷；但即使没有人跟着，让马儿自由放养，它们也不会离这条河谷太远。

陈向东用了五天时间，一直找到军马曾跑到过的最远的地方，但仍然没有看见凌五斗的影子。他不禁越来越生气，就站在一个高冈上，用望远镜往四下里望了好几遍，大声说："他×的，这个傻子，不会把马放到列城去了吧。"

一个战士接话说："恐怕他赶着我们的马到了新德里也不一定。"

汪小朔这次跟着陈向东出来，名义上是说要好好照顾连长，其实心里想的是能不能遇到德吉梅朵一饱眼福。为此，他还把文书写的献给德吉梅朵的诗偷偷地抄写了下来，让连队的一个藏族战士帮忙译成了藏语。现在这首诗就揣在他的衣兜里，他想，如果能够遇见她，他就把这首诗偷偷地交给她。为了这个想法，他可是吃了苦头。汪小朔当了通信员后，养尊处优，很少骑过马了，所以第二天，他的屁股和裆就被马鞍磨坏了，现在，虽然马鞍上垫着皮大衣，但他还是觉得痛苦不堪，特别是当他连德吉梅朵的影子也没看到时，那种痛苦就更难忍受了。他气哼哼地、有些绝望地附和道："他说不定碰上德吉梅朵后，跟着她一起放羊、生儿育女去了，早把连队给忘了。"

连长勒住马，很严厉地瞪着他说："你胡说八道什么！"

"我……我……连长，我错了……我回去就写检讨。"

过了好久，陈向东的气才消了一些，他最后望了一眼高冈周围广阔的荒原，失望地说："我们的干粮快没了，前面就是阿克赛钦湖了，他不可能到这么远的地方来放牧，我们先回吧。"

陈向东带着三个人，疲惫不堪地回到了连队。他情绪低落地对傅献君说："指导员，我觉得，凌五斗有可能是出事了。你看，我们是不是把这个情况向上级报告一下？"

傅献君忧虑地说："他出去这么久，我心里也没底。我们给边防营报告一下，最后该怎么办，让营里定夺吧。"

“哎，也只能这样了……”

营长肖怀时接到电话说，这么大的事，一个战士这么久没有踪影，现在才跟他报告，简直是扯淡，自然把陈向东批评了一番。但肖营长最后还是决定，说先找一找，如果实在找不到，再给团里报告。他让陈向东明天带人继续寻找，其他三个边防连予以协助。

这次，连长组织了三个搜寻小组，两个组骑马，一个组乘车，各携带电台一部，进行更大范围的搜寻。他忙乎了七天时间，把天堂湾方圆两百公里范围内的每一片草滩、每一条山谷都找了个遍，最后却连凌五斗和军马的影子也没有看见。其他三个连队搜寻了周边的地域，也一无所获。

情况报告到营部，肖怀时长叹了一声，说：“我只有给团长汇报了。”

团长刘思骏一听，说这还了得！他在电话里对营长吼叫道：“这个战士要有个三长两短，你立马打背包回家！你立即亲自组织人员搜寻，活要见人，死要见尸！就是他喂了狼，你们也得从狼屁眼里把他的骨头渣子给我扣出来！”

这次营里把搜寻范围扩大到了毗邻的其他防区，但十天过去了，他们既没有找到一根人毛，也没有寻到一根马鬃。没有办法，团里只能上报防区，说“天堂湾边防连饲养班班长凌五斗自八月九日外出放马，计带二十天干粮，现已四十七天未曾归队，连队及边防营先后组织了三次搜寻，寻找了该营及毗邻防区和周边区域，人及马匹均未见踪迹，疑已失踪”云云。

六

而此时，凌五斗正在泽错边——边防连和边防营所有的人即使一起做梦，也不会想到他会赶着军马到那么远的地方去放牧。

那一段时间，凌五斗跟着德吉梅朵，走遍了新疆、西藏交界处的辽阔地域。他们从红山头到了阿克赛钦湖，然后逆着冰水河到了郭扎错、邦达错，再从窝尔巴错到了松西、泽错。到泽错时，天气已经寒冷，德吉梅朵要赶着她的畜群往南游牧，回多玛的冬牧场去了；凌五斗也要北上，赶着已被喂养得膘肥体壮的马群，回到连队去。

在这自由自在的日子里，凌五斗几乎忘记了汪小朔、连长和天堂湾，他心里只有德吉梅朵，只有她嘴里说出的好听的藏语词句。他学习得很快，他不但已能用藏语和她交谈，还能听懂她唱歌；德吉梅朵也能用汉语和他进行简单的对话了。

这一段时间，凌五斗是个真正的自由汉，他过得无忧无虑，快乐如神仙。干粮吃完了，他就吃德吉梅朵给他的糌粑和肉干——他已习惯了吃糌粑和肉干，习惯了喝刚挤出来的羊奶。他觉得这世界上有德吉梅朵，有一群羊、一群马、十几头牦牛、一只藏獒、一顶单兵帐篷就足够了。

他没有想到自己会和德吉梅朵分开。

那天晚上，他和德吉梅朵坐在牛粪火前，看着蓝色的火苗，不说话。

马有时打一声响鼻，羊有时会叫一声，藏獒沉默地卧在他的身边。天上没有月亮和星星，它们被翻涌变幻的云遮住了，不时有风从山谷里掠过，夜晚寒冷，最后终于飘起了雪花。

“明年我还会来放马的，德吉梅朵。”

“我也有可能会来放羊……如果能来，我会早早地到离你们哨卡最近的河谷等你。”

“我到时再来听你唱歌。”

“我还来听你讲你老家乐坝的故事。”

“我还是让你住我的帐篷，吃我的压缩干粮、茄子罐头。”

“你还是卧我的毛毡、喝我刚挤出来的羊奶，吃我带的糌粑和风干肉。”她说完，盯着他看了一会儿，看到他和她一样黑了，黑得只有牙是白的了，“我还是让我们家的母马怀你们连队公马的马驹子。”

“是啊，你们家的母马都怀上马驹子了。”

“只有一匹母马一点儿动静也没有。”

“哪一匹啊，我看都怀上了。”

“你的眼睛被雪山的光晃坏了，没有看清楚。有一匹马只看上了军马中的一匹，但那匹军马傻乎乎的，都没有靠近过那匹母马呢。”

“哦？我可没有看出来。在我们老家乐坝，很多人家都喂牛，很少喂马，所以我对马一点儿也不了解。”

“你们老家乐坝养出来的恐怕都是笨马吧。”

“那也有可能，我们老家乐坝到处都是庄稼，如果养马，连个跑马的地方都没有，只能像牛那样拴着养，养出来的马肯定和牛一样笨。”

德吉梅朵听他说完，觉得又好气又好笑，最后，她真的忍不住笑了起来。

七

雪不停地下着，产生了一层薄薄的雪光。雪把夜晚变白了。羊群卧着，像一堆白石头；马都成了白马，牦牛和狗也变成了白色的，它们都一动不动，像被定格了一样。他们俩也披着一身雪，仍坐在火堆边，好久没有说话，像把所有的话都说完了。只有牛粪火的火苗在不停地飘动着，火光不时地爱抚一下他们焦炭般的脸。

她终于接着说：“今晚好像比所有的晚上都冷。”

“你说什么?”

“我说今晚比所有的晚上都冷。”

“下雪了嘛，肯定冷啊。来，你把这张羊皮披上。”

“不要，我都穿着你的皮大衣了。”

“你冷怎么办?”

“我挨你近一点儿就行了。”

“好啊。小时候，冬天冷的时候，我们几个小孩子就靠着向阳的墙，相互挤来挤去，我们把这叫‘挤热火’，把墙挤得又滑又亮。”

"那我们也来挤热火。"

"好啊，挤热火!"他说着，把右肩抵向迎过来的德吉梅朵的左肩膀。

他们的欢笑声在这空寂无比的高原雪夜显得十分突兀，好像整个世界都只有他们的声音了。牲畜都醒了过来，用蒙眬的睡眼看着他们。最后，德吉梅朵挤不过他，倒在了雪地上。他也随着倒了下去，压在她的身上。他们滚在雪地里，像两头熊。

凌五斗想坐起来，但德吉梅朵紧紧地抱住了他的腰。

他看着她的脸（火光只能照亮靠火堆的半边）和不停往下落的雪，她的眼睛从上面看着他，她的一条辫子搭在了他的脸上，毛酥酥的。他们的气息有力地喷在对方的脸上。她和他的脸叠在了一起，她的头发散落下来，把他的脸淹没了。

她学着他的腔调说："你看，这样多热火。"

就在那个时候，凌五斗突然想起了遥远的乐坝，想起了袁小莲。这一次，他猛地坐了起来。"德吉梅朵，我跟你说，我跟袁小莲……"

"你也跟她挤热火了?"

"是的，我们小时候一起挤过。"

德吉梅朵不说话了，火光一次次扑在她的脸上。

"德吉梅朵，你可能不知道吧，我们连的文书可喜欢你了，他说他那次和连长到你家的夏牧场租牦牛时见过你，他一见你就喜欢你了，他还给你写诗呢。"

“诗？你是说像《格萨尔》那样的歌？”

“格萨尔？我不知道，但就像你唱的那些歌一样。”

“情歌一样？”

“是的。”

“文书是我们连最有文化、长得最中看的战士。”

“我见过他一面，他老是脸红，可能是他的脸太白了，所以脸一红就能看出来。”

“你觉得他好不好？”

“好，但他跟我有什么关系？我们只见过那一面，不像我们在一起待了这么久。”

“你以后还可以见他的。”

她摇了摇头，“他是文化人，他放不了羊，经受不了这风、这雪和这样的冷，他舍不得把他的脸晒得和我的一样黑。”

“我……”

“我从小就跟着我爸爸妈妈在这里放羊，天天都是这样，就像我爸爸说的，过一辈子就像过一天一样。你不知道，我们不能在一个地方放牧，害怕雪灾一来，会把所有的牲畜都冻死了，所以只能采取走圈放牧的方式，把牲畜分成小群，家里每个人赶上一群，带上糌粑，背一口锅，各奔东西去寻找牲畜可以吃到草的地方。我们往往一分开就是很多天，每个人只能独自应付一切，夜里只能挤在畜群里睡觉。但这次跟你在一起，虽然每天的日子跟以前差不多，但过一天就跟过一辈子一样。

我跟你在一起有几十天，我已过了几十辈子了……”她说完，就笑起来，但她的笑却令他感到伤心。然后，她真的落泪了。

他的心口有些发痛，他说：“但我……”

“我们还可以去挤热火，天黑了好久了，我们该到帐篷里挤去。”她说完，牵着他的手，像一头熊牵着另一头熊，钻进了单兵帐篷。

那个单兵帐篷，第一次变成了双人帐篷。

帐篷外面，银绳般的雪猛击着积雪的地面，天地被它们密密地缝制起来了。

八

帐篷里并无暖意，他们搂抱得很紧。她的头埋在他的怀里，睡得很死。他没有睡着。他听着她的呼吸，心软得像融化的雪水一样。他们的气息和气味彼此混合着，已分不清是谁的了。他们的衣服很久没有洗过了，污垢结在上面，发亮反光，高原上也不可能洗澡。但他觉得他们的衣服是那么光鲜，像新的一样；身体也是那么干净，都有些圣洁的味道了。

雪落在帐篷上，已不是飘飞的雪花，而是雪粒，唰唰地响，很有力，感觉每一粒雪都可以把帐篷穿透。雪在堆积着，像要把整个高原掩埋起来。他知道，这里的雪有时厚得可以把人陷进去。他在心里祈祷着老天保佑，让雪赶紧停下来。

他不知道自己是多久睡着的。

德吉梅朵吻了吻他的额头，不知道为什么，她的眼睛里滚出了一串泪水。她把他搂抱得更紧了。她在心里说："要是我能把他怀到自己的肚子里就好了，那样，我就可以随时带着他，再也不怕他会挨冻，再也不怕分离。"

德吉梅朵把他吻醒了。他睁开惺忪的睡眼，对她笑了笑。

当他们的目光相遇时，他俩都有些不好意思，脸都有些发烫。

"天已亮了。"她说。

"雪停了吗？"

"停了，雪把羊都快埋住了，把帐篷埋了好大一截。"

他俩从帐篷里钻出来。牲畜挤在一起，相互取暖。太阳还在东边的雪山后面，但已朝霞漫天，雪山顶山已抹上了霞光，然后，霞光浸洇开来，给白色的高原抹上了淡淡的羞红。

"昨天晚上热火吗？"她给了他一把风干肉，盯着他的眼睛问道。

他憨憨一笑，"热火，很热火。"

"那我们再挤几天吧，天气变冷了，我想你再和我挤几天。"

"这场雪过后会晴一段时间的，我让我的马再吃几天草。"

那些天，他们把牲畜放开，让它们拱雪下面的草吃。他俩则躲在帐篷里，很少出来。

但分开的那一天还是到了，凌五斗把帐篷送给了她。

"德吉梅朵，我没有什么东西送给你，这顶帐篷你留下，有了它，你以后晚上睡觉的时候，就不用和羊挤在一起了。”

“我宁愿和羊挤在一起。”

“为什么啊?”

“因为我一钻进帐篷里，就会冷。”她说到这里，转过了身。

“明年我还会来放马的，到时我们就可以见面了。”

“还有半年时间呢。”

“反正，这顶帐篷你一定要收下。”

他把叠好的帐篷绑在了她的马背上。

九

KL 防区司令部接到边防 K 团关于凌五斗和二十五匹军马一起失踪的报告后，非常震惊，参谋长白炳武当即赶到边防 K 团，坐镇指挥。经过分析，很多人认为凌五斗已经死了，在这高原，生命是很脆弱的，随便遇到个什么意外——比如肺水肿、脑水肿之类的高原病，还有可能被哪条无名冰河暴涨的河水冲走，或者从哪个悬崖上摔了下去，甚至有可能遇到狼群——都可能丧命。也有人认为这个说法不可能。他们说，如果人死了，马肯定在，营里肯定能找到马，但现在一匹马也找不到，所以他最大的可能是遇到了雪崩，雪把他和连队的马匹都掩埋了，但雪崩把人马全部埋葬的可能性非常小。白参谋长听了汇报，说了声“扯淡”，然后下了一道死命令：“活要见人，死要见尸。”他命令刘思骏团长亲率直属步兵一连、侦察连、工兵连前往高原，会同边防一线的连队，要在大雪封山前做一次更大范围的搜寻。

团里厉兵秣马，但就在部队准备出发之际，凌五斗骑着那匹枣红色的军马、披着一身风尘、赶着一群喂养得油光水滑的马匹喜滋滋地出现在了天堂湾边防连观察哨的视野里。

这件事已经把连队折腾得鸡犬不宁，把连长、指导员折磨个半死。全连的人此前都悲观地认定，凌五斗已经神秘失踪——而所谓失踪，只不过是他已遭不测的一种委婉说法。

但现在，连队的哨兵却看见了他。

最先发现他的是建在无名高地上的哨楼里的哨兵。哨兵用高倍望远镜观察到一溜人马从连队前面的山嘴后面冲了出来，以为是敌人偷袭来了，马上向连队做了报告。陈卫东的血一下热了，叫他继续观察。然后通知战斗分队立即进入坑道，准备迎敌。他抓了一把冲锋枪，一边往坑道里钻，一边说：“真要有仗打，老子就战死算了，免得有这么多烦心事!”

那群马眼看就要到连队，就要回到自己温暖的马厩里，都兴奋得狂奔起来。群马奔驰，雪沫飞扬，马蹄嘚嘚，凌五斗再也管不住它们，连他自己胯下的马也跟着飞奔起来。

连队官兵都在无名高地和连队周围的坑道里待命，所有的武器都对准了马群奔驰而来的方向，既兴奋又紧张。

马群逼近之后，连长通过望远镜终于看清了那是连队的军马，看见凌五斗像个野人似的跟在马群后面。“×的，闹鬼了！”他狠狠地说，“你个挨枪子儿的凌傻子，你给老子终于回来了！”他使劲儿咬了咬自己的牙，咬得牙齿咯咯响，好像要把凌五斗一口口嚼成渣。但他紧接着又舒了一口气，对身边的战士喊叫了一声：“虚惊一场，撤兵！都到操场上去列队！老子要亲自欢迎这个神人！”

军马的马蹄声引得马厩里的马匹也嘶鸣起来。

大家已知道是凌五斗回来了。除了哨兵，全连的官兵都从坑道和战壕里跑到了操场上，老远就朝凌五斗欢呼。

凌五斗从马上滚下来，咧嘴笑着。他的确变得像个鬼一样了，变得像个长毛邋遢鬼了。只见他胡子拉碴，脸上像抹了油灰，只有牙齿和眼白是白的。头上的头发很长，乱蓬蓬的，秃鹫可以直接在里面下蛋。身上的皮大衣乌黑发亮，已看不出草绿的颜色。他看到连长陈向东和指导员傅献君冷着脸、背着手站在那里，忙跑过去，站好立正，给他们敬了个军礼——他的手像一只放大了的乌鸡爪子：“报告连长、指导员，饲养班班长凌五斗奉命放马，现已返回，人马安全，请你们指示！”他没有注意，自己说出的话竟是藏语。

大家面面相觑，以为自己听错了，傅献君问陈向东：“他说什么？”

“谁知道他说的是什么鸟语！”

陈向东终于没有压住自己的怒火，对凌五斗吼叫道：“你说的什么？你出去放了一趟马，傻到连自己的话都不会说了吗？”

凌五斗还没有意识到自己刚才说的是藏话，他说："报告连长、指导员，我说我放马回来了。"他这次说的还是藏语。

陈向东、傅献君相互望了一眼，都想发火。

凌五斗终于意识到了，"我没注意到自己说的是藏语。"他赶紧又用汉语报告了一次。

傅献君说："藏语？乌尔都语还差不多吧。你还知道回来！"

陈向东没再搭理凌五斗，转过身，冲进连部，拿起电话，使劲儿摇了一气，然后喊叫道："我是天堂湾边防连连长，给我接营部，叫肖营长接电话！"

肖怀时接过电话，就说："陈向东，团部的搜寻部队刚准备出发，你那里不会又出什么事了吧？"

"你马上报告团里，说凌五斗回来了，人马安全，让部队不要上山了。"

"你说的是鬼话还是疯话？"

"我刚见着他，像个鬼一样，但真的是他，刚回来。"

"你能确定？老子可经不起折腾了。"

"全连官兵都看到他了，好，指导员进来了，不信你问他。"陈向东说完，把电话递给了傅献君，"营长不相信凌五斗这个傻子回来了，你给他说说。"

傅献君接过电话，"营长，的确是他，你放心！他没什么问题，军马一匹不少。具体情况我还没有问他，我放下电话就去问他，我会尽快给您报告。"

"那就好，我马上报告团里。"肖怀时说完，就把电话挂掉了。

“通信员，通信员！”陈向东对着走廊喊叫起来。

“到！”汪小朔老远就高声应答道。

“你去把那个凌五斗给老子叫进来！”

十

凌五斗刚把马赶进马厩，关上门，汪小朔就跑来了，“快，连长和指导员叫你去。”

“好的。”

“看你啥事没有似的。”

“我有什么事呢？”

“哼，等会儿你就知道了！”

凌五斗跟在汪小朔的屁股后面，快到连部门口的时候，汪小朔示意他自己进去。凌五斗来到连部门口，有些忐忑。他觉得自己的腿开始打战，他求助似的回过头去看汪小朔，但汪小朔已经躲得没有影子了。他后悔刚才没有问一下汪小朔，连长和指导员找他有什么事。

门开着。凌五斗硬着头皮来到门口，喊了一声报告。喊完之后，他才发现自己的声音也在发抖。虽然他还穿着放马时的那身衣服，但他觉得真的有些冷。

陈向东和傅献君几乎同时回过头来，死死地盯着凌五斗的脸，然后，陈向东从头到脚把他打量了一番，傅献君从脚到头

把他打量了一番。他们的目光像针，穿透了凌五斗污脏厚重的皮大衣和里面已两个月没有洗的军服，扎着他，有一种又酥又麻又疼的感觉。他们的目光在他肚脐眼下寸许处交会，凌五斗感到那里像被狠狠地剜了一刀。之后，他觉得自己自在了一些，对着连长和指导员笑了笑。他笑的时候，眼睛眯了起来，他的两点眼白看不见了，但露出了一线月牙形的白牙。

凌五斗身上的气味随之弥漫开来，在火墙热气的作用下，连部一下变成了马厩。陈向东和傅献君不约而同地皱起了眉毛，屏住了呼吸。

“你就站在那里说话。”陈向东一边说着，一边把一扇窗户打开了。

“是，连长！”

“怎么这么久才回来？”

“报告指导员，连队只告诉我让我去放马，并没有跟我讲过我该多久回来。我想，把马赶出去一趟不容易，就想着把马喂肥了，等雪把草盖住了再回来。”

“可你只带了二十天的干粮，这些日子你都吃些啥玩意儿啊？”

“报告连长，我把自己的干粮吃完之后，就吃德吉梅朵的糌粑、肉干和奶疙瘩。”

“什么什么？谁？”

“报告连长，德吉梅朵。”

“德吉梅朵？扎西的女儿？”陈向东瞪大了眼睛。

“报告连长，她是扎西的女儿。”

“你怎么能乱吃群众的东西呢？”

“报告指导员，我把我带在身上的津贴给了她，但她不要，最后，我想我也不能老吃她的东西，就套了黄羊、旱獭和野兔，我们一起吃。分手的时候，我把连队的帐篷给了她，也算是补偿，赔帐篷的钱，连队可以从我的津贴里扣。”

“你一直和她在一起？”

“报告连长，开头没有，我出去第七天才碰到她。”

“你的藏语就是跟她学的？”

“是的，指导员，我真的会说藏话了，还会唱藏语歌，都是德吉梅朵教我的。不信我给你唱上一曲？好，我唱了啊——”他说完，生怕傅献君不让他唱，就赶紧唱了起来。他是用藏语唱的，声音高亢，很是动听，不亚于在广播里听到的藏族歌唱家的音色。

凌五斗自从来到天堂湾边防连之后，还是第一次独唱，没想一鸣惊人，把连部的人都吸引到走廊里来了。连队的藏族翻译索朗多吉从办公室里跑出来，问军医程德全：“是扎西到连里来了吗？大雪都封山了，他来干什么？”

“不是扎西，你看，那唱歌的不是我们的凌五斗同志吗？”

“他不是放马去了吗？多久学会说藏语了，还会唱藏语歌，跟谁学的？唱得这么好！”

“神人嘛，说不定是跟连队哪匹母马学的呢。”

程德全的话引得大家哈哈大笑起来，但想起这是连部，笑声又几乎同时戛然止住了。

“你神了，真会唱藏语歌了！说说，你唱的都是啥意思?”

“报告连长，藏语其实很好学，德吉梅朵教会了我，我再用藏语说话，这就像呼吸一样自然。对了，这首歌的意思是：‘东山虽然很高，却挡不住日月；父母虽然严厉，却挡不住缘分。你像十五明月，若要为我升起，不分鱼水之情，姑娘我将答应。’”

“哦，是首情歌啊，这就是那个德吉梅朵唱给你听的?”

“是，指导员。她说这首歌是她专门唱给我听的，她还教我唱了另一首歌。”

“你唱唱，我和连长听一听。”

凌五斗于是很认真地唱了起来，唱完之后，说：“连长，指导员，这首歌按我们汉语的意思就是：‘我们之间情意，若能心心相印，岁岁时光流逝，也能再次相会。如果姑娘发誓，永远不变心思，拔掉雄狮绿鬃，送给姑娘装饰。你还想要什么，也请给我吩咐，若要镜中月影，我也设法给你。’我这首歌学会后，德吉梅朵就让我唱给她听。”

陈向东很惊奇地盯着他看了很久，像是不认识他了。然后，他大叫了一声：“索朗多吉——”

“到!”索朗多吉一边答着，一边跑到了连部门口。

“这家伙，也就是这个凌五斗，他说他说的是藏语，唱的是藏族民歌。你说说看，他是不是在糊弄我和指导员呀?”

“他说的的确是藏语，唱的也的确是藏族民歌，纯粹的藏北味儿。”

“那你考考他，看他学得咋样了？”

索朗多吉就用藏语和凌五斗对起话来。对话期间，索朗多吉的表情越来越丰富，但主要以惊讶和赞叹为主。他和凌五斗说了一大通话后，抑制不住自己的惊喜，对连长和指导员说：“哎呀，太不可思议了，真的太不可思议了！”

“真有这么厉害？”陈向东还有些不相信。

“真的，连长，指导员，真是难以置信，好像他从小就是在藏区长大的。团里如果缺藏语翻译，马上就可以用他。哎呀，这下好了，我如果回拉萨探家，他可以顶替我了。”

陈向东对索朗多吉说：“嗨，你就做梦吧！你去通知炊事班，让他们烧一锅热水，让凌五斗好好洗一洗。叫大家不要在走廊里堆着，要听凌五斗唱歌，我们元旦的时候，给他搞个专场晚会！”说完，他又对凌五斗说：“你还真有些神啊，现在，你赶快滚出连部，去洗个澡，把衣服全部给我换掉，你就是一间马厩，简直要把人熏死了。等你把自己弄干净了，我和指导员再好好审你。”

“但是，连长、指导员……”他觉得自己现在急需解决的问题是填饱自己的肚子，“我……连队有没有饭？后面这两天时间我只吃了一些雪，往回走的路上，那种饥饿的感觉冻麻木了感觉不明显，现在我的肚子非常饿。”他的肠胃在肚腹里愤怒地翻腾着、轰鸣着，眼前直冒金星，觉得饥饿猛然间使他的身体变成了一摊稀泥，“如果我没有一个革命战士的坚强意志，我早就饿得回不来了。”

陈向东盯着他，说：“饿？你还知道饿！好，那就让炊事班先给你弄吃的吧。”

“我想吃碗面条。”

傅献君和蔼地说：“好，那就给你做碗面条。”

十一

炊事班做的是雪菜鸡蛋面条，里面还放了一罐头红烧肉。凌五斗觉得那面条真是太好吃了，他吃得汗水“噗噗”直往面盆里掉。汪小朔一边咽着唾沫一边说，你看你都不用加醋了，吃掉一大盆面条，他撑得都站不起来了。他感到非常满意。他坐在那里，抹掉汗水，脸上堆满了幸福的笑容。

接着，炊事班把洗澡水放进洋铁皮做的浴盆里——连队一共有五个这样的洋铁皮浴盆。他蹲在热水里，感到特别舒服。身上的泥垢一层一层的，搓掉了一大盆。他感到身体一下变轻松了。他换了衣服，刮了胡须，理了头发。他们说他又是原来那个凌五斗了，只是变成了紫黑脸膛的。一个战士还带他到镜子前照了照，他看见他的脸黑得像煤，都认不出自己了。

凌五斗洗了那身满是马厩味儿的衣服，文书叫他到连部去。

他走到连部门口，喊了一声报告。

陈向东和傅献君坐在办公桌后面，一脸威严。桌前地上放着一个小马扎。

陈向东厉声说："滚进来！"

凌五斗站在陈向东、傅献君面前。

"坐下！"

凌五斗像个小学生似的在马扎上坐好。

傅献君严肃地说："凌五斗，你知道吗？你可把连队害苦了，我们两次出去找你都没有找到，最后惊动了防区。你如果晚回来一天，团里的搜寻部队就上山了。你从实招来，你这些天都到哪里去了？"

"连长，指导员，哪里有草，我就到哪里去。我跟着马走，走着走着就走远了。但我记得回连队的路，因为即使我走得再远，也能看到天堂雪峰，我们连队就在天堂雪峰下面。我去的地方有好几个湖，有些湖是咸的，那水没法喝，不过湖水很蓝，跟没有云的天空一样蓝……我听德吉梅朵说，那里应该是羌塘。"

"羌塘？你说你叫我们到哪里去找你？"

"连长，我真的不知道不能去那么远的地方放牧，也的确不知道过上十来天就得回来。"

"凌五斗，你要记住，以后出去放马，不准离开十四号河谷。干粮快吃完的时候，就得回来。连里之所以规定放马的战士出去只带二十天的干粮，就是怕时间久了，在外面有什么意外。"

"指导员，我知道了。"

“你老实跟我说说你跟德吉梅朵的事。”

“报告连长，我先是听到她在唱歌，然后我才看见她，她唱歌的声音传得很远，只有一条叫扎西的狗和她在一起。那些地方，好像只有她一个人，因为那么长的时间，我没有见到别的人，所以看到她我很高兴。我们开始说话，虽然彼此都听不懂，但我们还是说，好像对方能听懂似的。后来我就慢慢能听懂她的话，她也能听懂我的话，我们彼此就能说话了。”

“你们这么长时间在一起，没发生别的事？”

“别的？”凌五斗一脸茫然地望着陈向东。

傅献君盯着他，“我看你这个傻样儿，也干不出别的事儿来。”

“凌五斗，听好！”连长大声命令道。

凌五斗还想说说他和德吉梅朵的事，但只得闭了嘴，“嗖”地站了起来。

“鉴于你擅自远离连队牧场放牧，长时间脱离集体，经我和指导员研究决定，撤销你饲养班班长职务！”

“连长，指导员，我接受处分。”

看着凌五斗出了门，陈向东叹息了一声，摇了摇头，然后对傅献君说：“我们该详细地问问他跟德吉梅朵的事。”

“这还用问吗？”

“这事关军民关系、部队纪律，那怎么办？”

“过上一段时间，我来处理。”

十二

解放牌汽车在藏北高原颠簸着。天地空阔得可容纳无限悲苦、无限神性。

傅献君带着翻译索朗多吉来到了德吉梅朵的帐篷前。

看到军车，她骑马远远地跑了过来，但看到车上没有凌五斗，又骑着马跑开了。这辆车在德吉梅朵家的帐篷前停下，藏獒对着军车低吼了几声，她的父亲扎西迎出来，看上去似乎变矮了。见是连队指导员，扎西很恭敬地献上哈达，然后接过傅献君送给他的盐巴、茶叶和面粉。

德吉梅朵骑着马，站在不远处的低冈上。藏獒也过去了，守护在她的身旁。一大片白云罩在她的头顶。她的身后，无名的盐湖闪耀着蓝色的光芒。

和凌五斗分手后，她就只沿着新藏线放牧了。一见到军车，就会唱起第一次见到凌五斗时唱的歌，但她没有等到她要见的人。

高原上没有真正意义上的春天，但她觉得她和凌五斗相处的那几个暴风雪之夜就是。她由此认定，春天只有两个人紧紧拥抱在一起的时候才会有。

他爸爸站在帐篷门口，说："德吉梅朵，天堂湾的金珠玛米来了。"

她有些不相信自己的耳朵。她问了一句："您说什么？真是天堂湾来的金珠玛米吗？"

“我说是天堂湾的金珠玛米来了，你耳朵不好使了？”

“风把你的声音吹偏了嘛。”她说着，骑马从低冈跑到帐篷跟前，飞身下马，弯腰进了帐篷。她高兴地笑着，忘了自己眼里还有泪花。

“啊，德吉梅朵已经长大了。”傅献君说。

德吉梅朵害羞地低着头。

“早就是大姑娘了，可就是不懂事啊！”

“天堂湾、现在、冷吗？”德吉梅朵用汉话问傅献君。

“现在还行，有时也会下雪。”然后，傅献君用似乎有重大发现的口吻说，“啊，德吉梅朵会说汉话了。”

德吉梅朵说：“我、汉话、会说点儿，但不见着、你们，我、就、不会、说。”

他爸望着她，对傅献君说：“她去年放羊回来，突然就会说汉话了。”

傅献君“呵呵”一笑，说：“会说汉话好啊！”

“别人都说，她前世肯定是汉地的人。”

“我跟、爸爸说，我的、汉话、是跟天堂湾的、金珠玛米凌五斗学的，但他、不信。”

她爸摇了摇头，跟傅献君说：“她是跟我说过，说她的汉话是跟你们那里一个放马的金珠玛米学的，但我知道，天堂湾的马从来不会放那么远，您说她是不是在做梦？”

指导员听了翻译，笑了，“这样的梦很好啊！”

“我、就是、跟、金珠玛米、凌五斗、学的，他、怎么、没有、再来、放马啊？”

“哈哈，我们连队是有个叫凌五斗的战士，但他已经复员了。”

德吉梅朵不知道复员是什么意思，一下紧张起来，“复员？是、是往生了吗？”

“哦，他没有死，是离开部队，回老家了。”

“他不会、再、回、回来了？”

“不会回来了，他当兵的时间已满，不再是军人了。他回去后给连队来过信，说他马上要结婚了。”

德吉梅朵没有说话，低着头冲了出去，然后，马蹄声响起，越来越急促，越来越远了。

她父亲摊了摊手，“她在梦里面，出不来。”

“慢慢会好起来的，德吉梅朵长大了，你该给她找个好小伙子了。”

“我们牧业大队队长的小儿子看上了她，队长托人来提亲，她就是不愿意，我还不知道怎么跟人家回话呢。”

“这个……这是新社会，父母不能包办婚姻了。”

“她喜欢个摸得着的人也行，但她喜欢的是个梦里的人，你说，咋办？哎……”

“梦总会醒的，你不用担心。”

扎西放心地点了点头，站起身来，要去宰羊招待傅献君。傅献君站起身来，请他坐下。

“我们过来执行任务，看到您的帐篷，就进来看看你，我们今晚要赶回兵站。”

“连队军务繁忙，你们还来看我，真是……”

“我们是一家人，等你回到了冬牧场，我再到你的帐篷里吃肉。”

“我会一直等着。”

傅献君和翻译上了车，扎西恭敬地送他们离开。

汽车开出了很远，傅献君回头望去，看见德吉梅朵站在一座高冈上。当汽车开过高冈，傅献君听到了她的歌声：

东山虽然很高，
却挡不住日月；
父母虽然严厉，
却挡不住缘分。

你像十五明月，
若要为我升起，
不分鱼水之情，
姑娘我将答应。

傅献君的心情变得沉重起来，他对翻译嘀咕了一句：“真造孽啊，你看我干了件什么事!”

索狼荒原

一

早就有传言说上头要招一批女兵来，大家都等着，像等仙女下凡一样。可半年过去了，连个女人的影子也没见着。绰号叫“王阎罗”的营长王得胜一直反对把女人弄到这个叫索狼荒原的地方来，他嫌这大漠荒野，弄个娘儿们来太麻烦。他说，要个女人干甚啊，几百号光棍一起在荒原上待着多好。天地为帐，大地为床，怎么粗野怎么着。老子整个营可以光着身子在荒原上开荒，那景象……你就是拿几筐银元满世界找，也不一定能看得到。

昨天一大早，“聋子团长”陈德良终于打来了电话，说，王阎罗，你明天一大早出发，赶到三棵胡杨去，把你的娘儿们接走。

你真要给我弄个娘儿们到这半根毛也不长的地方来啊。她一看到这荒原，非吓得吱哇乱叫不可。团长的耳朵是被大炮震得有些聋的，说话时得对着他大喊大叫才行。

你也太小看我们革命女同志了。你把自己好好拾掇拾掇，你那阎罗样不把别人吓着就行。

弄个女人来也行，要弄就弄个结实一点儿的、模样儿周正一点儿的来，让我的兄弟们看着顺眼，看着放心，不要把你们挑剩下的弄到这里来。如果我看到你的娘儿们比我的中看，我可不饶你啊，我要到独眼师长那里告你。

哈哈，你粗得像胡杨皮，长得又是阎罗样，还想要中看的？你配得上人家吗？不过嘛，我团大功营营长也只有你一个，所以分到你那里去的也不会差。

那就行。还有哇，我们在这里开荒，衣服早磨坏了，好多人都是光着腚在干活呢，没有女人还没啥，有了女人可不行。

那也没办法，衣服匀一匀，反正要保证把大家的身子给遮住了。

这里热得人都能烤熟，让大家穿着衣服，做出一副人样子，那可真是难受死了。

哎呀，你这个王阎罗，政委跟我们讲了，说话要文明一点儿，你看你一张臭嘴还是满嘴脏话。

哈哈哈，你还说我呢！

你还是带点儿人马，不要让快枪手黑胡子把你另外一个耳朵也打个洞。

嘿嘿，没想老子英雄一世……提起自己的耳朵，王阎罗就说不起话了。他故作发狠地说，这家伙这次胆敢露脸，老子会一把把他的×捏碎了！

二

五十多年前，女兵柳岚才十七岁，她来到索狼荒原时，这里才有了第一个女人。荒原上才第一次有了女人的气味。虽然走了那么长的路，她身上积了厚厚的征尘，身上充满了一路沾来的各种气味，但女人有一种特殊的芳香，这芳香留了一路。一到这里，染了瑰丽晚霞的荒原上的风就把女人的香味吹散开了，弥漫在了荒原上，像一种花香。她可以感觉到，不然，这些男人就不会是一副失魂落魄的样子。

她到这里后，王阎罗已叫营部的战士们帮她挖好了一眼地窝子。她就这样在索狼荒原安顿下来了。她从地窝子里钻出来，满眼就是扑面而来的荒凉，彻底的荒凉，这是一大片由茫茫戈壁和盐碱滩组成的荒原，到处是狼、马蚤子和蛇。有些碱滩深得可以把一匹战马吞没掉，而垦荒部队的任务，就是要把这样的地方开垦成良田。大家整天就是用一把巨大的坎土曼，没日没夜地挖呀挖。手上裂开了口子，坎土曼把上全是血，红的变黑，黑的结了痂，痂上又染血，好多战士手上渗出的血早把半截袖子染黑了。

当时，这里的传说还只有那个外号叫“快枪手黑胡子”的土匪。后来，才有了柳岚。严格地说，她属于传奇。她来这里的第一天晚上，王阎罗显然对他的战士不太放心，就把他的勃朗宁手枪给她，让她用来护身壮胆。没想当天晚上他去给柳岚送水，由于没有吭气就直接往她的地窝子里钻，柳岚正在换衣服，以为是哪个家伙要对她图谋不轨，在惊慌中走了火，用那把手枪把营长的耳朵打了一个洞。当时她吓傻了，他也有些吃惊。但很快，他就像啥事也没发生，就像只是被骆驼刺划了一下，对她笑了笑，转身走了，然后对赶过来的哨兵说，快枪手黑胡子给了他一枪……

当时，整个营地戒备森严，战士们不知道那个土匪是从哪里开的枪。王阎罗这么说，战士们都相信了。大家觉得这个土匪的确也太厉害了，因为他是在黑夜里开的枪，因为他端端打中的是营长的耳朵。那几天，大家的耳朵都有些发红，大家下意识地总会捂一下它，生怕有一颗子弹会突然飞过来洞穿它。看到那情景，柳岚就忍不住想笑。

那天晚上，柳岚穿好衣服，在地窝子里傻坐了一会儿，带着枪，就去找王阎罗。

那个绰号叫屠夫的卫生员正在给他包扎——后来她知道，那个卫生员参加革命前，真的干过屠夫。屋子里挤满了战士，王阎罗在不停地骂那个土匪，说他哪天碰到他，一定会把他的两个×打个洞。战士们听他那么说，都嘻嘻哈哈大笑起来。好久没有打仗了，王阎罗耳朵上崭新的枪伤，让大家有些莫名的兴奋，就像狼闻到了血腥气一样。

柳岚在地窝子外面喊了一声报告，女人的声音有些发颤，地窝子一下安静了，大家自动让开了一条道，大家的影子在马灯的灯光里晃动。王阎罗听到她的声音，愣了一下，说，进来进来。然后看了一眼战士们，接着说，除了屠夫，其他人都滚出去。大家便屏了声，退到黑夜里去了。

柳岚同志，有事儿等会儿再说，你先坐一会儿，屠夫马上就给我弄好。他偏着脑袋，眯着眼睛，像是很享受自己的枪伤。

营部的地窝子要宽敞很多，也很整洁——是那种军营式的整洁。马灯的光有些昏黄。柳岚看到王阎罗睡觉的土台上铺着打了很多补丁的、已看不出本色的床单，但床单下垫的麦草一根也不乱，同样补丁重重的被子也叠得有棱有角。东面的墙上挂着一张手绘的《索狼荒原垦荒图》，西面的墙上则挂着机枪、步枪、冲锋枪等各种轻武器，还有好几把各式战刀，都擦拭得锃亮。

营长，您的伤……痛吗？柳岚非常抱歉地问道。

这点儿……伤算个啥？蚂蚁咬了一口而已。他示意她不要再说，黑胡子的冷枪，他娘的！

屠夫是个粗壮的、胡子拉碴的东北大汉。他用纱布为营长包扎好的那个耳朵显得很怪异，在他脑袋一侧，像戴着一朵白花，使这个粗野的人有了一股很滑稽的俏劲儿，看到他那个样子，柳岚差点儿笑了。

王阎罗看了一眼自己的影子，对屠夫说，没事儿了，你也出去吧。

屠夫拿起自己的行头，对营长说，您晚上睡觉的时候要注意，不要把受伤的耳朵压住了。

老子知道。

屠夫出去后，柳岚说，营长，真是……太抱歉了！我不知道怎么就把枪扣响了。

我跟你说过嘛，杀人的玩意儿，用起来都很简单。

该怎么处分我，您就处分吧！

大家现在都知道了，我的耳朵是那个黑胡子干的，跟你又没关系，为啥要处分你呢？

可明明是我开的枪，您为什么要这么说呢？

那你要我怎么说啊？说我一个老爷们儿，晚上私闯女兵地窝子，看到那个什么……女兵换……换衣服，被女兵打了一枪，把耳朵打了一个洞？

那……我把枪还给您……柳岚像在掏一个发烫的烙铁。

王营长一听柳岚要把枪还给他，一把把枪抓了过去，摊在大手心里，在马灯下细细打量了一番。看得出，几个小时没有看到自己的宝贝，他很心疼。但他还是把枪递还给她，说，被自己喜欢的宝贝玩意儿干了一家伙，值！你拿着吧，就当是个见面礼。

哪儿有把武器拿来作见面礼的。柳岚没有接。

他迫不及待地说，那好吧，我就收回。他好像生怕再被她拿走，说完，赶紧把枪小心地放进了枪套里。

三

柳岚第二天就和官兵们一起垦荒了。她和大家一样，每天五点半起床，简单地洗漱之后，干到八点钟吃早饭，然后带上两个玉米饼子，一直干到晚上十点钟才收工。回来后还要搞政治学习、思想教育，搞完这些，睡觉时已是凌晨了，所以休息的时间很少，加之吃的东西很差——玉米饼子硬得能把人硌起包。每个人都感到又饿又累又困。

虽然在来新疆的路上就有关于婚姻的种种传闻，但柳岚并没有像其他女兵那样有一种莫名的担忧和害怕；即使面对这个大荒原，面对浩浩荡荡的漠风，她也只有好奇。因为她每往前走一步，所面临的东西都是超乎她的想象的。她怀着那个年代很多年轻人都有的英雄梦，无所畏惧地向未知的远方靠近。

现在，在这个只有唯一一个女人的集体里，她对每一名官兵来说，都是一个辽阔而美丽的世界；是他们寄托自己想象中的爱情、欲望和家庭的载体。她当时单纯而天真，在这个成人世界里完全是一个大孩子。但没过多久，她的麻烦就来了。

柳岚记得，1950 年 12 月 7 日下午，太阳挂在西边浑浊的天空里，像一个烤煳了的玉米饼。她正走在回地窝子的路上，教导员叫住了她。

教导员姓马，他个子不高，粗壮得像一个石礅，绰号“矮种马”。他原是骑兵营教导员，所以两条腿罗圈得很厉害。他打过很多仗，但每次都安然无恙，大家都说他是“一匹幸运的矮种马”。他那条瘸腿并不是打仗冲锋时留下的，而是进新疆途中，过哈密不久，在一个平坦得像个大操场一样的戈壁滩上，因为在马背上睡着了，摔到戈壁滩上摔瘸的。从那以后，大家就叫他“瘸腿矮种马”了。一有人说起这件事，他就脸红脖子粗，他不好意思再在骑兵营待下去，就调到了步兵营当教导员。大家都说这家伙喜欢女人，柳岚听说后，就对他敬而远之。她一边走开一边问道，教导员，您找我有事吗？

小鬼，我找你肯定有事啊，男大当婚，女大当嫁，我问问你，你想不想成个家呀？

他这句话问得非常突兀。她还是个孩子，成什么家呀？

教导员，您可不要吓我。柳岚十分认真地对他说。

教导员用很严肃的口气对她说，你该成个家了，组织上给你考虑了一个全兵团都有名的英雄模范。

柳岚一听教导员的口气，就真的害怕了。

教导员，我才十七岁，还太小，我还想上学，还有更多的事情要做，我现在……现在不想结婚……何况，我还没有……没有喜欢上谁……我还没有，从没有想过……结……结婚的事。由于害怕，本来伶牙俐齿的她，一下子变得结结巴巴、语无伦次起来。

小鬼，组织上已经决定了，给你介绍的对象就是我们营长，他是我们军有名的战斗英雄，我们兵团的模范营长。你也看到了，他是一个忠厚可靠的同志。

教导员，你怎么能……随便乱说！柳岚很生气。

小鬼，我不是乱说，我是代表组织在跟你严肃地谈话。

教导员，如果这样，这个兵我不当了，我要回家。柳岚心里一急，差点儿哭了。

小鬼，你以为参加革命是开玩笑啊，想来就来，想走就走？

你们这是包办婚姻，我宁愿死，也不会答应的。

你这个同志怎么能这么想呢？我们是革命军人，军人以服从命令为天职！明天给你半天时间，你们两个再见个面，谈一谈，加强加强了解。教导员的口气因为不容置疑而变得冰冷了。他说完，就转身走掉了。

柳岚看着教导员一瘸一拐地走远，愣了半晌，本想喊叫，却没有喊出声来。她哭了，越哭越伤心，最后竟号啕大哭起来。

这个兵我不当啦！我不当啦……她赌气地对自己喊叫道。然后，她抹了一把泪，跑回地窝子，收拾好东西，背上背包，就要离开这里。但看着茫茫荒原，她不知道自己该往哪里走。哨兵跑过来，有些腼腆地问她，女兵同志，你要换地窝子吗？来，我帮你拿东西。

不……不是，谢谢！她不知道该怎么对哨兵说，只好撒个谎，我……我把背包拿出来，只是……只是想把地窝子打扫一下。

我来帮你！那个战士还是那么热情。

谢谢你了，我自己很快就可以收拾好的，你去站岗吧。

需要我帮忙你就喊一声。那个战士说完，转身走了。

她在阳光下站了一会儿，只好钻进地窝子，把背包取下来，把被褥重新铺好。她觉得自己无比孤单、柔弱。她发疯般地想念起父母来，眼泪把枕头都浸湿了。有一缕阳光漏进了地窝子，不大的风一阵阵从地窝子顶上刮过。她第一次觉得自己必须长大，成年，以面对那实实在在的、充满着未知因素的命运。

四

第二天吃过早饭后，王阎罗来到了柳岚的地窝子门口。虽然已见过好几次面，但他却不好意思进去。这个打仗时只知道猛打猛冲，干活时则拼死拼活的河北汉子，脸通红着，在门口转了一圈又一圈。最后，他嘀咕道，哎，还是算了，还是算了吧……

躲在他身后看热闹的几个老兵见他要溜，哄笑一声，冲出来，硬把他塞进了地窝子。

柳岚早就吓得不行，她缩在地窝子的角落里，像一只被猫发现的小耗子。

王阎罗在地窝子里站着，由于个子高，只能低着头。那只空袖管害羞地垂在身体一侧，那只手显得很是慌乱，无所适从。它看上去更加宽大、粗糙，像刚刚从泥土里刨出来的胡杨树根。

柳岚原来一见他的大手，总想发笑，这次她再也笑不出来了。她的心因为害怕而跳得怦怦直响，她坐在土台上，一眼也不敢看他。因为害羞，她的脸烫得像要燃起来。

地窝子里异常寂静，似乎连灰尘落地的声音都能听见。

他的脸也羞得通红，这个曾经一百多次在枪林弹雨中冲锋陷阵的男人，现在感到异常尴尬和窝囊。那么冷的天，他的额头上竟冒出了热腾腾的汗水。

是的，对于女人，这个老兵无疑还是个新兵。何况他面对的又是一个见面不久，只说过几句话的、还很陌生的女孩子呢。他不停地抹着额头上的汗水，脚不安地在原地动来动去，那只大手紧紧地攥住那只空袖管，像一个做了错事的孩子。

柳岚同志，你……我……他自己也不知道要说什么。

柳岚看到他那个样子，突然变得勇敢起来，她气呼呼地对他说，我不会跟你成家，我这么小，你都可以当我爹了，我怎么跟你成家？她说完，本来不想哭的，却忍不住又哭了。她有些恨自己的眼泪。

他坐了下来，想说什么，却没说出来，脸憋得更红了，手脚显得更加无所适从，半天，终于憋出了一句话，我……我觉得你很好……真的……

我是来当兵的，我是来革命的，我不是到这荒原上来跟人成亲的。

可是……

没有可是！

他不知道该说什么了。

时间时而汹涌地往前流淌，时而又如死水般无波无澜，地窝子里只有死一样的沉寂。

眼看一个多时辰快过去了，他才说，柳岚同志，我知道你不愿意，但我也是在完成组织给予的任务，组织的决定我必须执行！我也没有多少话跟你说，我只把该说的告诉你，我们家世代贫农，成分很好，我、我大哥、我二哥、我三哥、我四哥、我五哥 1937 年就跟日本人干上了，我大哥 1938 年战死了，我二哥和四哥是 1942 年牺牲的，我三哥是解放兰州时死的，我五哥抗美援朝去了。我前年知道，我和我的几个哥哥一起参加八路军后，我的爹娘就被鬼子杀死了……独眼师长说，我们家是满门忠烈……

要在平时，柳岚可能很愿意听他说这些，但现在，她一句话也不想听，她打断了他的话，这是你们家的事……

可我……可我得把话说完，这是一定要告诉你的，这样彼此才能有个了解。其实，我也只剩下了一句话，我这人战争年代是英雄，生产劳动是模范。他说完这些话，如释重负地舒了一口气，使劲儿擦了擦满头满脑的汗，然后站起来，由于没记起地窝子很低，头狠狠地撞在了地窝子顶上，直撞得眼冒金星，差点儿栽倒。他稳住自己的身体，把头上的土拍了拍，退到门口，恢复了野蛮气，挥了一下自己的那只大手，转身走掉了。

五

那次见面不久，柳岚就开始给营里那些还是文盲的官兵扫盲。从那以后，再没人提起过让她结婚的事，好像这件事根本就没有发生过。

没过多久，团里命令王阎罗带一个连，全副武装，去师部接回三百多个从内地弄到这里来的遣犯。

这些遣犯成分很复杂，有些是国民党的军官，有些是国民党的官员，有些是土匪，王阎罗不敢大意。而让他没有想到的是，里面竟然还有十四个女人。

这些女人一个个不修边幅，蓬头垢面，像刚从泥灰里刨出来的。但有一个娘儿们却把自己收拾得很清爽——她洗过脸，头发也梳过，指甲里没有黑泥，她很迷人。她和柳岚不同，她显得很成熟，她身上有一种发情母马的味道。这种女人全身都会说话，特别是她的眼波。她看王营长第一眼的时候，就觉得她的眼波能把他的魂勾走。他想他那副样子可以吓走任何一个娘儿们，但她似乎不怕他。她看他的眼神有些特别。他第一次发现有一个女人用那种眼神看他。他想，如果柳岚看他的时候，也能用那种眼神就好了。

那帮女人来到这里后，柳岚不再是唯一的女人了。索狼荒原亘古以来，第一次有了近千人在这里劳动。沙尘味、泥土里的盐碱味和人身上散发出来的汗臭味混合在一起，形成了一种新的气味，这气味充斥着这片古老的荒原。

军人和遣犯一起劳动，分不清谁是军人谁是遣犯。其实，军人的劳动强度比遣犯还要大，目的也有些相同，那就是“挣表现”。但遣犯的目的更明确，那就是表现好了可以减刑释罪；军人们的目的是为了“建设新新疆”。那种工作强度，那种发自内心的、自愿的苦役，是没有把自己当“人”看的，仅仅是一把被自己挥舞着的、粗劣的、经久耐用的坎土曼。

柳岚白天除了劳动，负责管理那十四名女遣犯，晚上还要给官兵补习文化课。那些女人原来的生活大多是衣食无忧的，有些甚至是锦衣玉食，刚到这里的时候，有几个女人什么都不会干，她还得教会她们干活。

那个总把自己收拾得很清爽的女人最省事。她叫薛小琼，她父亲在四川巴州做茶叶生意，家境富裕，她读过一些书，算是小家碧玉。1948 年端午节，她在从南江的舅舅家回巴州的路上，被多年盘踞在川北的、让人闻之色变的石鼓寨悍匪赵一刀掠去，强迫她做了压寨夫人，那年她十八岁。但没过多久，贺龙的部队就进川了。赵一刀被打死，他的喽啰作鸟兽散。薛小琼身为匪婆，但罪不当诛，被押到了新疆劳改。她说一口好听的四川话，大大咧咧，没心没肺，随遇而安，敢作敢为。虽然身为遣犯，但她似乎一点儿也不在意。柳岚很喜欢她那种性格。薛小琼那时刚满二十岁，但成熟得似乎可以面对整个世界。她嘴里随时都哼着歌，那时，不让遣犯唱其他歌，她就哼那首《劳动歌》——劳动，劳动，劳动呀劳动，劳动创造了世界，劳动改造了我们，我们吃得饱呀，全靠劳动，我们穿得暖呀，全靠劳动……

柳岚喜欢薛小琼这种性格的女人。她从薛小琼那里知道了芦苇根可以吃；还有红柳下面那个像蘑菇一样的大芸；还有四脚蛇，用火烤一烤，味道很香——那些男遣犯，活的都可以吞下去。她好像控制不住，一开口就跟柳岚说吃的，说得两人的肚子常常咕噜噜直响。

有一天，薛小琼问柳岚，柳管教，你们那个独臂长官——对，应该叫王营长的——真是太厉害了，我听说他原来是个战斗英雄耶！我没有看错，我第一眼看到他，就觉得他是个英雄！

柳岚无所谓地哼了一声，想了想，终于找到了一句贬损他的话，你看他那个凶样！你知道吗？他的外号就叫王阎罗。

呵呵，我倒没觉得他凶，我倒听说他身上有好多打仗时留下的伤疤。还有他那只手，我的妈呀，真大，跟熊掌似的，一掌能把人拍死！

哦，原来你喜欢这种被子弹穿过、被刺刀刺过好几十回的男人啊？

薛小琼的脸红了，哈哈一笑，说，我要不是个遣犯，不是个土匪婆，我就去喜欢他。她神色有些忧郁了，接着说，我会让他跟我讲每一个伤疤的故事。

柳岚吃惊地看着薛小琼，她没想到王阎罗会招这个土匪婆的喜欢，心里突然有一种不舒服的、怪怪的感觉。

薛小琼感觉到了，她说，柳管教，我说错话了，但我说的都是真话，我只跟你私下里说，你不会向长官报告吧？

不会，你这就叫“情人眼里出西施”。柳岚的口气不冷不热。

她嘻嘻一笑说，就是啊。说完，她就轻快地离开了。

六

王阎罗忙着带人马管理那上千亩新开垦出来的、已种上冬麦的土地——他要在明年看到一个翻滚着金色麦浪的索狼荒原，早就把和柳岚结婚那档子事忘掉了。当时，麦子已经从地里拱出来，他看着，心里觉得十分舒坦。同时，他心里也很惭愧，因为他那只独臂可以打枪，冲锋，但没法用一只手抡起坎土曼挖荒地——近千人在荒原上一字排开，吼叫着往前挖掘，见到那气势，谁也不想只做个打杂的人——他只能偶尔指挥一下，为大家加油鼓劲，更多的时候是拖拖红柳、梭梭，赶着驴马为大家送水送饭。地里撒上种子后，矮种马就让他带着那帮女人搞田间管理。刚开始，他对矮种马让他和一帮女人在一起干活还有意见，没过多久，他就喜欢和她们在一起了。

他和她们在一起干活，心里就有一股莫名的兴奋。他根本控制不住，后来他找到了原因，那是因为薛小琼在里面。薛小琼的眼神里还有那股劲儿。他既喜欢又害怕看她的眼神，她的眼神会让他靠近心口的一大块肌肉发酥发软。她也喜欢靠近他做活，但她把这一切做得很自然。

有一次他带着她一起去引水浇麦，那水渠是部队到这里来后开挖的，比战壕还深，还没有引过水。他和她顺着那条水渠往前走，有垮塌下来的泥土她就疏通一下。他们开始都不说话。他们还没有说过话，但可以感觉到，两个人的心跳都异常猛烈，好像四周的荒原都在随之颤动。王阎罗跟在她后面，看着她的背影，他的身子轻飘飘的，似乎一小股风就能把他刮走。虽然其他遣犯见了他和矮种马都会吓得两腿发软，但她却一点儿也不怕他。过了一会儿，她在前面忍不住嘻嘻笑了。

王阎罗听到，就问她，你笑什么？

她说，我跟一个大英雄走到一起了，我以前做梦都没有梦到过。

你因为这个在笑？没仗打了，英雄是个普通人啊。

仗打完了，英雄还活着，多好！

死了的英雄还有个纪念碑，你看我这个活着的独臂，却只能和你们这帮娘儿们在一起浇浇地。

她回过头，看了他一眼说，活着可比当纪念碑强。

枪子儿都把我穿成一张筛子了……他的语调里有一种落寞的感觉。

听到他这句话，她的泪水一下从眼睛里涌了出来。她停住了脚步，转过身，抬起眼睛，盯着他。她的眼珠漆黑，人生的颠沛并没有熄灭掉她生命的热情，她的目光还是那么清澈，充满希望。

王阎罗看到了她眼里的泪光，他并不理解，连忙问道，你怎么了？好好的，怎么哭了？

薛小琼看着他，说，我想说个事，说出来你不会毙了我吧？

说吧，我又不是刽子手。

我心里有一个非常喜欢的人，我长这么大，骨子里就喜欢过一个人，为了这个人，我就是为他死也没得啥。

那个人是谁？那个土匪？他不是已经死了吗？王阎罗的心里竟突然升起一股醋意。

不，那个人就在我的跟前。

他往四周看了看，你是说我？

她扑到了他的怀里，眼泪更多了，他用那只独臂笨拙地抱着她。

从此以后，王阎罗开始想女人了，他觉得自己的思想可能有问题，但他管不住自己。他原来做梦要么是打仗，冲啊杀的，要么就是梦到老家和爹娘，现在，梦里面多了薛小琼。有些情景，他原来从没有想过的，也在梦里出现了，更让他难过的是，他越想控制自己不去想她，就越频繁地梦见她。

七

从那以后，王营长的脑子里就只有薛小琼了。在柳岚面前，他也有了一股豪气，他在心里对自己说，哼，你柳岚不让我这个耳朵上有弹孔、脸上有刀疤的独臂男人接近你，老子也不会强迫你。这个风度我还是有的。

薛小琼那时已亲过他脸上和耳朵上的伤疤。他已经知道，相爱其实很简单；他也知道了，组织介绍的女人和自己喜欢的女人是完全不一样的。那次矮种马让他和柳岚在一起谈话，柳岚一点儿也看不上他。而这个薛小琼，他觉得他俩的姻缘真是前世就注定了的，他们其实就是一个人，只有一颗心。

但春节前夕，矮种马却来找他谈话了。他嘻嘻笑着说，王阎罗，你和柳文教也见过面了，组织已经决定把你和柳岚同志的婚事办了，不然，出了事，我可不好向组织交代。

你看你说的，能出啥事呢？

教导员高深莫测地笑了，我怕黑胡子再朝你来一枪，把你另一只耳朵也打个洞。把你另一只耳朵打个洞也就罢了，就怕那家伙一失手打偏了，敲了我们大功营营长的脑袋。

哈哈，你个矮种马，啥也瞒不过你啊。

嘿嘿，你骗骗其他人可以，我可是火眼金睛。现在可以告诉我了，当时是不是猴急了，想去非礼别人，挨了那一枪呀？

你看你这张嘴说出的话！那一枪是她打的，我们路上遇到过黑胡子，大家一路也说那个家伙，她对那个黑胡子有些害怕了，加之她刚来这里，这里就她一个女的，就更紧张了。你让我为她送盆热水，多打几个照面，我就去了。我端着水就往她地窝子里钻，她就摸出了那把枪，一不小心走火了。

原来是这样！那你对组织的决定有没有什么意见啊？

这个娘儿们对我一点儿感觉都没有，强扭的瓜不甜，还是算了吧。

你管它甜不甜呢，先扭下来放进自己的篮子里再说吧。我之所以逼你，是因为组织上追问了，问我怎么还没有把你们配到一起啊。

矮种马，我跟你说句内心话，不要看她柳岚长得很中看，我还真的不想和她结婚，我还是想找一个经得起摔打的女人，至少老子一巴掌打过去，她能撑得住。但像她，我一巴掌下去准把她拍碎了。

组织上好不容易给你找个女人，是让你拍着玩的啊！

我这把年纪了才有了个女人，哪儿舍得拍呀。但我认为，跟我结婚的女人，首先不会嫌我，也没有必要有那么多文化，这样，我才能够跟她把话说到一起。我们结婚后，就唰唰唰地生崽子，一辈子生他一个排。上头也说了，我们要结束历朝历代在这里屯垦一代而终的局面，要在这里扎根，而我们的根就是我们的子孙。而像她那个样子，我连话都不晓得跟她怎么说。她太文气，还看不上我。像她那样，就是生出孩子，我还看不上她呢！

你一看就是个粗人。矮种马像个媒婆，只想尽快把他们撮合到一起。

不要扯了，你就知足吧。时间就定在春节晚上，连以上干部参加。这是组织的决定，你们必须无条件执行。

这个……是！王阎罗还想说什么，矮种马已转身钻出了地窝子。

王阎罗坐下来，他想起了薛小琼，觉得自己对不起她。但他也知道，她是个土匪婆子，他如果和她结婚，索狼荒原一定会被掀个底朝天的。

春节那天下午，柳岚碰到营部的通信员，见他提着一小袋子水果糖，就一边笑着抓了一颗，一边说，通信员，今年春节还有糖吃，今天晚上是不是要好好热闹一下啊？

通信员笑着说，这是喜糖，可不能随便吃的。

喜糖？难道哪个女遣犯要结婚不成？她当时根本没想到这件事会和自己有关。

他笑了笑，没有回答。

说说看，是哪个和哪个？她还是感到好奇。

嘿，过年就是喜事嘛。通信员看着她，笑着说完，像个土行僧似的，转身钻进了地窝子里。

柳岚想想也是，把那颗水果糖在鼻子前闻了闻，深深地吸了吸它的甜味。她已经好久没有吃糖了，她伸出舌头舔了舔，才放进嘴里。嘴里的甜味使她觉得整个索狼荒原都弥漫着水果糖的甜味，这种甜味使人快乐，她忍不住哼起了歌，一蹦一跳地回到了自己的小地窝子里。

过了一会儿，通信员跑来叫她到营部去。她问他有什么事。他说你去了就知道了，你一定会惊喜的。走到营部门口，她嘴里仍含着小半颗水果糖，她舍不得把它嚼碎咽进肚子里，就把它压在舌根下，喊了一声报告。

柳岚同志来了，快进来，快进来，是矮种马很热情的声音。

柳岚钻进地窝子，没想全营连以上干部都喜形于色地坐在里面，王阎罗像个战俘似的垂着头，红着脸，站在上首。一见她进去，矮种马就站起来，异常兴奋地大声说，欢迎新娘子柳岚同志！紧接着，就响起了噼里啪啦的掌声，把她吓了一大跳。

她愣在地窝子门口，想转身离开，身子却转不过去，她一下木掉了。她觉得嘴里的水果糖一下变苦了，她像咽一粒黄连做的药丸，想把它咽进肚子里，没想不但没有咽进去，还差点儿呕吐起来。

来来来，不要呆站着啦，快过来！矮种马见柳岚不动，瘸着腿跑过来，把她拉到了王阎罗身边。她看见桌上放着两小堆裹着灰尘的水果糖，每人跟前放着一搪瓷缸有些发灰的、有股怪味的白开水。她的脑子里一片空白，身子也没有任何知觉，又冰又沉，像塞满了生铁。她听见王阎罗在她身边不时“呵呵”干笑两声，笑声很尴尬。

矮种马满脸堆笑，以他特有的、沙哑的大嗓门儿宣布道，今天，是我们索狼荒原最喜庆的日子，经组织批准，七一七团一营营长王得胜同志与营文化教员柳岚同志现在结为夫妻，组建一个革命家庭。现在，让我们以水代酒，向他们表示祝贺，愿他们永结连理，白头到老，尽快为我们索狼荒原生一堆胖乎乎的革命后代！他宣布完，大家举起搪瓷茶缸，很响地碰了一下，然后一饮而尽。

柳岚早已哭得跟泪人似的，还没搞清是怎么回事，婚礼已经结束了。大家抓了一把糖，像完成神圣使命似的，鱼贯而出，把她和王阎罗留在了“洞房”里。

她颓然地站在那里，觉得自己的整个生命都在崩塌。突然，她不顾一切地冲出了那个地窝子，向着无边的旷野，向着寒冷的黑夜深处没命地跑去。

凛冽的寒风一阵阵从荒原上掠过，笨重的毡靴使她一次又一次跌倒。她索性把毡靴脱了，挂在脖子上，脚上只有一双布袜子，她也没觉得冷，也没感觉硌脚。她只觉得身后有一个强大的、不可违抗的东西在追逼着她，她只有逃跑，跌跌撞撞地飞奔着，那么快，像戈壁滩上的一阵风。

八

柳岚跑出去的时候，王阎罗喊了她一声。但她像是疯了，像一颗子弹一样射出了地窝子。

他不紧不慢地披上衣服，他要去把她追回来。竟然跑了！这样没脸面的事情，我王阎罗哪里遇到过？最好不要让那帮家伙知道了，不然，我这个堂堂大功营营长真是威风扫地了！碰到哨兵，他问柳岚往哪个方向转悠去了？叫“鬼脸”的哨兵看了他一眼，给他指了指方向，说，祝营长大喜！他感觉鬼脸看他的目光和语气怪怪的。他黑着脸，骂了一声。

荒原上的风比刺刀还要锋利，天上挂着一轮比锅盔还要大的月亮，给地上铺了一层厚厚的月光。看不到哨兵了，王阎罗才大步朝那个方向跑去。他看到她一瘸一拐地往前跑着，像个女鬼。

但柳岚没跑多远，一双脚就血肉模糊，麻木得再也跑不动了。她跌坐在地上，呼出的气息喷在脸上、头发上，早已凝成了冰霜，使她看上去就像舞台上的白毛女。王阎罗看到她的头发，吓了一跳。在月光中，她好像突然变成了一个老女人。

不愿跟我就不跟嘛，你瞎跑个……啥呢，你晓得这是什么地方？你能跑出去？王阎罗很生气，也很难受，他有些心疼她，他本想对她大吼大叫一番，但他忍住了。他本来想说“你跑个×呢”，但那个字到了嘴边，他把它“咕咚”一声咽进了肚子里。

她蹲在那里，什么也不说，一副可怜巴巴的样子。

我晓得你不愿意跟我，你嫌我年龄大，嫌我独臂，嫌我难看，嫌我是个粗人，嫌我只会打仗。但是，你要晓得，这块地开出来后有好几千亩呢，我们辛辛苦苦地开出来，如果没有个后人，我们老了，这地以后谁来种？

她还是没有说话，她在发抖，可能是冻的。他看到了她身边的毡靴。他这次再也忍不住肚子里的火气，你！你要成个矮种马那样的瘸子吗？你今天成了瘸子，明天就给老子滚出大功营去！王阎罗一边大声武气地吼叫着，一边蹲下去，摸她的脚。

他把她吓住了，她的身体抖得更厉害了。她的牙齿磕碰着，发出令人心烦的声音。他见她那样，心里不忍，放缓了语气，说，对不住啊，我不该对你吼。

她突然低声抽泣起来。

王阎罗摸到了她的一只脚。她的脚上裹着布，但他把它抓在手里的时候，觉得抓住的是一坨冰。他又想发火。

你的脚不赶快暖过来，就废掉了。他一边说着一边把她的脚扯进自己的怀里。过祁连山的时候，他的怀里暖过战友的脚，但暖女人的脚还是第一次，他对她说，这里没有火，对不住了！

她的脚冰得他哆嗦了一下。

她没有反抗。他想那是因为她的脚已经麻木了，还有就是她有些怕他。

我说过，你不愿意跟我过就算了，但你千万不能跑。这周围都是大沙漠，你跑不出去，往外跑，就是送死；再者，你现在已是解放军了，你跑了，就是逃兵，你知道吗？作为一个军人，最可耻的就是当逃兵。

她脚上的冰在慢慢融化，打湿了他的衬衣。

风一刀一刀地割着他们的脸。他没话找话说，你看，这多冷！不把你冻死才怪呢。

她哆嗦得不那么厉害了。他把她的脚从自己怀里拿出来，脚一暖，汗臭味就冒了出来。

哎！你闻闻你这臭脚丫子！我没想到女娃娃的脚会这么臭。

她赶紧缩回了脚，忍不住“扑哧”笑了，她说，这鬼地方哪儿有水洗脚啊……

哈哈，笑了就好，走，跟我回去。这样吧，让我背你。

我自己走！她一边蹬上毡靴，一边用很硬的声音好强地说。

他想起了一句古话，但没有说全，也是的，男女那个什么不亲吗？

男女授受不亲！她瘸着腿，一边站起来，一边说。

老一套的东西说起来就是拗口。他看到她走的还是往沙漠外去的路，就急了，你个……怎么还在往外走呢？

让我跟你结婚，我宁愿当逃兵，宁愿死，也不回去！你现在就可以把我当逃兵枪毙了。

×！他一急，又说粗话了，老子说过了，你不愿意跟我过就算了。

这可是你说的！

不是我说的还是鬼说的啊！

那好，你说话得算数。

老子是站着尿了三十年尿的汉子，说话当然算数。

那我就跟你回去。他的话让她放心了。

九

柳岚的脚冻伤后，在地窝子里躺了好几天没有出来——她现在的脚还能走路，应该感谢王阎罗。他当时如果不把她的脚揣进他的怀里，她的脚就废掉了。她那几天缩在地窝子里想了很多。觉得他这个人也有可爱的地方，他把她的脚揣进他怀里的动作，有些像她爹。她爹十七岁结婚，十八岁就有了她，她父亲只比他大四五岁。但他的面相比她爹老得多，何况他还只有一只胳膊，脸上还有一道疤，耳朵上还有一个洞……好了，现在不管他了，他说了，我不愿意跟他结婚就算了。看来，这次还是跑对了，这脚挨一场冻也是值得的。柳岚想到这里，心情一下好了很多。

王阎罗去看过柳岚一次，还给了她几颗水果糖。她看见糖，一下变得敏感起来，赶紧说，我不要我不要。他并不明白她为什么会那样，说，这糖甜着呢，是我到团部去政委给我的。他执意把糖放下了。柳岚把糖给了通信员。婚礼以后，她就再也不吃糖了。

其他时候都是通信员受命过来照顾她，他每天都端着一盆热水，里面放些草药，说这种草药可治疗冻伤，他还说这是组织对她的关怀。

通信员那时二十一岁，他原来一见柳岚就脸红，叫她女兵同志，现在他不脸红了，一见她就很自然地叫嫂子。他接过柳岚的糖，就说，谢谢嫂子的喜糖。

柳岚开头以为自己听错了，就问他，你叫我什么？

叫你嫂子啊。

谁让你这么叫的？

部队就这个规矩，对领导和老兵的家属都这么叫，你现在是营长的家属，我不叫你嫂子叫你什么？

谁跟营长结婚了？

他笑了，笑得天真无邪，反问她，你说是谁跟营长结婚了啊？

柳岚没法回答他。

他们都会这么叫我吗？她有些绝望地问道。

当然啦，就是教导员见了，也得叫你嫂子呢。

你还是叫我女兵同志吧。她的声音里带着乞求。

嫂子，那哪儿能行！

柳岚的脚勉强能走路，走出地窝子后，她发现战士们看她的眼神已不一样了。在他们眼里，她不再是那个才十七岁、比他们的年龄都小的小女兵，而是营长的老婆了，他们有着对长嫂的尊敬和一种很微妙的畏惧感。她像个受了惊吓的鼹鼠，赶紧钻进了地窝子。

通信员给她端饭来吃的时候，她对他说，通信员，你晓得的，我今年才十七岁，我还不愿意结婚，营长也答应了，说我不愿意跟他就算了。所以，你不能叫我嫂子，你能不能跟其他战士也说说，就说我们还没有结婚呢，也让他们不要叫我嫂子。

通信员睁大了眼睛，有些不高兴了。这话我可不能讲，你和营长结婚谁不知道？你是不是嫌弃我们营长了？他的语调变得激动起来，你不知道我们营长是多厉害的人，他是个大英雄，他当连长的时候我就跟他当通信员，你不知道他打仗多厉害，每次冲锋他都高声叫骂着，冲在最前面，干掉一个敌人，他就骂一声；肉搏战的时候，干翻一个敌人，他也骂一声，去见阎王吧。敌人都知道七一七团有个打仗不要命的王阎罗，和他交手的时候，都会格外小心。你知道他负过多少次伤？四十八次！不，加上在这里耳朵被黑胡子打穿，一共是四十九次。他那只手臂是被敌人的机枪子弹扫中的，骨头碎了，只连着一张皮。当时他带着部队正冲在紧要处，胜败就在眨眼之间。他嫌那只断臂累赘，一闭眼，骂了一声，一马刀砍了下来，然后跳起来，又往前冲。我当时跟在他屁股后面，看着他那只砍下来的手臂，吓得头发都竖起来了。他冲上高地不久，就晕过去了，我这才有机会叫屠夫把伤口给他捆扎住。我想他那次肯定活不了了，但他命大，最后竟然挺过来了。这样一个人，你哪里找去！

通信员显然很生气。

你……我是说……一个人和一个人结婚，要有感情才行。她满含歉意地对他说。

我知道，你们读了点儿书，就要讲究什么感情，讲究什么婚姻自由。告诉你吧，我们营长也是有人喜欢的，你知道吗？那次在一个大学操场上为他开庆功大会，下面的女娃娃感动得直哭，部队要开拔的时候，有个可漂亮的女大学生追着队伍找他，找到后说要跟他走。营长笑呵呵地说，这仗还没打完呢，等我打完仗了再回来找你！谁知道我们后来来到了这里。不然，我们营长娃娃都有了！他气呼呼地说完，转过身去，气哼哼地走了。

柳岚没想到自己得罪了通信员。她笑了一声，对自己说，哪有这样的事！转眼之间，已被公认是他的老婆了，已从一个青春少女、已从全营年龄最小的兵变成他们的嫂子了！

她决定去找他，要让他跟全营官兵澄清澄清。

那天下午官兵们都在擦拭自己的武器，这些武器虽然好久没有用过了，但保养得很好。他们见了她，无论他们在做什么，都会停下手里的活，很礼貌地叫声嫂子好。她真有些哭笑不得。

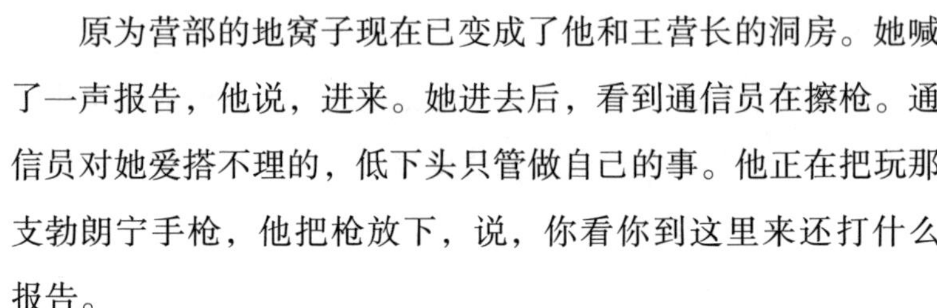

原为营部的地窝子现在已变成了他和王营长的洞房。她喊了一声报告，他说，进来。她进去后，看到通信员在擦枪。通信员对她爱搭不理的，低下头只管做自己的事。他正在把玩那支勃朗宁手枪，他把枪放下，说，你看你到这里来还打什么报告。

我和其他战士是一样的，到这里来当然要打报告。

哦，也是。

通信员给她倒了一杯水，然后提着枪和擦枪的工具出去了。

脚好了没有？

好多了，营里的文化补习班明天就可以恢复。

好，学那个文化可比打仗难多了。他端详了一眼自己的手枪，接着问，你瘸着腿来找我，肯定有什么事吧？

你不是说我不愿意跟你结婚就算了吗？你说话一点儿也不算数。

我怎么不算数了？

大家都……都叫我嫂子了，他们认为我是你的人了……你能不能把大家集合起来，澄清……一下？

他哈哈笑了，说，这我就管不了啦，让我们结婚是组织决定的，你得去找组织。

谁是组织？

谁是组织？他显然是第一次遇到这个问题，他不知道该怎么回答。他用那只大手使劲儿挠了挠自己的头，想了想，跟你实说吧，虽然这么多年我一直听组织的，但我对组织究竟是谁还真没琢磨过。像我这些只会打仗冲锋的大老粗认准一条就可以了，那就是组织决定了的事情，绝不反对，坚决无条件执行。总之，组织不是一个人，教导员是管组织的，他肯定清楚，你可以去找他。

柳岚跟王阎罗敬了个礼，说了声谢谢营长，就转身去找矮种马。

矮种马正在地窝子里写着什么，一见柳岚进去，赶紧放下手里的笔，站起来，格外热情地指了指枯胡杨木做的凳子，说，哈哈，嫂夫人驾到！快坐快坐！

柳岚没有坐，她倔强地站着。

嫂夫人来找我，肯定有什么事情吧？

教导员，我……我不知道该怎么说……我就直说了吧，你知道，我对你们让我跟营长结婚有意见。营长也跟我说了，如果我不愿意跟他就算了，但大家都叫我嫂子了，我希望教导员能够对全营官兵澄清一下。

是啊，你看大家嫂子都叫上了，你现在还有啥意见嘛！

王营长是个好人，是个英雄，但我对他……

她的话还没说完，教导员就笑着打断了她的话，他又是好人，又是英雄，你还有啥意见嘛！

可是……我还小，我连感情是什么都不懂，我不想这么早就结婚。

可是，营长年龄不小了，我们的革命事业也迫切地需要后继有人。

可是……营长说了，如果我不愿意跟他就算了。

这是组织决定的事情，他哪儿有权力说算了就算了？简直目无组织！教导员的口气突然变得十分严厉。

是……是营长让我来找组织的，让我跟组织反映我的意见。

当然得找组织。

营长说你管组织。

我管组织，但我不是组织，组织决定了的事情，就得执行，哪儿能说改就改！就是要改变，也得组织决定！

那我……我该怎么办？

柳岚同志，你来向组织反映问题，这是你对组织的信任，组织会认真对待，你放心！但这个事情得由组织讨论后才能决定。

那……组织多久讨论？

那得由组织来决定。

他站起来，左手叉在腰上，又说，不过，我可以先以教导员的名义告诉你，首先，婚姻是个严肃的事情；其次，组织决定了的事情同样是非常严肃的，应该严格执行的。朝令夕改，组织哪还有权威？所以我们都要严肃地对待这个问题。

柳岚脑子里一片迷糊。

矮种马换上了笑脸，用和蔼的语气对她说，嫂夫人，刚才涉及组织，所以我严肃了一些。现在说完了，不用那么严肃了，还有什么事，你尽管说。

我不是什么嫂夫人，希望组织能尽快考虑我反映的问题。她说完，木然地站起来，向矮种马敬了个军礼，转身走了。

十

有一天，矮种马来到王阎罗的地窝子，对他说，你王阎罗执行组织决定不力。我可从来没有见你这么窝囊过，你和柳岚结了婚却不同房，让全营官兵看着，影响多不好！

我们原就是两个陌生人，硬撮合到一起，人家不愿意，总不能强迫人家吧。说句内心话，两个人的事，还是两情那个什么……的好。

你说的是两情相悦吧，可这里，只有母狼、母狐狸和女遣犯，你和谁两情相悦去！

嘿嘿，也是。矮种马提起女遣犯，使他想起了薛小琼。他感到心里十分难过。

矮种马看他那个表情，以为他是在为柳岚的事犯难，就说，我看你对付女人，比打仗差多了。这样吧，柳岚既然是组织介绍给你的，还是由组织出面来解决吧。

第二天，团长也给王阎罗打来了电话，他第一句话就问，王阎罗，你跟你那新婚的小娘儿们过得怎么样啊？

我们目前还停留在革命同志的阶段。

我听说她想跑？

跑了一段，我把她追回来了。

团长给他打气说，你英雄一个，英雄美人，自古般配，所以我才把柳岚配给你。我告诉你啊，你王阎罗打仗是个英雄，在女人面前可不能当狗熊啊。

团长，那仗我打了十多年，闭着眼睛也晓得怎么打，但这女人，我可从来没碰过。

政委一再跟我们说，现在不是打仗那阵子了，说话得文明一点儿。你看你，一说话就满口粗话！那姑娘是个文化人，你那形象人家就很少见过，再满口粗话，人家怎么喜欢你啊？

你知道，我这一张嘴说惯了。

说惯了就得改啊！对女人，你得动点儿脑子，你得想办法打动她的心，心是女人的司令部，你把司令部搞服帖了，她就土崩瓦解了。当然，也有一种女的，那个司令部牢固得很，办法用尽就是攻不下来，那你就只能强攻了。

你说得轻巧，可女人那……心……哈……看不见摸不着的。

看你这个胡杨木脑袋，你以为女人的心是你从敌整编二十七师师长那里缴获的勃朗宁手枪啊，可以天天在手里把玩着？看来你哪天到了团部，我得好好给你上一课。

你知道我这……人，最烦的就是坐在那里听你上课。

王阎罗从团长的话里似乎也明白了一些东西。他放下电话，对自己说，还是我爹说得对，女人就是给老子铺床叠被暖炕生娃喂猪做饭的，一开始就得把她像调教犁田的牛、拉车的驴一样调教老实了，不然，她以后犁田就会不依犁，拉车就会不依路。但他回头一想，觉得柳岚也是不易，就在那天下午打了一只野鸽子，叫炊事班炖了汤，用钢盔盛着，给她送去。

他往她的地窝子走的时候，不知为何，心还是有些发紧，头还是有些发蒙，腿还是有些发飘。来到她地窝子门口，他吭了声，柳岚同志在吗？问完了，他才发现自己的声音还有些发颤。

有什么事请在外头说。

他没有管她，吭了声就进去了。她偎在被子里，见他进来，有些生气：营长同志，你怎么能随便进女兵宿舍？

老子是营长，想进哪里就进哪里。他说话时虽然很横，但语气并不硬。

来，趁热乎着，把这鸽子汤喝了。他把一钢盔鸽子汤递给她。

她闻到了肉香，喉咙动了动，但她扭过脸去，说，我不喝！

不喝不行！

凭啥？

凭啥……凭我们已举行了婚礼！

可你说过我不愿意就算了。我去找教导员说了，他说组织上会考虑。

可组织上决定了的事，我们就得执行，教导员说我执行组织决定不力。

那你来执行啊！她的语气里满是嘲讽。

王阎罗一下来气了，感觉到浑身的血直往头上冲。组织上已经批准我们成两口子了，你以为我不敢啊！他把鸽子汤放在土凳子上，鸽子汤溅了他一手。他在裤子上抹了手上的汤，走过去，用那只独臂把她揽住，就要去亲她的脸。

他听到了她的一声尖叫。这个女人，也太烈了。她还啪地扇了他一个耳光。他生平第一次挨了女人的耳光。她的小手打在脸上像荆条抽过，火辣辣地发烫。这一巴掌把他的昏头打清醒了，他赶紧说，柳岚……同志，我……我昏头了，我……我犯错误了……他说话从来没有这么不利索过，嘴里就像含了东西。说完这些，他向她鞠了一躬，灰溜溜地钻出了地窝子。

他丧了魂魄般地回到营部，把团长的电话要了出来。他一听到团长的声音就说，团长，我犯错误了！

团长用吃惊的声音问道，啥错误？又死人了？

我……我要流氓了……你用机枪把我扫了吧！

什么？团长以为他听错了。

我要流氓了。

你对谁要流氓了？

我对柳岚同志要流氓了。

团长在电话那头哈哈大笑起来，笑了好久，然后很严肃地

说，你跟我讲讲，你怎么要流氓的？要老实跟我讲，不准漏一个细节。如敢遗漏，我从严处分！

团长这家伙平时跟谁都是嘻嘻哈哈的，但一严肃起来，就六亲不认了。王阎罗不敢有任何隐瞒，把整个经过从头到尾细细地说了一遍。

就这样？

我……你知道，团长，我从来不会编谎。

哈哈哈，王阎罗同志，你够丢脸的！我看你是打仗打傻了，以后再遇到类似的事情，你可不要让其他团的人知道你是我七一七团的！团长开心地大笑起来，那笑声通过电话线传过来，震得王阎罗耳朵直发痒。笑完了，团长接着说，我现在告诉你，鉴于柳岚同志已是你老婆，你可以继续对她要耍流氓！他说完，就把电话挂掉了。

王阎罗站在那里，手里握着电话，一头雾水，不知道团长是什么意思。不过，他知道，他的这个错误团长是不会追究了。他把电话挂好，嘀咕了一句，这个团长！

十一

柳岚在地窝子里哭了一会儿，才想起王阎罗的确是和她举行过婚礼的。她总不愿意相信这个现实。她把矮种马的话回想了很多次，越回想越觉得绝望。组织就在那里，但她不知道它是什么样子。这个现实使她的心像针扎一样难过。

在这个雄性的荒原上，她显得那么孤单，像一条隐藏在地下的虫子。

她看了一眼那一钢盔野鸽子汤，她后来才知道，那个钢盔是王营长一九三八年十月二十七日在收复阜平城的战斗中，从日军那里缴获的。后来，这个钢盔曾在钉耙山侧击战中，为他挡过一粒子弹。如果不是这个钢盔，那粒子弹会穿过他的脑袋，他的骨头可能早就变白了。

她把钢盔提起来，想把它甩到外面去，但她最后没有那么做。

她站立在那里，眼前一片茫然。她突然想到了死，她觉得这是一条不错的路。她想，要是那把枪没有还给他，她现在就可以给自己一枪。这种赴死的感觉令她激动得浑身剧烈地颤抖起来。但这个可怕的想法很快就被她两行冰冷的泪水代替了。

她来到这里后，害怕有人闯进她的地窝子，晚上会一直在门口放一盆水。现在，她觉得这些都没有必要了，她把那盆水泼在了地上。

她缩回到床上，和衣钻进被子里，眼睛死死盯着地窝子那个脸盆大小的通气孔，外面和地下一样黑。寒冷的风声哭泣着从地表掠过，把地表的浮土一层层掀走，像要把她从地下掀出来。

第二天一大早，矮种马就瘸着腿找到了柳岚。她想组织新的决定一定下来了。矮种马和她拉了一会儿家常，就把话头转到了正事上。他对她说，柳岚同志，组织决定了的事，没法儿改变。

可我不愿意。

你现在是个革命军人，你说说看，我们好多同志，浴血奋战，九死一生，现在活下来了，又到这荒原上开荒种地，他们该不该有个女人?

柳岚没有回答。

你不回答，就表示你已经默认了，如果不是在这荒原上，我们这些同志，谁找不到一个女人?组织根本就不会管这种事情，你说是不是?

柳岚还是没有吭气。

所以说，这是革命的需要。王阎罗，不，王得胜同志是一野的特级战斗英雄，是兵团的模范营长，他和你结了婚，你却不和他同房，这样做，损害了他的威信，叫他以后如何带兵?

柳岚针锋相对地说，我们妇女已经解放了。我追求的，是自愿的婚姻，不是包办婚姻，如果说他的威信受到了损害，也不是我的原因。

这句话把教导员噎住了，噎了半天，他说，男大当婚，女大当嫁，你柳岚不来当兵，你爹娘也会给你找个人家嫁了去，照样是包办。你哪儿能有那么好的运气，一嫁就嫁个大英雄。

嫁个什么人，那是我自己的事。

柳岚同志，你要明白，婚姻不能儿戏!就这么一片荒原，这荒原上就这么一些人，无论你是否与王得胜同志同房，但在同志们的心目中，你已是个结了婚的人，这是组织的决定，你别无选择。

他的话又把柳岚噎住了。

教导员瘸着腿往外走的时候，不容置疑地说，你们的婚姻是组织决定的，这是革命的需要，你做好准备，他今天晚上就搬过来住。

十二

王阎罗觉得女人的确比打仗难懂多了。他觉得女人有时候比敌人还可怕。你消灭过的敌人，你不会再去想他，女人就不然，你不光心里想，脑子里想，整个身子，甚至每根毛发都会想。已经有好长时间了，他心里、脑子里全都是薛小琼的影子。

有一天，他带着她去清理水渠。积雪上落了厚厚的黄沙，大地和天空都是枯黄的，风景里没有一点儿诗意。薛小琼在前面走着。他看着她的背影，心如刀割。她没有回头，但她感觉出来了。她说，我晓得你和柳管教结婚了，我也晓得她和你心意不合。你不要难过，我是个遣犯，从一开始我就晓得，我不可能和你在一起。我能爱你已经是我这一生最大的福分了。我没有任何奢求，只要能看见你一眼，我就满足了。我晓得，我这条命比蚊子还要轻贱，但因为你，它变得金贵了。她说完，回过头来，对他笑了笑。

她的笑把王阎罗的眼泪引了出来。这个男人极少哭。他把她拉到自己怀里，用那只独臂紧紧地抱着她。他发现她原来是如此柔弱，像一小粒红柳花絮。他的脸上都是黄沙。她也哭了，她用手抹着他脸上的泪，然后，她把自己的泪水在他胸前的棉衣上揩干了，抬起头，又一次笑了。她笑着说，我不想哭。她说完，就把自己干裂的嘴唇贴到了他那同样干裂的嘴唇上。

然后，她亲了他的每一个伤疤，而好多伤疤他早就记不起来了。那个时候，整个索狼荒原，包括那枯黄的积雪，凛冽的寒意，以及那裹着黄沙、从水渠上面呼啸而过的风，和身体上面那浑浊的天空及像黄疸病人面孔一样的日头，还有人世里所有的幸与不幸，好像都被他们的肉体吸纳了。她的脸像一朵刚刚开放在尘土中的花儿一样好看。她很好看地笑着说，我身上流的都是你的血了。他说，我也是的。

王阎罗和薛小琼分手后，没有一起从水渠返回，他从另一条路绕到三连的垦荒营地，检查三连的垦荒情况去了，回来已是下午六点钟光景。他把补了好多补丁的、污脏的皮大衣往土台上一摔，想起薛小琼，他觉得自己像是做了一场梦，正想哼两句革命歌曲，一抬头，发现矮种马在地窝子里坐着。

你个矮种马，像个鬼一样坐在那里，把我吓了一跳。

教导员语气沉重，他×的，还是出事了！

怎么了？看你那样子，好像黑胡子又掳走了我们的马。

快开午饭的时候，有人来举报，说一个男遣犯跟一个女遣犯搞上了，真他×的！

这怎么可能！

这怎么不可能？

王阎罗想起自己刚和薛小琼在一起，心想，难道有人发现我们了？就应付了一句，这大冬天的，别听那些告状的家伙胡扯，一些家伙就爱用这个告状来挣表现。

大冬天怎么了？外面是冷，但那对狗男女骚劲儿发作的时候，也能把冰给烤化了！

王阎罗越听越觉得矮种马说的是自己。

你肯定想不到这对狗男女是谁。

那会是谁？

矮种马使劲儿拍了拍自己的瘸腿，压低了声音说，你知道吗？男的是那个戴眼镜的，那个什么报纸的主笔；女的就是那个土匪婆子。他们今天早上在那个红柳包后面……真的不要脸！

哪个土匪婆子？你说是薛小琼？他的心不知道为什么有些刺痛。根本不可能！

王阎罗，你可不能放松警惕，这些反革命分子没有什么不可能的。

那个戴眼镜的可是个有文化的人。

×的，就是这些有文化的人才这样，为了那一口，什么都不怕！老子午饭过后就把他们抓起来了，他们说他们只是在那里不巧碰上了，鬼才相信！我一看那男的就是个软蛋！我把枪往他脑袋上一比画，他就吓得浑身发抖，脸上的血色一下就没了；那女的反倒像个老爷们儿。

告状的人是什么时候发现他们的？

说是今天早上，我看他们肯定早就勾搭上了。我觉得这两个人不仅仅是想搞一搞，他们还有一个更大的阴谋。

听矮种马这样说，王阎罗觉得这个问题很严重，但他实在想不明白这事儿跟阴谋有什么联系。

矮种马的脸涨红了，他站起来，攥紧拳头说，这索狼荒原是我们在这里辛辛苦苦开垦出来的，这些土地是属于我们革命后代的！但是，你想到没有？假如他们搞到了一起，把那女的肚子搞大了，那么，这块土地上第一个出生的就不是我们的革命后代而是反革命的后代了，你想想，那会怎样？

王阎罗没想到矮种马会想得那么深远。

这两条骚狗！他们要用这种方式夺走我们的革命果实！

他们现在在哪里？

我叫人把他们绑起来了，扔在外面冻着。我真想把他们拉到红柳包后面毙了，开春后沤了做肥料！

我看这个问题得深入调查，同时得请示团里。

这个我自然知道，他们就是搞在一起了，上头也不可能把他们枪毙，大不了批斗一番，加几年刑期，这都不是主要的问题。

主要的问题是什么？

主要的问题就是尽快把我们的革命后代搞出来。而这个任务，只有你有条件完成。你的当务之急是立即和柳岚住到一眼地窝子里去！在索狼荒原，第一个生出来的必须是我们的革命后代！所以你们要抓紧时间！你今天晚上就过去住。

听矮种马这么说，王阎罗的脸有些发烧，你怎么扯到这事儿上了，这事儿……我……

你看你个孬种，但这一关必须过！你也不要太怜香惜玉了，搞得像古戏中的公子哥儿一样。

这事儿……你让我想想吧……

不要想了，这既是组织的决定，也是个政治问题。

我就知道你要用这个来压我……我执行就是……

哈哈，这就对了！矮种马说完，披着大衣，钻出了地窝子，但他马上又钻了进来，说，让警卫连加强对遣犯的看管，把那些女遣犯婆子弄到西头来看着。告诉柳岚，从现在开始，严禁她们和任何男遣犯接触。

矮种马走后，王阎罗急得不停地在地窝子里转圈圈。他既担心薛小琼，又要执行组织的决定——考虑怎么到柳岚那里去——无论怎样，组织的这个决定他都要贯彻执行的。

十三

自从矮种马和柳岚谈过话后，她的心情就十分复杂。那不仅是痛苦，还有愤怒、绝望和无奈，它们撕扯、纠结着她的心。那个时候，她觉得自己是那么弱小，比一粒微尘还要轻微，轻微得身不由己，只能在空中飘浮。

这时，一个叫王苏晗的女遣犯跑进来，说，柳管教，薛小琼出事了，被教导员给抓起来了！

抓她干什么？

说是今天天还没亮，她和一个男遣犯在红柳包后面做好事，被人盯上了，向教导员告了状。

做什么好事？为什么她和人做好事还要抓她？

我说的好事不是你说的那个好事。

好事还有见不得人的？柳岚还是不明白。

王苏晗一听，就急了，她忙着解释道，他们做的是见不得人的好事，也就是丑事，就是犯了你们说的男女作风问题。

柳岚听她这么说，一下明白过来了。她在哪里？

和那个男的在营部外面捆着。

柳岚一听，立马钻出了地窝子，向营部跑去。

午后的寒风裹着黄沙，呜呜地吹着，哨兵穿着皮大衣，全副武装，像熊一样笨拙地在寒风中游动。

他俩被反绑着手，捆在一起，像两个破麻袋一样，被扔在营部外面的碱土包旁边，冻得瑟瑟发抖，一个战士在旁边看着他们。薛小琼和那个男的脸已被冻得乌紫，浑身都是泥土，头发也凌乱得像个鸡窝。那个男的眼睛里全是恐惧。薛小琼还是那个样子，她看见柳岚，用一种复杂的目光看了她一眼，眼睛里滚出了两行泪水。柳岚的心像被她的目光揪了一下，疼得她倒吸了一口冷气。她蹲在薛小琼面前，问她，究竟怎么回事？

薛小琼咬了咬自己发乌的嘴唇，哆嗦着，低声说，对……

对……不起了，我……我和他……我们……什么事也没有……我……我们……的确只是……不巧在……在红柳包子后面遇……遇上了……我……我之所以……到……到那里去，只是……只是……因为我不想……不想在……在旱厕解手，我……我一闻到那个味儿就……就想吐，我想趁早……找个……找个空气好的地方……解决……没……没想眼镜也在……在那里……

你跟组织说过吗？

组织是谁？

就是教导员。

我……我说过，他……他不相信。现在……现在我……我想求你一件事。

说吧。

麻烦你帮我……帮我把脸上的眼泪擦……擦掉，我……我不想让别人看……看见我哭……

柳岚抬头看了一眼哨兵，哨兵正望着别处，她伸出手，轻轻地用袖子帮她擦干了眼泪。

她说，谢谢！

那个男人缩成一团，满眼都是恐惧和绝望，他想挤出一点儿笑，讨好柳岚，但他却哭了，他可怜兮兮地问她，长……长官……不……不……同……同志……你……你们……会……会枪毙我……我吗？

柳岚没有回答他。她站起来，决定去找教导员为他们求情。没想她一进去，矮种马劈头就问，你和营长的事是不是已经想好了？

我没有想。

那你就回去继续想。

柳岚转身想走，但她站住了，她问道，教导员，我觉得两个遣犯不会有什么事，您能不能把他们弄到地窝子里再问一问，把他们扔在外面，会冻死的。

他们是禽兽，大清早的都可以在红柳包后面做猪狗之事，难道还怕冻死？

柳岚把薛小琼跟她讲的话向矮种马复述了一遍。

那都是哄鬼的话！你管理的女遣犯出事，组织就不追究你的责任了。你还是去想想你和王营长的事情吧，他们的事，组织自会解决，不用你操心。

可是，他们会被冻死的。

冻死两个反革命没什么了不起的！

听了这句话，柳岚的脑子有一阵什么也没有。在那个瞬间，她觉到了一种没有边际的孤独和虚无。她突然觉得她可以把自己抛弃掉了，就像抛弃一件不值钱的旧衣服，抛向哪里都可以，抛给谁都无所谓。她转身走了几步，突然回过身来，对教导员说，我可以考虑我和王营长同房的事，但我有一个条件。

你说。

求你把他们两个放了。

可以。矮种马站起来，把左手叉在腰上。好，我现在就可以去把那对狗男女放了。

十四

柳岚不知道自己是多久睡着的。她梦见地窝子塌了下来，把她埋住了，里面一片黑，什么也看不见，但她却没有挣扎，她在梦里对自己说，在这里面，他们再也找不到我了。但她喘不过气来，她觉得自己快要憋死了。

柳岚吓得醒了过来，迷迷糊糊地看到地窝子里有灯光。然后，她听到了如雷的鼾声。她的睡意一下子全吓没了，猛地坐了起来。

她发现自己身边躺着一个人！

她一下从被窝里跳出来，来不及穿毡靴，就要往外跑。跑到地窝子门口，她才发现自己全身都穿得好好的，便回头看了那人一眼。那家伙蒙着头，裹在自己的被子里，睡得像一头死猪。她看见了那把放在枕头边的勃朗宁手枪。是他！她想把枪拿过来，手还没有挨着枪，他如雷的鼾声突然不响了；她的手刚挨到枪，枪已到了他的手里，几乎是一瞬之间，枪口已对准了她的眉心。枪口的寒意一下子贯穿了柳岚的整个身体，她吓得呻吟了一声。他这才抬起眼睛，一看是她，他有些惊讶。他看了一眼柳岚刚才躺的地方，回过头来，对她害羞地笑了笑，把枪的保险打开，放到她手上，说，你如果生气，可以用它毙了我。

你！柳岚一句话也说不出来，她也不知道该说什么。

真的对不住，我知道你不愿意，但组织让我们同房，我必须执行组织的决定。我没有动你，你看到了，我们都穿着衣服的。我怕你睡醒被吓着，所以一直点着马灯。

你……柳岚把枪扔给他，蹲在地上哭了。

他不知道怎么劝她。他蹲在她对面，看着她，有些结巴地对她说，真是……真是对不住。

他说完，站起来，就要往外走。

柳岚仍蹲在地上，哽咽着说，你，留下吧……我答应过教导员……

十五

矮种马虽然把薛小琼和眼镜放了，但向上头打了报告，给他们每人加刑三年。从那以后，薛小琼再也没有和王阎罗在一起待过。被人视为破鞋的她不再说话，也很少有人愿意和她说话。她整天只是低着头，不停地劳动。王阎罗虽然不相信她和眼镜的事，但因为她加了刑，看管得非常严，他也不敢和她来往了。

荒原的冬天缓缓地过去了，天气慢慢变得暖和起来。

有一天，王阎罗激动得一边不停地在裤子上搓着那只大手，一边兴冲冲地对矮种马说，真他个……好啊！嘿嘿，你看我差点儿又把那个脏字说出来了，说句实在话，不说那个字，说话还真别扭。话里有那个字的时候，我说出的话人家一听就晓得是王阎罗说的。

你不是要跟老婆学做文明人吗？矮种马说完，用热情逼人的眼睛盯着他，看你这个样子，柳岚同志是不是有喜了？

是啊！她刚才告诉我，说她怀上了！我当时一听，就觉得血都突突突地直往头上冒。真他个……好啊，我有娃娃了！我当时就用这只手把她抱了起来，说，柳岚，你个娘儿们真行！说完，我就哇哇哭了，你看多丢人！柳岚不知道为什么也哭了。她一哭我就不哭了。我说你哭个啥呢，你不能哭，但她还是控制不住。

矮种马高兴得猛地一拍巴掌，说，王阎罗你执行组织决定有力，战斗力不错。为了保住我们索狼荒原的第一个后代，柳岚同志从今天开始，不准干任何重活。

那可不行，她是我王阎罗的老婆，不能因为怀个娃娃就搞特殊。

这是组织的决定！

十六

开春不久，团里通知王阎罗到师部去学习，时间半年。等他学习结束后回到索狼荒原，已是深秋，荒原上的第一季麦子已经丰收，大家正准备播种第二季冬麦。

柳岚挺着个大肚子，再有两个月就要生了。上头又陆陆续续地分来了一些女兵，矮种马、副营长和三个老连长的婚姻问题已经解决了。王营长还是负责带着这些女兵和女遣犯撒种浇水，他在这里见到了薛小琼。他看到她穿着一套大号的衣服，看上去好像胖了不少。

没人理薛小琼，那帮女人一见她就骂她婊子、娼妇，连做活、吃饭都不和她在一起了；男人们一见她的影子，就远远地躲开了。但她好像什么事也没有发生，还是那个样子。她自己挖了一眼小小的地窝子，一个人住在里面。

到了离她们远一些的、可以说话的地方，王阎罗小声问她，你，还好吧？

还好。

你这衣服太大了。

我晓得的，但我现在需要。不晓得等会儿你还愿不愿意让我跟你去引水，我有事要跟你说。

好吧。

她刚走开一会儿，王阎罗就用命令式的口气对那帮女人喊道，谁跟我去把水引过来？没等有人反应，他继续说，还是让土匪婆子薛小琼跟我去吧！

是，首长！

原来王阎罗叫薛小琼和他一起去干什么，大家都不在意。现在他还叫她，大家就很不理解了。刚与矮种马结婚的女兵谢依云赶紧提醒他说，营长，她不但是遣犯，还是只破鞋呢。

王营长没有理她，把那只独臂背在身后，只管往水渠方向走去。他走了好长一截路，她才跟过去。那帮女人在她身后吐了好一阵唾沫。

我知道你和眼镜没有什么问题，但我没有办法帮你，一点儿办法都没有。惭愧使他脸上的刀疤隐隐发紫。

她的泪水在她的眼眶里打转，但没有流出来。她说，没什么。

你有什么事要跟我说？

我怀上你的娃娃了。

什么？王阎罗一点儿也不相信，你这个样子哪像怀上娃娃的人？你看柳岚现在都像个西瓜了。

她看了看身后，然后小心地把衣服揭开，王营长看见她用布条绑着她的肚子，她一层层地解开。你走的前一个月我就怀疑有了，当时不敢确定，所以没有跟你讲。

你怀着孩子还做这些活啊！

只能去做，我还要异常小心，尽量不让他们发现。这孩子好像也知道自己的命，一点儿也不显怀，加之我个子高，再穿上大号的衣服，旁人就更看不出来了。但现在，我觉得越来越难以隐瞒了。我没想到会这样，真是对不起你！

是我对不起你！

我前面说过，我喜欢你，可以为你去死。我知道，假如别人晓得这孩子是我和你的，你们的组织一定会很严厉地处分你。无论怎样，我都不会对任何人讲我们的事情。我知道我怀孕后，我曾想把孩子弄掉，我也曾从土坎上往下跳，我拼命地干体力活，有好几次甚至用力捶打自己的肚子，但都没有成功。后来，我发现我喜欢我们的孩子，就打消了这个念头。自从怀上这孩子后，我就一直在心里和他说话，他很听我的话，很少让我难受。我希望能把他生出来，然后，我即使去死，也没什么了。这可能是我这一生做的最重要的一件事了。她的话说得很平静。

王阎罗看着她肚子上一道道勒痕，像个做错事的孩子。我什么都不怕，大不了不让我干这个营长了，我不能因为这个连自己的娃娃都不认！

我再有两个多月就要生了，我知道这个孩子一旦生下来，我会面临什么。我做好了一切准备。你那样做，既救不了我，也毁了自己，还保护不了这个孩子。她说完，又用布条把肚子小心地缠起来。这孩子如果有幸能生出来，就拜托你照顾了。

王阎罗早已泪流满面，他用他的独臂把薛小琼揽在怀里，他感到了从未有过的茫然。

那天，整个荒原上面的沙尘都落定了，天空蔚蓝，金黄的大地上有一层浅而纤弱的绿色。

十七

人们万万没有想到，薛小琼会怀着孩子，更没想到的是，她怀了这么久竟能藏住，怀到第九个月时，才被人发现。来向柳岚报告的是一个叫陈文俪的女遣犯。柳岚一听就认为她是在胡说。她赶过去，摸了摸薛小琼的肚子，不得不承认陈文俪说

的是事实。

薛小琼非常平静。

柳岚问她，你肚子里的孩子是谁的？

她说，我不知道。

柳岚说，你怀的是谁的孩子都不知道吗？

她说，大家都晓得我是破鞋，好多人睡过我，我哪儿知道是谁的。

她的话让柳岚听得睁大了眼睛，惊讶得连话都说不出来了。

柳岚把这件事给矮种马讲了。矮种马一听，一下跳了起来，说，你胡说啥呢，她能在上千号人面前怀个孩子不被发现？我就说过她是只反革命的破鞋，她如果真敢在这么多人眼皮子底下怀上个杂种，我会一枪毙了她的！

教导员提着枪赶过去的时候，那帮妇女围着薛小琼，正在骂她。见教导员来了，她们一下散开了。薛小琼的大肚子没有捆束，暴露无遗。教导员盯着她的大肚子，气得脸色铁青。

薛小琼还是那么平静。教导员用枪抵着她的脑袋，她平静地说，我能说的都跟柳管教说了，长官如果要枪毙我，请允许我把孩子生出来。

教导员气得吼叫起来，我要让你和你的狗杂种一起上西天！说完，啪地打开了手枪的保险。

这时候，王阎罗跑来了，他把矮种马的手枪装进枪套里，说，你身为教导员，遇事一定要冷静。这事怎么处理，要由组织来决定。他学习了半年回来，说话和处理事情的能力有了明显的提高。

第三天，组织的决定就来了，说营长和教导员在管理遣犯方面有问题，分别给了他们一个记过和记大过处分。而对于薛小琼的问题，批示说继续查处。

十八

十月怀胎，柳岚终于到了分娩的那一天。

地窝子外面站满了人，初冬的寒风使劲儿地刮着，尘沙弥漫。但大家似乎一点儿也没有感觉到，屏息静气地站着，像一组群雕。

柳岚躺在土台上，像一颗正在挣扎着萌芽的麦种。她痛得撕心裂肺，喊叫声撕扯着每个人的心，好像她的身体被撕裂了。她的手抠进了泥土里，抠下的泥土被她捏成了团。

两名被抽来接生的女遣犯被她的痛苦搞得不知所措。不光是她俩——包括所有的人，都是第一次面对生产。他们没有想到，生育要经受这么大的痛苦。

血不停地流出来，渗透了土黄色的军被，又渗进了土炕，渗进了泥土的深处。

王阎罗蹲在地上，急得不行，不时地捶一下自己的头，不时地捶打一下地面，最后，他冲进地窝子，凶巴巴地问两个女遣犯，她怎么样？

两个女人见他那样子，吓得直发抖，一个女人低着头回答道，柳管教好像生不出来。

王阎罗听说后，转身冲出地窝子，大声喊叫，屠夫！

到！

你进去看看！

我？可我是男的。因为不好意思，屠夫的脸羞得像猴子屁股一样红。

你怎么啦，你是卫生员啊！

我……营长，你知道，过去总是打仗，我也就包扎包扎伤口，平时看个头痛感冒的，对接生孩子，我可是想都没想过，根本不知道该怎么办。

有没有这方面的书？

原来带来过一本，我还没来得及看，教导员看到后，说不健康，被他没收引火了。

教导员的脸上有些挂不住。嘿，那时哪想到还会有这档子事。

你个矮种马！这是科学，懂不？王阎罗对他吼叫道。

要在平时，矮种马肯定会嘲讽他的，这次他没有吭气。

王阎罗转过身，对屠夫说，那你也得进去看看，这里就你一个卫生员，你一定要想办法，必须让我的孩子顺利地生下来。

屠夫红着脸，在地窝子门口犹豫着。

快进去呀！官兵们一见，着急地齐声对他吼叫起来。

他没有办法，很难为情地搓着手，红着脸，低着头，像个罪犯似的进去了。

过了一会儿，他满头大汗地跑出来说，那两个女遣犯说了，说嫂子失血很多，可能是难产，得赶快送医院。

可是师部才有医院啊，这里到师部二百多公里路，我怎么能快起来！王阎罗绝望地说。

你多派一些人，我们抬着嫂子轮流往师医院跑，这样稳当。鬼脸说。

也只能这么办了，快给师部发电报，让他们也派车来接。矮种马对通信员说。

就在这个时候，一个女遣犯跑过来，向王阎罗报告说，长官，薛小琼也要生了！喊叫得好凶，像是谁在剜她的心一样。

在哪里？王阎罗隐藏住心里的着急，问道。

就在她的地窝子里。

教导员一听，马上跳了起来。这个土匪婆子，这是在和我们革命后代抢时间啊！你回去告诉她，她要是胆敢抢在我们营长老婆前面把她的小杂种生出来，我就真把她毙了！

那个女人不敢怠慢，小跑着去了。

教导员对着那个女人跑开的方向，狠狠地说，我就认为早该把她给毙了！

柳岚被抬到担架上后，全营最精壮的五十多条汉子已列好了队。

王阎罗的心一下被撕扯成了两半。他不知道是该留下来，还是该跟着他们把柳岚往师医院送，但他最后只能跟着他们跑。

十九

两人抬着产妇在前面飞奔，其余的人紧紧跟着，随时准备在前面的人跑不快时，接替上去。苍白的太阳在头上一闪一闪地晃动，脚下是无边的灰黄色的大漠，踏起的尘沙刚扬起来，就被风吹散开去。这是一支奇特的队伍，是生命的新生与死亡的一次赛跑。大家用的是在战场上冲锋的速度。跑了两个多小时，沙尘暴就起来了，它把这支队伍紧紧地裹在里面。王阎罗用旧军装把柳岚的脸蒙住。他看见她紧紧地咬着牙关，脸上都是汗水。战士们低着头往前跑，速度并没有放慢。虽然天气很冷，但每一个汉子的衣服都被汗水湿透了。

而王阎罗，还是一个被分成了两半的人，一半要跟着他们往前跑，一半却想跑回去。他担心薛小琼，更担心那个孩子赶在这个孩子前生出来，教导员会气得发疯，说不定真会毙了她。

当时的情况那么紧迫，他也没法和矮种马说什么。他感到很不放心，就跟鬼脸说，你赶紧跑回去，就说是我说的，那个薛小琼生孩子的事情，要教导员不要鲁莽行事，免得犯错，怎么处理那个女人，让他上报组织，由组织来决定。

鬼脸有些不愿意，说，我是来送嫂子的，管那个女遣犯作甚？

王阎罗说，这是命令。

鬼脸一听，只好掉头，赶紧往回跑。

队伍从沙漠中抄近路，直奔南疆公路，七十多公里路大家用四个半小时就跑完了。

到了三棵胡杨后，大家马不停蹄，继续向师部跑去。两个人抬着一个女人，跑得像风一样快，后面一大队人又像风一样跟着，引得沿路的老乡好奇地跑来看热闹。当他们得知是为了救一个产妇，为了让产妇生下孩子才这样做时，他们拿来了馕、瓜果和水给大家。有些小伙子还主动接上去，抬着飞跑一程。最后，跟随的人越来越多，最后增加到了男女老少好几百人，就像一场马拉松赛跑。

过了策大雅，终于看见了师医院的军车。当时，师医院接到电报后，立即派了最好的军医和最好的设备沿着公路前去接应。当医生看到大家时，吃了一惊，他们不敢相信大家会跑得这么快，说他们跟汽车跑的速度差不多了。

手术室就设在“道奇”牌汽车上，人们围着汽车，静静地等待柳岚能脱离危险，期待着王阎罗的孩子能顺利降生，但柳岚已昏迷不醒。

医生检查后，对王阎罗说，幸好送得快，还可以保住大人的命。

那，孩子呢？王阎罗都要哭出来了。

医生无可奈何地摇摇头，说，孩子已经丢了。

王阎罗哽咽着说，那就赶紧救大人。

手术结束后，人们纷纷围过来，问那医生，孩子呢，孩子呢？医生只得说，孩子没有保住，但由于赶了时间，大人已经脱离了危险。

大家一听，心里非常难过，那一声孩子的啼哭终于没有响起。他们纷纷低垂了头颅，有的颓然蹲了下去，把头伏在膝盖上，伤心地抽泣起来。

医生把柳岚放到车上，说要拉到师医院继续治疗，问王阎罗去不去。他牵挂着薛小琼，就说，把她交给你们我放心得很，荒原上还有上千号人，我得赶回去。

再往回走时，每个人的脚步都沉重得抬不起来，迈不出去，但王阎罗要大家跑步赶回。没有一个人明白他为什么会这么做。

大家还没有到营区，全营的官兵就围了上来。当他们听说孩子没有保住时，全营的人都伤心地哭了。如果说在策大雅时，大家还抑制着自己的感情，使自己不在老乡面前过于悲伤，现在，大家再无顾忌，荒原上，男人的哭声响成了一片。

王阎罗找到了鬼脸。他走过去，问道，那个……薛小琼生了吗？

鬼脸抹了一把眼睛，说，生了，我们刚抬着嫂子没跑多远，那个遣犯婆娘就生了。那个婆娘真厉害，没人管她，自己生了。教导员很生气，说我们的革命后代还没有生，反革命的后代倒生下来了。

王阎罗非常担心，但装作很随意地问道，是个女孩子？孩子没事吧？

是个男娃娃，胖乎乎的，啥事没有。

王阎罗感到宽慰了一些，但他压抑着，那个薛小琼呢？

死球了！

你说什么？

听一个遣犯婆娘说，她把孩子生下来后，给孩子饱饱地喂了奶，还给他唱了一首歌，就是那种哄小娃娃的歌。然后把孩子交给那个遣犯婆娘，说她要出去方便一下，没想她一出去就没有回来。那个遣犯婆娘等了半天没见她回来，以为她害怕教导员枪毙她，逃跑了，就跑来报告。教导员一听，就派我们到处找她。最后在东头那个胡杨林子里找到了，找到她的时候，她已在一棵胡杨树上吊死了。

她……人呢？王阎罗的嘴唇发起抖来。他的声音都变了。

鬼脸看着他的表情，觉得奇怪。我们报告教导员后，他说这个遣犯婆娘死有余辜，就埋在那里沤粪吧！我们就在那棵胡杨树下挖了个坑，把她埋了。

王阎罗跟鬼脸说，你他 ×的，快去把我的孩子给我抱过来，我要抱着他去看他娘！

鬼脸看着王阎罗，觉得他肯定是疯了，他红着眼圈，难过地低声对他说，营长，你的孩子已经……丢了……

你他 ×的胡说！他说完，就向薛小琼的地窝子跑去。

蔚蓝色的群山

一旦出生，他们就只能活下去并面对自己的命运。

——赫拉克利特

一

有人说，酒徒刘世荣名分上是刘骡子的独子，其实是外号叫“王赤脚”的赤脚医生王恒升的种。他小时候长得像他娘李牡丹，但后来就像要揭老底似的，越长越像王恒升了，最后简直就是一个模子铸出来的。王恒升却从来不喝酒，他一喝酒就发病，文明的说法叫酒精过敏。刘骡子嗜酒如命，刘世荣后来和刘骡子一样，也成了名副其实的酒鬼。所以刘世荣究竟是谁的血脉，又让人疑惑了。这使那些想说闲话的人在张嘴之前难免要思量一下。这种蹊跷的事，也只有刘骡子、李牡丹和王恒升能说清楚了。

刘骡子二十四岁那年，就在大队书记为老母举办的丧礼上醉死了。在这之前他留给人们的印象是，这个常被劣质红苕酒灌醉的家伙总在打他老婆。李牡丹被打怕了，只要他喝了酒，就赶紧背着孩子躲到娘家去。人们都说，酒把他变成了一头牲口，这样一个花朵一样的媳妇他也舍得打。这样下去，这家哪还有个家的样子呢？他醉死那年，刘世荣才四岁，他连父亲的一个眼神也没有记住，父亲在他心里只是一个模糊的影子。二十三岁的李牡丹从此守寡。她生了个千斤小姐的身子骨，却是一个劳苦命，身体本就单薄，加之刘骡子的摧折，又要拉扯孩子，就攒了一身病。刘世荣十八岁那年，不满四十岁的母亲也病逝了。李牡丹弥留之际，那个在刘骡子去世后，经常半夜到她家来给她看病的王赤脚一直守在她的床边，刘世荣记得那间屋子一直散发着一种冰凉而又哀怨的气息。

李牡丹的丧礼王赤脚也来过，他和其他人一样，表情平静，但刘世荣可以看出，他额头上那三道抬头纹显得更深了。他坐在一个角落里，一锅接一锅地抽烟。

刘世荣一个精壮小伙子，也没什么负担，按说是可以生活得蛮好的，没想也染上了喝烂酒的毛病。一点儿粮食都被他换酒喝了，直喝得家徒四壁，快三十岁的人了，还是光棍一条。

李牡丹原来就怕儿子染上喝酒那个毛病，所以一直不让他沾酒。说粮食是用来养活人命的，可一旦把它酿成那种水一样的液体，它就变成了火，变成了魔鬼，久而久之，你自己的魂儿就被魔鬼吸光了，你的身体就变成了它的天宫。没想他九岁那年，在大队书记父亲的葬礼上，第一次尝到了那液体的火焰后，就喜欢上了那种被焚烧的感觉。

刘世荣是真的喜欢酒。他一把它喝到嘴里，就觉得那酒天生就是属于他的，就像他血管里的血属于他一样。对他来说，那是他的另一种血，一种可以让他飘飞起来的血。他说过，他可能就是酒鬼转世的。

在那个年代，没有粮食酿酒，要喝到酒并不容易。很多年里，他和他父亲一样，喝的都是红苕酒。那时红苕是几水人的主要食粮，只有快烂了的红苕才舍得运到公社的酒厂去酿酒。那种烂红苕酿出来的酒，苦涩极了，难喝得要命，它看起来也是那种柔软的液体，但一喝到嘴里，就变成了无数把锋利的刀子。酒厂的人，为了提高烈度，还会在酒里加些农药。就是这样的酒，很多人家也买不起，也不易买到。

但饿狼能闻到肉的味道，刘世荣是个酒鬼，他总有办法弄到酒喝。几水那年头的日子再难过，但无论谁家，儿女大了总要婚嫁，老人死了总得埋到土里，稍微有点儿条件的，还会给老人过寿。这婚丧嫁娶寿，当事人家总得备下一些酒肉。但这样的事情，也都是血亲近邻才会走动，其他人为了免送那份礼，都尽量避开。刘世荣为了喝那顿酒，就是八竿子打不着的人，他也会送份礼，凑上去喝几杯。

在几水，红事情是指婚嫁娶寿，升学入伍，升官发财，生儿生女，盖新房迁新居；白事情比较单纯，就是死人发丧，迁坟移棺。但无论红事白事，在几水都称为喜事，连起来的说法就叫红白喜事。刘世荣知道这是一个很了不起的说法，把红白事情都看成是喜事，说明几水人对待生死的超达。

如此种种，一年下来，刘世荣怎么着也能捞着喝上一二十次酒。最后，他把范围扩大到了百十里之外，在山里爬坡上坎，几十里路就得走上大半天，来回要两天工夫。为了喝上那场酒，他就是走得脚板起泡，也是不嫌苦不嫌远的。

在几水，家里来个客人——即使没有人知道他来自哪里——也就是添双筷子的事。很多时候，刘世荣都是装作途经那里，凑个热闹，顺便借宿住上一晚。当然，他会顺便送上一份礼，主人自然会高兴的。有时候，他会说，他的祖父认识他们家的老人，说祖父生前一直念叨，要他有了机会，一定代他去看看。而他要把这家人的情况和他们祖辈的情况打听清楚，随便问个当地人就可以了。人家一见他祖辈和他都如此重情重义，往往会感动不已，倾情招待。他便会酩酊大醉，乘兴而归。就是一般的人家，如果知道他来自很远的地方——那个时候，相距几十里路，在人们的印象中，就很远了——主人也会热情地款待。

当时，两把挂面、一把海带、一斤酒、一包红糖、几斤谷子都是一份厚礼，刘世荣是个要面子的人，送礼会尽力送得体面些。他常常说，他母亲含辛茹苦送他读过小学，他是个有文化的人，他得要自己的那个脸面。

二

刘世荣虽然好多时候都是醉醺醺的，但他心里却一直装着秦秀莲这个女人。他比秦秀莲大两岁，很小的时候，就喜欢和她在一起玩耍，他一直叫她莲妹子。他和秦秀莲、王赤脚的儿子王晓军一起读过小学。秦秀莲读到四年级时，她爹娘就不让她读了，说女孩子早晚是别人家的人，能认字算数就可以了；刘世荣读完小学，没有考上初中，只能回生产队修地球了；王晓军则上了初中，最后考上了高中，到县中学读书去了。刘世荣和秦秀莲经常一起出工，他很喜欢和她在一起做活路。

也是媒婆哈哈婶多事，她一看秦秀莲出落得像朵带露的桃花一样可人，就琢磨开了，哪个小伙子能配得上她呢？掂来掂去，觉得几水两岸也只有王晓军和她般配。王晓军长得白净文气，身子像一根竹子一样直，学习成绩又好，算是郎才女貌。她就先给王赤脚讲了，王赤脚倒也高兴，儿子成绩再好，毕竟还没到金榜题名的时候，谁也不敢打包票说他一定能考上大学。加之秦秀莲的确是个难得的好姑娘，就是儿子以后考上了大学，她也是配得上他的。他最后对哈哈婶说，让晓军自己拿主意。哈哈婶又到了秦秀莲家，她母亲一听哈哈婶说起，自然欢喜，只是不知道王晓军能不能看上她的姑娘。没想两人一见面，彼此就对上眼了。

那年，王晓军正读高三，读的是住校，每两周要回来背一次米和咸菜。秦秀莲看着心疼，为了能让他专心学习，就决定自己给他送吃的。她送的是煮好的鸡蛋、炒好的腊肉和新鲜菜。从锣山到县城来回八十里地，她一大早就得出发。

王晓军见了她很是惊喜，好像她是突然从图画里走出来的。秦秀莲梳着两条乌黑发亮的、齐腰的辫子，辫梢用新的红毛线系着，上身穿着蓝底白花的短襟上衣，下身穿着一条蓝布裤子，脚上穿着自己做的绣了花的灯芯绒布鞋。她长着一双丹凤眼，柳叶眉，鼻梁和鼻翼的线条很柔和，嘴唇丰满，下巴圆润，脸色白里透红，微带点儿太阳留下的黧黑，脸上没有一粒雀斑，只在左鬓角处有一粒很小的褐色痣。他对同寝室的同学自豪地介绍说，这是我的对象秦秀莲。一个同学就问，你什么时候有了这么漂亮一个对象啊？比我们学校的校花王秋香漂亮多了！王晓军忍不住又看了她一眼，脸上全是笑。有个同学就开玩笑说，她这名字听上去就像是秦香莲的妹妹，你到时金榜题名了，不会做陈世美吧？

你真能胡说！

秦秀莲一直低着头，听到有人说这句话，她羞红的脸色一下就变了。她抬起头，看了王晓军一眼。开那个玩笑的人也意识到了什么，有些难堪。

同学们慢慢退了出去。

别听他们胡说。

她的眼圈一下红了，眼泪在眼眶里打转。

到时你上了大学，真遇到了比我好的人，你就告诉我，我不会像秦香莲那样到包公那里去告你的。她说完，一颗珍珠似的眼泪从她的眼睛里滑到了桃红色的腮帮上。

他拿出自己的洗脸毛巾，轻轻地替她把泪水擦拭掉。她闻到了他毛巾上的水的气息，那是几水的气味，她还闻到了他身上书本纸笔的味道。她长大后，还是第一次离他这么近，她的心跳得那么快，快得连呼吸都变得困难起来。而他则闻到了她身上淡淡的汗味和山野里各种植物的味道。他握住她的手。她的手有些粗糙，他心疼地把她的手握得更紧了。他说，我在这里发誓，无论以后怎样，我都会喜欢你！我一定要考上大学，到时候，等我工作了，我就把你接到城里去，不让你再做这些粗累的活路。

她羞涩地笑了，她的牙齿像玉石一样闪着光，眼里的泪水还是满的，但已放心了许多，把自己的手从他的手里慢慢地抽出来。她把给王晓军送的米和菜拿出来，说，你就好好地读你的书，我每星期给你送一次菜。

这样太累了，八十多里路呢。

没有什么，我早点儿上路，天擦黑的时候就能回到家……一想到能见到你，我一点儿也不累。她说完，羞红着脸，拿出一双鞋垫，说，这是我做的，你垫在鞋里。

鞋垫上绣着两朵荷花、两片荷叶、一对鸳鸯、几线水波。王晓军看了一遍又一遍，夸她说，秀莲，你绣得太好了。这荷花都能闻到香味，这鸳鸯都被你绣活了，好像都可以飞起来。

你们读书人就是会说话。

我说的是真的。哎，可惜我没有什么东西送给你呀。

我想要一张你的照片。

我刚好有一张，就是太小了，是为办毕业证拍的。他说完，就从一个笔记本里取出一张黑白寸照来。

她接过来，放在手心里——她摊开的手形很好看，手上的纹路清晰。她说，这照片照得很好的，我就要这一张，但你要给我在照片后面写上你的名字。

他有些难为情，想了想，就写了“秀莲留念——晓军”。

秦秀莲再次接过照片，当她看到那几个字时，她的脸羞红到了脖子根。她低着头，用自己的手巾小心地把照片包好，把花篮背篼挎到肩上，说声我走了，便出了门。她害怕自己会在他面前欢喜得笑出声来，他追出来送她。他穿过那些歪歪斜斜的老旧街巷，一直把她送到朝天桥上。

朝天桥是一座双孔古桥，据说是唐朝修建的，因为它朝向古代皇城长安的方向，所以有了这样一个名字。桥栏上长满了青苔，几水从桥下流过，水绿得发蓝。水静的地方，水底石头的纹路都可以看见，无数的小鱼透明得像是用玻璃做的，在水草里嬉游。

你不要送了，赶快回去吧！

他把她的手捉住了。走，我把你送过桥。

他牵着她的手，把她送到了桥头。

她觉得自己的那只手和自己的心一样颤抖着，突然没有了，像烟一样飘散了，像鸟儿一样飞走了。即使他松开了她的手，走到了山嘴前，她也没有感觉到。

三

那年八月，几水淹没在无边的炎热里。很久都没有下雨了，到处都像是被烈火炙烤着，路上积了厚厚的尘土，人一走上去，尘土就“噗”地腾起来。所有的植物都显得有气无力的，白天那懒惰而又声嘶力竭的蝉鸣让人感到绝望，鸟儿只在傍晚才飞得活跃一些。

就在这个时节，王晓军的录取通知书到了，他被京华大学录取了。想着他即将到有天安门的北京去上学，人们都觉得那是不得了的事。全大队两百多户人家，有肉的出肉，有酒的出酒，合办了一个几水最盛大的宴席来为他送行。

秦秀莲的心里自然高兴得很，王赤脚也笑得合不拢嘴。而刘世荣自然是最兴奋的，因为在这样的盛宴上，他又可以痛饮一番了。

王晓军沿着古官道北上首都的时候，几水的人都来送他。他看到秦秀莲被淹没在人群里，连告别的话也没有找到机会说。

王晓军走后，整个锣山的人都在惦记他，好像他是他们所有人的亲人。一个多月后，王赤脚和秦秀莲收到了他的来信。王赤脚高兴得脸上放光，把信和照片给乡亲们传看了。那张照片是在天安门前照的，他和那座城楼比起来，显得很小，很单薄。秦秀莲她娘杨芸香把那照片端详了一阵，有些疑惑地对王赤脚说，亲家啊，你说这是天安门吗？这个天安门怎么没有画上的漂亮呢？他不会是在哪个城门楼子跟前随便拍上一张，来糊弄我们吧？王赤脚说，画在画上的东西肯定比我们看见的东西漂亮嘛，听你说的什么话？

有人也要看王晓军寄给秦秀莲的信，但她只给她娘看了，她娘不识字，只看得懂照片。她说，这跟寄给他爹的那张是一样的，就是背后多写了两句话；还说这孩子节俭，信纸写不下的话，就写到照片背面了。秦秀莲只是笑。她娘不知道那句话是“给亲爱的秀莲同志留念”。

在信中，他都称她“亲爱的秀莲同志”了，她喜欢“亲爱的”这个称谓，这称呼让她心尖尖发颤。之后，秦秀莲又收到了王晓军的几封信，但春节过后，王晓军就再也没有音信了。在他给她的最后一封信里，他告诉她，说他寒假期间要和几个同学做一些社会调查，就不回老家了，但暑假他会回来看她的。

暑假前夕，王赤脚先是收到了儿子的一封短信。他在信中说，儿上学是为求取知识，追逐真理，但儿恐因此而身陷不测，并给您及亲友带来祸患，儿难报您养育恩德和乡亲殷切期待，有负秀莲冰雪深情，望父心里有所准备。此事万勿告诉秀莲。她若问及，就说儿另有所爱，请她原谅！这封信犹如晴空霹雳，一下把王赤脚震傻了。不久，他又收到了学校的一封公函，说王晓军因在校期间散布自己撰写的反动文章，问题性质十分严重，现已被开除学籍，由公安机关逮捕审查；最后还要他主动交代他儿子的其他反革命言行。这个四十二岁的男人捧着那封石头一样沉重的公函，哇地吐出一口鲜血，跌坐在了地上。

秦秀莲写不出王晓军信里那些好听的话，但她会绣花，她把要跟王晓军说的话以一对对鸳鸯、一朵朵并蒂的莲花绣在了手绢上、鞋垫上，然后寄给了他。但有一天，公社的张邮递员却交给了她一个退回的包裹，说是“地址有误，查无此人”。她一下愣住了，她拿着包裹，像拿着一坨冰。她在心里说，晓军哥，你不是说你不会变心吗？……泪水不知什么时候流到了她的脸上。

过了几天，县公安局那个矮个子副局长带着几个人，在牛书记的陪同下，来抄了王赤脚的家，同时剥夺了他当赤脚医生的资格。

那个副局长看上去笑眯眯的，但目光里却带着刀子一样的寒意。他笑眯眯地问王恒升，听说你儿子还有个对象？

是，就在六队。她是个农村的女娃娃，这事跟她没有任何关系的。

她和你儿子有没有关系，我们搜查了她的家就知道了。

那帮人来到秦秀莲家时，她娘一看是干部，老远就热情地迎了上去。那些人除了张副局长，都是一副威严的样子，根本没人理她。张副局长和气地对她说，我是县公安局的张副局长，你家里都有什么人啊？

哇，是县上来的稀客啊，我家就我和我女儿两口人。

王晓军是你什么人啊？

他是我干儿子，现在在北京读大学呢。她神气地说完，又伤心起来了，唉，不过，这个昧良心的，当了陈世美，现在不要我女儿了。她说完，请副局长一行到屋里去坐，副局长婉拒了。她就搬了两条板凳，请他们坐下，然后又要去烧开水给这些人喝。副局长制止住她，挥了一下手，说，他不要你女儿了是个好事啊！我告诉你啊，王晓军已堕落成了现行反革命！

啥？她有些不相信自己的耳朵。然后又说，好啊，过去陈世美抛弃了秦香莲，让包公用狗头铡给铡了；现在是新社会，这个昧天良的抛弃了我女儿……

张副局长忍不住笑了，把你女儿叫出来吧，我们来你家是要搜查一下你们是不是留有他的反革命罪证。

他给我女儿写了几封信，还寄了一张照片。我让女儿把这些东西都交给你们。她显得很高兴。

不用了，你把你女儿叫出来就行了，我们要自己搜查。

好好好！她一边应答着，一边把秦秀莲叫了出来。

秦秀莲像一朵正被正午的烈日炙烤的花儿，一点儿神采也没有。

娘，他们来做啥子嘛，看起来凶巴巴的。

她娘把她拉到身边来，压低了声音，得意地对她说，来的那个矮个子可不得了，他是县公安局的副局长！他是来替你收拾那个负心郎的，因为他当了陈世美……

娘，你说啥?！她一下明白王晓军为啥没有给她来信的原因了。

你不信就等着瞧吧！那个昧良心的，敢吹我女儿！这是罪有应得！

秦秀莲却哭了。娘，不要这样，我本来就配不上他的，这样不是把他一辈子都毁了吗？求你赶快去给公安说说，就说是我要和他分手的，就说是我！和他一点儿关系也没有！

我苦命的闺女啊！这样没心没肺的人，你还护着他！

大约过了一个时辰，抄查结束了。他们抄出来的东西不多，有一本老皇历、秦秀莲读小学时的两册课本，还有就是王晓军写给她的信、寄给她的照片——包括他念高三时送给她的那张。张副局长把信一封封地摆在她面前，拍了拍手上的灰土，问她，还有吗？

她含着泪，摇了摇头，然后哽咽着说，叔叔，就这些了，叔叔，是……是我吹的他，是我……我提出要和他分手的，这一切都是我……我决定的……跟他没有一点儿关系的……

张副局长又眯着眼笑了笑，快速地扫了她一眼，然后轻轻地抚拍了一下她的肩膀，说，你吹了他很好，这说明你是一个有革命觉悟的好姑娘！说完，就背着手，带着他的人走了。

四

王晓军从此便没了音信，他像从这个世界上消失了，但几水的人都记着他，只是现在不是作为一种荣耀，而是作为一种耻辱而记着。他的亲人替他承受着一切，他父亲、秦秀莲和她娘杨芸香都被牵连了，每次开批斗大会，他们都会被拉去批斗，王恒升还被拉到县城去批斗过几回。虽然事发之前，两家的亲戚关系已经断了，但人们还是把两家扯在一起，每次都把他们三人背靠背绑在一起批斗。

杨芸香的丈夫秦大河是办食堂那年撑死的。秦大河去世时，杨芸香还很年轻，人本来就长得端正好看，又正是风情饱满的年龄，自然有很多人打她的主意，生产队长、大队书记都爬过她的窗户。她不管是谁，一见就大喊大叫，哪怕是半夜她也会那样做。这样喊叫了三四回，就没人敢再打她的主意了，那些想打她主意的人只得认输，说，这个婆娘的裆夹得太紧了，就是金刚钻也搞不进去！

她之所以这样做，是因为她生了秦秀莲后，流了两次产，就再也坐不住胎了，她只给秦大河生了秦秀莲这么一个女儿，但他从来没有埋怨过她。她感动得不行，私下里发誓这一辈子除了秦大河，谁也不能近她的身子。

现在人们把她、她女儿和王赤脚串在一起，还编了那么多影子都没有的下流闲话来糟践他们——她任他们糟践也就罢了，但把她的女儿——一个黄花闺女垫在里面，她就觉得这些人太过分了。有一天批斗她的时候，她就想，如果我死了，他们就不会把女儿放在里面糟蹋了。当时，连续下了三天的暴雨刚刚停下，东边架着一道彩虹。公社没有去管洪灾，照样召开批斗大会。批斗会结束，她想对女儿说什么，但什么也没说出来。大队民兵连连长李金泉领着两个全副武装的民兵，把他们押出会场，来到几水场边的几水河边时，她突然跳了下去，洪水转眼就把她吞没了。

王恒升在他那一拨年龄的人里，识文断字，又学了医术，在锣山算是有文化的人了。他开头不晓得什么叫“文化大革命”……没过多久，他就知道，儿子是罪有应得。所以，他们怎么批斗他，他都承受着。但他觉得杨芸香母女是冤枉的，如果说杨芸香因为出言不慎，那么，秦秀莲何罪之有呢？让一个姑娘在大庭广众之下出丑受辱，他的心真如刀割一样难受。当杨芸香往几水跳的时候，他喊了她一声。押他的民兵马上给了他一枪托，大声吼道，闭上你的狗嘴！

这时候，牛书记刚好走过来，他冷笑道，这个婆娘罪大恶极，死有余辜！你有种，你也随她去！

王恒升听了他的话，看着他，看了好几眼，像要记住他似的，然后露出了很久以来才有的笑容，他笑着说，多谢你提醒我！说完，他也跳下去了。

所有的人都傻了眼，连牛书记也惊讶得张大了嘴巴。

李金泉没有说话，他挡在河的一侧，铁着脸对那两个民兵说，一定要把秦秀莲看住了。

大雨后的天空干净得一粒尘埃也没有，美得异常辉煌，给大地的每个角落都镀上了神圣的色彩。

秦秀莲看着这条浑浊的、激流汹涌的河，没有流泪，她的脸上也没有表情。到了锣山，李金泉让两个民兵回去，他顺带把她押回家。他们一路上没有说一句话。到了她的家门口，他把捆绑她的绳子解下后，才对她说，你要想开些，你还年轻，你还要给你娘戴孝呢。

秦秀莲一直低垂着头，她凌乱的头发披散到了胸前。她没有接他的话，好像没有听见似的。过了好一会儿，她沉着声音问他，明天还要批斗我吗？

还没有通知，可能会过几天吧。

我明天要去找我娘和王伯伯，我要把他们找回来。

河水这么猛，你晓得水把他们带到了哪里？就是找到了，你一个女娃子，怎么能把他们弄回来呢？

那是我自己的事。你是看管我的人，请你给生产队说一声，我这两天出不了工。

好吧，我帮你请三天假。他说完就走了，他那支陈旧的步枪上的刺刀有些发白，闪着细小的光。

刘世荣听到杨芸香和王恒升跳河的消息后，开始一点儿也不相信。他没有想到，芸香婶和王赤脚会那样了结自己；他也没有想到，秦秀莲长得这么漂亮的一个人，命却像黄连一样苦。他在心里长叹了一声，就想秦秀莲肯定需要火纸，便想着帮她去借几把。他把火纸借回来，又想着她定然没有吃饭，便想着做碗饭给她送去。正在这时，李金泉来了，他很热情地问刘世荣，老弟，你要做啥好吃的啊？

是李会计兼李连长啊，这么晚了，看你，还啥都披挂在身上，像游击队刚打完仗回来似的。嘿嘿，这年月，能有啥好吃的。

我来是有个任务要给你。

又有任务！我这不是天天都在执行任务吗？刘世荣打了个哈欠，说，我已经好久没有喝上一口了，想得我是吃不好睡不香啊，你如果能给老弟来一口，就是让我上刀山、下火海都可以！

你他 × 的现在是什么时候啊，还想那猫尿！这是革命任务。

我干的哪一件不是革命任务啊？

好吧，这个革命任务你如果完成得好，回来我就请你喝两杯。

真有革命任务啊？你尽管吩咐！

你可能也晓得了，杨芸香和王恒升这两个反革命分子今天自绝于人民，跳河自杀了，明天秦秀莲要去找他们的尸体，但上头害怕她一时想不开，也跳河自尽去。所以，你要看住她，不要让她也跳了河。如果她把尸体找到了，你要想办法帮她弄回来。

哦，是这个任务啊，这太难了。几水又没有盖盖子，秦秀莲如果真要走那条路，哪个看得住啊？就像今天，她娘和王反革命不都是在你们眼皮底下跳到河里去的吗？

就是因为任务艰巨，才让你去嘛！

任务我可以接下，但两杯酒肯定是打发不了我的，你至少得准备一斤酒慰劳我。

好好好，我打半斤酒给你喝！工分照记，我叫生产队每天给你补助一斤白米作干粮。

我和秦秀莲是两个人，一斤白米只够喝米汤。

秦秀莲现在是反革命分子，干粮她自己带。

话虽这么说，但毕竟是喝一口井水长大的人，我总不能自己吃饭，把她撇在一边吧。

哎呀，你看你这个人，一让你干点儿事情，你就有讲不完的价。

好好好，就这样吧，不够的白米我自己出，再加半斤酒就可以了。

行，你这个人真是难缠啊！

有了这半斤过几天就能到手的白酒，刘世荣不由得兴奋起来，他倒在床上，没过多久就很香甜地睡着了，把做饭给秦秀莲吃的事全忘掉了。

刘世荣一觉醒来，已是半夜。他从床上坐起，才记起自己好像还有一件什么事情没有做。他拍了拍脑门儿，说，哎呀，我把正事给忘了！

他跳下床，就向秦秀莲家跑去。他怕她想不开，要先去看看她。

河里和沟里的洪水还在咆哮，山河都有些疲惫了。但夜空里的白云看上去像棉花一样松软，它被月光镀了银边，散发着祥瑞的微光。那是刘世荣见过的最美的月夜，好像这个世界没有丝毫痛苦，他都不忍心踩那铺在路上的月光。

五

秦秀莲跪在堂屋里，桌子上摆着她自己用白纸写的母亲杨芸香和伯父王恒升的牌位，灵位前点着两盏如豆的青油灯。从墙壁和屋瓦的缝隙里刺进来的月光像一把把尖利的凶器，把青油灯的光亮无力照到的地方切割得支离破碎。她戴着重孝，悲痛使她显得越发弱小、孤单。

作为孝子，即使见了平辈的人也得下跪。一见刘世荣来了，她连忙起身，在他面前跪下了。他把她扶起来的时候，看到她咬着嘴唇，想把自己的悲声强咽进去。刘世荣把她扶到灵位前，拜了两位亡人，然后对秦秀莲说，莲妹子，来，给两位长辈把纸烧了。你要是想哭，你就哭吧，我扶着你。秦秀莲靠在刘世荣的肩膀上，终于发出了一声凄厉的、母狼一样的哭嚎。这声哭嚎把洪水的咆哮声都压下去了。

刘世荣自从母亲去世后，就很少和王赤脚说话，路上碰面的时候，彼此都会绕开走。王赤脚后来落到这步田地，却是他从来没有想象过的。他感到了一种可怕的东西，那就是命运。而命运在锣山这个地方，原来是不显现的。它潜藏在暗处，不易觉察。现在它却跳了出来，显得比锣山还要高、还要分明，像个被娇惯坏了的孩子一样任性、横蛮、听不进人话。谁都无法回避它，谁都有可能被它捏在手里，被它玩弄得稀巴烂。

刘世荣是大队的基干民兵，李金泉便命令他负责在生产队巡逻，保护集体的革命果实。

秦秀莲和她娘自从被批斗后，自留地就荒芜了。她们现在工分很少，要填饱肚子，全靠自留地里那点儿出产，刘世荣也没有多想，就帮她们偷偷把地种上了。那时人人见了她们，都唯恐避之不及。秦秀莲和她娘开始不知道是谁还有这么好的一颗心。娘儿俩私下里猜了半天，终于知道是刘世荣。有一次，秦秀莲和刘世荣在路上碰到，看看四处无人，就说，世荣哥，多谢你了！怕连累他，说完就走了。

没啥。刘世荣说完，看着她的背影，安慰道，莲妹子，苦日子总有头的。听他那样说，她的泪水就唰地涌了出来。

刘世荣一直陪她到鸡叫的时候才站起身来，说，莲妹子，李会计安排我陪你去找你娘和王叔，你稍稍休息一下，我回去准备准备，然后就出发。他回到家里，做了红苕米饭，自己把红苕吃了，然后把米饭捏成三个饭团，又背了几斤米，把门锁上，来到她家。他把饭团递到她手上，说，快趁热吃了吧，我们这就上路。

天光已收走了满地的月色，东方的曙色开始出现了。这是一个秋高气爽的好天气，到处都是鸡鸣狗吠之声。她走在他前面，他们的裤腿和鞋子都被秋露打湿了。他们都没有说话，路上只有两人的脚步声。

过了几水场，天才大亮。他们开始沿着河岸寻找。看到那座石桥，秦秀莲的眼泪又流出来了。刘世荣不会说劝人的话，只会陪她落泪。秦秀莲见他这样，反过来劝他不要哭了。

洪水的水位已经下降了很多，被洪水冲刷过的地方留下了一道道伤疤一样的痕迹。山体的颜色已变得深沉，河两岸的秋色被大雨冲刷后，显得很新，枫树像一支支火把，在山腰、山顶燃烧着，山沟里的水已经瘦了，像白练一样从山腰处垂挂下来。

全乡有好多人都认识秦秀莲，他们也都知道了昨天发生的事。有人便劝慰她几句，并且告诉她，说他们没有看见、也没有听说有人看见过那两个可怜人的遗体，让他们继续到下游去找。他们饿了就找户熟悉的人家把米称给他们搭伙，晚上也是在熟悉的人家借宿。他们一直沿着河岸找了三天，一直找到了河口，也没有找到亡者的影子。秦秀莲在河口处跪下了。她说，世荣哥，我们不找他们了，可能河水把他们带到了更远的地方，要么就是在哪个河湾处，被河水带来的泥沙掩埋了。总之，这几水成了他们的坟。我觉得挺好的。我给他们磕三个头就回去。她说完，就跪下了。

刘世荣也跟着磕了三个头。他第三个头磕完，把头抬起来的时候，看见秦秀莲趴在那里不动了，她伤心欲绝，没有撑住，昏迷过去了。刘世荣一下扑过去，把她抱起来，她的脸上和头发上沾上了秋天的泥土和草屑。

刘世荣看着秦秀莲那个样子，心痛得像刀割一样。他用桐木叶接了泉水喂她喝，然后又把她的脸洗干净，把她头发上的草屑小心地拈下来。他的泪水不知道是多久流出来的，有一颗落在了她的脸上。这颗泪像是唤醒了她。她的眼睛没有睁开，身体也没有动，只有泪水从她的眼角默默地流出来，流进了她耳边的头发里。

看到她醒过来，刘世荣很高兴，像个孩子似的笑了。他把自己的眼睛抹了一把，说，你醒过来了就好，你不要哭了，苦日子会过去的。他一边说，一边替她抹泪。没想她的泪水越抹越多，像泉水一样，怎么也流不完。

刘世荣见她这样，心又痛起来。伤心和劳累使秦秀莲的身体有些虚弱，刘世荣说，莲妹子，你如果认我这个哥哥，就让我背你一程吧。

哎……秦秀莲轻声答应了。

刘世荣咧嘴笑了，把宽厚的脊背转向她，然后把她背了起来。

她的泪水落在了他的肩膀上。

刘世荣一回来，李金泉就找到了他，真的把一瓶酒塞给了他。

刘世荣一把把酒接过来，紧紧地攥在手里，喉咙抽搐了一下，激动得有些语无伦次地说，你……你老哥真给搞了一瓶啊！

李金泉还给了他一小块用报纸包好的腊肉，说，这是下酒菜，我说话从来都是算数的。但我原来说的是让你出去三天，可你们总共出去了六天，上头的人还以为你和秦秀莲一起逃跑了呢。他们可能要找你的麻烦，你是我放出去的，这一切就由我来承担吧！

哪能让你承担呢，你把这事都推到我身上，我光棍一个，没啥可怕的。

那就多谢你了，老弟。李金泉拍了一下他的肩膀，背着枪，大踏步走了。

过了两天，生产队队长周宝金找到刘世荣说，上头认为你不再适合做民兵了，让我告诉你一声。

不合适我就不做了，有啥了不起的！刘世荣一点儿也不在乎。

上头就没有允许秦秀莲去找她娘的尸体。我听说是李金泉让你去跟踪秦秀莲的，你有啥责任呢？你为啥要为他背这个黑锅呢？他李金泉一个民兵连连长，有什么权力命令你陪她去？事后，上头追查下来，他说他不知道，说是你自己决定要跟着秦秀莲去的。

乡里乡亲的，我就是帮她这个忙又咋啦？是我自己想帮秦秀莲这个忙的。

周宝金见他这个样子，急得直搓手，一跺脚，说，刘世荣啊刘世荣，你多久才能有点儿脑子呢！你看你被人家耍了，自己还在这里乐呢。说完，气哼哼地走了。

刘世荣看着他的背影，咧着嘴笑了笑，转过身，到屋里那个缺了口的空米缸里，摸出李金泉送给他的酒，深深地嘬了一口，很满足地长长地舒了一口气。

李金泉不久就接替周宝金，当上了生产队队长。而刘世荣因为“思想觉悟”问题，进了好几次学习班。那是他最痛苦的日子，他不怕干任何粗重肮脏的活，但他怕写交代材料。他是个只想酒不想事的人，他从来都是倒头就睡的，但那些天他却失眠了，老是梦魇，老是梦见那些文字变成各种小虫子啃噬他的脑袋。但即使这样，他也没有说是李金泉派他去的。

有一天，李金泉来到秦秀莲家里，把那支半自动步枪小心地靠在土墙上，望了望天空，叹息了一声，说，你看这天真好看……

他的话使秦秀莲感到很突然。她像是从一个很沉的梦里被惊醒了，你说什么？

我刚才说这天空真好看。

秦秀莲就往天上望了望，说，是啊，你看那朵云，被染红了，像一朵莲花，那是我娘……旁边那朵像马的云，就该是王伯伯了，不知道晓军看见没有？哎，他就是看见了，又怎么知道这里发生了什么呢？

秦秀莲，你……你没事吧？你还在想着那个人啊？李金泉见她这样，满怀醋意地说。但他还是强忍着心里的不满，缓和了语气，说，那天，真是对不住啊，我没有把你娘看住，还有王恒升……谁也想不到他也会走那条路……

秦秀莲却只是笑了一下。她的泪水早已淌干了。

我听说王晓军和你分手后，就准备让我娘来提亲，没想还没来得及，你们就挨斗了，但即使这样，我还是要娶你。

你要娶一个反革命？

你只是受牵连了。

你不要说这些话，如果这些话被别人听去，你也要遭罪的……

我不怕！我也说不太清楚，只是我每次看到你被作践，心里都像被猫抓一样难受。

秦秀莲听了他的话，身子摇晃了一下。你不必这样……我……我心里只有晓军。

你可以把他装在心里，但他犯的是弥天大罪……他怕她伤心，不想再往下说。他把枪拿起来，挎到右肩上，接着说，我晓得你牵挂着晓军，但这里是几水，我们首先要活命。我们这里的人，一代代就是为活命而活着的。那些古戏里的事情，一辈子也会看上一两回，但看看就行了，它不可能发生在锣山这个山旮旯里，也不可能发生在我们身上。

听了他的话，她沉默了很久，才说，我现在还重孝在身，你不要说了。她在堂屋里跪了下去，接着说，李金泉，我跪的前面就是我娘的牌位，我娘的灵魂现在肯定就在这屋里，我这话也是对她说的，等我守完半年孝，你如果敢娶我，我就嫁给你。

李金泉一听，也连忙跪下了，对着牌位磕了三个头，说，芸香婶，我在你灵前发誓，如果秀莲嫁给我，我会一辈子对她好的。

天色已经暗了下去，但夕阳的余晖还逗留在山头上，像新鲜的血迹。

李金泉从屋里走到屋外，秋夜已有凉意。他长长地舒了一口气，既有些惊喜，也有些惶恐，但他最终还是笑了一声。

半年时间很快过去了。这期间，李金泉倒也殷勤，他已跟哈哈婶提过，让她半年时间一满，就去提亲。哈哈婶说，我觉得这个莲啊，各方面都没啥说的，可能就是命薄啊，红颜薄命，古人的话不是随便说的。她现在头上还顶着个反革命的帽子，这帽子可不是棉花做的啊，那是生铁疙瘩铸的，不但可以把一个人压死，搞不好能把和她挨近的人都压趴下了。你看晓军，搞得两家人多惨啊，我劝你把脑壳放到凉水里泡清醒了再说。我敢打包票，你爹娘是绝对不会同意的。你可是李家的独苗，他们怎么会找个别人躲都躲不及的人当儿媳妇呢？

李金泉倒没有把这看成是一个问题，他说，哈哈婶，我虽然还没有把这个事跟我爹娘说，但你放心，他们会同意的，因为他们早想让我成家了。你也知道，他们也找你给我介绍了好多姑娘，但我一个也没有看上，也不是你介绍的姑娘不好，为什么？原来不好说，现在我可以告诉你，我心里一直装着秦秀莲。我一直要等到王晓军娶她以后，才会死心的。现在，只要我肯结婚，就是白骨精，我爹娘都会同意的。

只要你爹娘同意，那就好说。

李金泉回去跟他娘讲了自己的想法，还没说完，他娘的脸一下就沉了下来，然后哭了，把他狠狠地咒骂了一顿。说，你愿娶谁娶谁去，大不了我和你爹也被牵连，然后逼得我们也去跳河上吊。

李金泉说，我这辈子只娶她，娶不到她，我就打一辈子光棍。

他这话一出口，他娘拿起墙角的竹扫把，就给了他两下。这次她是真的伤心了，她的身体剧烈地抽搐起来。

李金泉知道，他娘要一阵脾气就会过去，就点了纸烟，闷头坐在那里看她发作。李金泉把两锅烟抽完，他娘就安静下来了，眼泪也没有了，说，你个没天良的东西既然铁了心，只要你有那个本事让人家嫁给你，我和你爹就是真的走了杨芸香、王恒升的路我们也愿意！

六

李金泉要娶秦秀莲的消息，在锣山引起了一阵小小的骚动。但他们的婚礼还是举办得很隆重，招待了十多席客人，公社里的很多干部都去了，自然接了不少礼物。刘世荣开头听到这个消息的时候，还不相信，直到李家在准备婚礼的东西了，他才知道这是真的。那些天他的话少了，婚礼那天，他也去了，但破天荒地没有喝酒，他送了一份礼，露了个面，就回家了。他在路上伤心地哭了一场。

秦秀莲又被批斗了两回，但已从主角变成了陪斗，之后再没有被批斗过。

李金泉待秦秀莲真的很好，她虽然时时念想着王晓军，但她已是李金泉的女人，她就会和他好生过日子。她勤劳持家，孝敬公公婆婆，把家里打理得井井有条，才五年多的时间，就给李金泉生了一个丫头和两个大胖儿子。

但这样的日子突然结束了。那是初春的一天，县上的一个人在牛书记的陪同下，来到了锣山大队，他们这次没有来李金泉家喝酒，只叫人把李金泉叫走了。李金泉到公社后找人带话给秦秀莲，说他要跟牛书记和县上的人一起，在公社清理一下大队的账目。这样的事每年都有一回，她并没有在意。不想第四天一大早，有人来敲她的门，她以为是她男人回来了，望了一眼窗户外面的天，天还只有一线亮色。她嘴里嘀咕着，这个该死的，怎么这么早往回溜啊？披了衣服，从蚊帐里钻出来，就去开门。

打开门后，把她吓了一跳。她一看那个人的身板，就知道那不是她的男人。那个人全副武装，还背着一把上了刺刀的步枪，浑身散发着一股浓烈的汗臭味和旱烟味，露水把他那条补了很多补丁的黄军裤打湿了，往地上滴着水。他脚下有一大块水印，在不亮的天光里，像一团泼墨。

她抬起头来，也没有看清那个人的脸。她警惕地问道，你找哪个？

那个人狠劲地咳了一声，咳出一口痰来，啪地砸到地上，然后用严厉的口吻对她说，你就是秦秀莲吧？我是看守你男人的公社武装民兵值班连的民兵排长丁大志，你男人李金泉贪污了，有一百多块钱的账目说不清楚，昨天半夜里已自绝于党和人民，在公社礼堂的横梁上上吊自杀了，牛书记让我来通知你，叫你赶快去收尸！

听了丁大志的话，她还以为自己是在梦里，她本想再问句什么，但民兵丁大志已鄙夷而有力地哼了一声，转过身去，大义凛然地走了。

她觉得自己浑身冰凉，机械地披上衣服，就向公社狂奔而去。

那时候，天刚亮一会儿，锣山上的好多地方刚披上清亮的朝霞，夜雾像轻烟一样飘到天上去了，那美丽的朝霞追赶着她，开始还追不上，突然在某个瞬间就超到她前面去了，把能铺满的地方都铺满了。朝霞一直贴在她的背上，但她还是感到发冷。

呼唤人们起床上工的梆梆是川北农村在集体生产时期，用来召唤人们上下工的粗陋工具，用一截一米多长的桐木凿空而成。梆还没有敲响，山乡还寂静着，露水很大，像雨一样从树上洒落下来，洒到水田里，发出悦耳的叮叮咚咚的声音。

刘世荣那天早早爬起来，正给生产队捡粪，想挣点儿工分。他捡了几筢狗屎，看到秦秀莲飞奔的身影，就知道她家肯定出事了，他放下粪筐，就追了上去。

露水把秦秀莲的裤子和衣服都打湿了。十多里路，她没有用到一个时辰就跑完了。她跑到几水场的时候，像是刚从水里爬出来的水鬼，湿衣服裹在她的身上，使她的身子显得非常分明。原来一直挂在她脸上的健康的淡淡的红晕没有了，她的脸像纸一样白。

到处都是广播的声音，几水场的人住得密集，听上去像无数个声音在用同样的话吵架。到处都是标语，写满了所有的墙，还有些标语是用排笔写在红布上的，扯挂在街道上空，在晨风里哗哗直响。街上的人一边吃惊地盯着她看，一边喊叫，快来看啰，不晓得从哪里跑来一个女疯子，还这么中看呃！

人们都从屋子里跑了出来，跟在她的身后，有些人还跑到她前面去，想看清她的脸。她的脸那么白，白得让看见她的人心里直发凉。她眼前只有纷乱的色彩在剧烈地膨胀、蠕动、收缩、变幻着，把场上的店铺、招牌、标语、人、狭窄的天空、雄踞在街道顶上的绿得发黑的陡峭的山体都绞进去了；她的耳边只有夏季黄昏蚊群蜂拥时那种嗡嗡嘤嘤的声音，四面都是这种声音铸成的坚不可摧的墙，人声、广播声、从街道右侧的吊脚楼下奔腾而去的河水的声音以及天空中的鸟鸣都汇入这一种声音里。这些色彩和声音使她想呕吐、眩晕、倒下，她觉得自己像是肚子里怀了个死胎那样难受。

她来到了公社。公社原是几水一座很有名的寺庙，叫弥勒寺，是明朝时期的建筑，解放的时候，人们把里面明朝塑的佛像和菩萨像砸掉了，然后成了政府办公的地方，庙门口挂着白底红字的牌子。她想进去，两个站在门口的民兵拦住了她。她说她要找自己的男人。

你要找哪个男人啊？我们两个也是男人啊。其中的一个民兵嬉皮笑脸地说。

我找……我的男人李金泉……

哦，你说的是那个贪污犯呀，他在后面躺着啦，你跟我来吧！那个嬉皮笑脸的民兵把她引到了一个拐角处，说，那个东西就是。说完，就转身走掉了。

几天前出门时还是一个大活人的秦秀莲的男人李金泉，现在被他们用一床破草席简单地裹了一下，像一条死狗一样扔在那里。这里阳光照不到，有些阴冷。她一走近，就有几只肥硕的老鼠从破草席里跑出来，钻进了墙缝里。

她已哭不出来。她扶着那古老的明朝的寺墙，不让自己倒下去。墙壁里那古老的寒意通过她的手传遍了她的全身。

丈夫的尸体已变僵硬了，她把丈夫的尸体从破草席里像剥一棵竹笋一样剥出来。她看见他的脸呈青紫色，他的嘴角向下撇着，眼睛睁得很大。左脸、耳朵、鼻子以及那文气的、会拨拉算盘、能扣扳机的手都被老鼠啃坏了；他的眼睛无论怎样也合不上。她没有哭，好像泪水已在某个瞬间完全干枯了。她在那个时刻显得异常平静，好像在伺候疲惫的男人睡觉。她把自己衣服的袖子撕下来，把丈夫的脸蒙上——他是另一个世界的人了，不能再见到人世的天光。想到这里，她的心像被无数条毒蛇咬噬着，疼得她喘不上气来。她把他的头紧紧地抱在自己胸前，但她——这个叫秦秀莲的女人还是没有掉泪。她又撕了一块布，把他那被老鼠啃噬过的右手包扎好，她包扎得很小心，好像怕把他弄痛了。然后，她把他扶起来，靠着墙，说，来吧，我背你回家……说完，她背起他，从寺墙那个阴冷的拐角处走了出来。

人们已经知道这个女人是谁了，他们窃窃私语，相互咬着耳根，说，那个疯女人就是那个贪污犯的婆娘。他们人心大快，眉飞色舞，幸灾乐祸，说是罪有应得，死有余辜……但是，当他们看见这个疯女人背着自己的死男人从墙后面走出来的时候，所有人的嘴巴都像傻子一样张大了，所有的声音都消失了，只有秦秀莲的脚步声，每一步都很清晰，像踩在鼓面上。

太阳已经升得很高了。她的男人即使冰凉了，也不是很重，使她的腰不用弯得很厉害。看上去，她像一个背着受了伤的儿子的母亲。

她走过的地方，看热闹的人无声地让开了道。没有人再说什么，他们默默地躲回到各自的屋里去了。

牛书记可能是得到了民兵的通报，叼着一杆铜烟锅，嘴里喷着白烟，披着一件洗得发白的黄军装从庙里走了出来，走到寺门口，望了望秦秀莲的背影，就转身走进寺门里去了。

七

刘世荣跑到场口的时候，正碰到秦秀莲背着李金泉的尸体迎面走过来。他一看李金泉那蒙着的脸，一切都明白了。但他不敢相信这是真的。他的心颤抖了一下。他只比李金泉小一岁，他们是一起长大的。李金泉身子单薄，小时候都是刘世荣护着他。他走到秦秀莲跟前，哽咽着低声说，妹子，我去找一张门板来，我们抬着他走吧！

不，我自己背。

那，我来帮你背一程吧！

不，我自己背得动。

秦秀莲只顾往前走。她一路上都没有停歇，好像一点儿也不累。她一直把自己的男人背回自家的堂屋里，才失声痛哭起来。

她的公公李瘸子就李金泉一个儿子，儿子出丧那一天，他不停地咯血，没过几天，他也两手一撒，离开了人世。李金泉的娘在这么短的时间里，突失独子，又失丈夫，日夜悲啼，痛不欲生，身体很快就垮掉了。有一天早上起来，她再也看不见东西，她的眼睛就这样瞎了。

一个月后，大队书记带了一些人，来到秦秀莲家的院子里，安上了喇叭、扩音器，插上了彩旗，扯上了标语，说是牛书记要在这里开一个批判李金泉贪污国家财产的现场会。

一切准备好后，牛书记就带着工作组来了。这个现场会是个全大队的社员大会，周围的田地里都站满了人。会开到最后，牛书记掏出一份红头文件，宣布将李金泉家的三间正房即日没收变卖，以抵偿他贪污的一百一十二元国家财产。

这个决定一宣布，会场一下就静下来了。

突然，李金泉的瞎老娘扯着嘶哑了的嗓子号啕哭诉起来，你们这是不让人活呀，你们这是要把我全家往死里逼啊，你们要我死，我就死给你们看啊……她一边哭喊，一边在地上打起滚来。牛书记打了个响指，两个民兵便冲上去把她架住了，她像个孩子似的在他们强劲有力的臂膀里哭闹了一阵，也就没有力气了。

那三间正房是用木头修建的板壁瓦房，有天楼、地楼，雕梁画栋，正梁上绘有龙凤祥云，连吊檐都绘了牡丹、荷花，还有高大的神龛整根柏木做的、笔直的白水柱，柱子上镌刻着解放前隐居几水的清末举人卢调元写的对联。房子每一个细部都很讲究，据说是李瘸子的爷爷集一生的积蓄修建的，可谓是清末民初川北民居的经典。原是一个精致的三合院，但为了活命，东西两面转角的房子先后被卖掉了，只剩下了这三间正房和后来在正房西侧修的两间偏厦。

牛书记宣布完那个红头文件后，大队民兵连长就带着民兵，不到两个小时就把三间房子拆掉了，他们像工蚁一样把瓦和木料也都运走了。

秦秀莲看着留给她的一片废墟和两间土筑的偏厦，简直不敢相信自己的眼睛。她的瞎眼公婆，也没有再喊叫，只是一边流着泪，一边念叨着……她的泪水中有血，脸上都是那种红色的痕迹，像涂了调得太淡的红油漆一样。她在空气中摸索着，但她只摸到了还没有落定的尘埃。阳光无声地落在她那双粗糙的、青筋纵横的手上。

秦秀莲用手帕把公婆脸上的血痕和泪迹擦去，把她扶进偏厦里，说，娘，你的眼睛一哭就流血，不要哭了。

她公婆抓住她的手，带着哭音说，哎，秀莲，谁承想家里遭这么大的劫难啊，让你受这么多苦，遭这么多罪……你这么年轻，赶快找个合适的人，离开这个家吧。

娘，不管怎样，就是要饭，我也会把孩子抚养成人，也会像待亲娘一样待您。

秦秀莲就这样成了寡妇，为了赡养瞎眼公婆，抚养三个孩子，她一直没有改嫁。除了在孩子面前，也很少有人看到她笑过。

也就是从那以后，好多秦秀莲做不了的重活，都是刘世荣去帮她。其他人都不再去搭理他们了，有时候不得不说话，也是躲得远远的，好像怕污损了自己的清白。刘世荣却是主动去帮她的，自从她家遭遇变故以来，他的心就一直挂念着她。一个女人，带着三个孩子和一个瞎了眼的老人，在众人的冷眼里要生活下去，该是多么难啊！他认为，自己应该去帮助他们，虽然免不了有闲言碎语，但他一点儿也不在意。

有一次，秦秀莲像是下了很大的决心，对他说，世荣哥，你还是不要来帮我了吧，这飞短流长的，对你不好啊。

他听完笑了笑，说，我光棍一条，酒鬼一个。嘴长在他们的脑袋上，他们愿说啥就说吧！

八

过了一段时间，媒婆哈哈婶给刘世荣介绍了一个对象。女方是结过婚的，但嫁过去才四十多天，她丈夫在给生产队修水库时，被放炮炸起的一块石头砸中了脑袋，当即死了。婆家说她克夫，把她赶回了娘家，嫁妆什么的都没有要回来。

女方家和刘世荣家隔着两座山，并不知道他喝烂酒的名声，在几水场上见他这个人长得很是周正，感觉挺好的，双方就把亲事定了下来。过年的时候，他要去给老丈人拜年。第一次到老丈人家，是要送份大礼的，要给姑娘从头到脚置一身新衣，还要送一条肥猪的后蹄髈，挂面、红糖、水果糖、海带、酒、纸烟等物都得送双份；还有女方的叔伯婶娘，也得送一份礼，礼当然会轻一些，猪蹄髈改成了刀菜，其他的都是单份的了。遇到女方叔伯婶娘多的，就得请人帮忙，才能把礼物背到女方家里去。刘世荣开的这门亲，只有一个叔叔、一个伯伯，算是省事的。他卖掉母亲留给他的那间屋的楼板，备齐了礼物，准备大年初一就去给老丈人拜年。

但大年三十这天晚上，刘世荣觉得十分难熬。不为别的，只因为他的房子里第一次有了明天要拿来送人的四瓶酒。几水有个说法，叫花子也有三十夜，大年三十这天晚上，人们只能守在自己的家里，名曰守岁。他孤人一个，自然是最为落寞难过的。闻着飘散在屋里的酒肉香气，他心如猫抓。他一直惦记着那四瓶酒，他把它们放在煤油灯光下，像圣物一样一次次地端详。那是县国营酒厂生产的原度粮食酒，名曰“烧老二”，烈而纯，除了送礼，平时很少有人舍得喝。刘世荣吃了那么多“闯嘴席”，喝了方圆百里那么多户人家的酒，这样的酒也很少喝过。他把酒对着灯光看的时候，看见了绚丽的光彩，他认为那就是西方极乐世界的光彩。他摇晃它们，看见酒花升腾起来，便幻想每一瓶酒都能变得像几水那样长流不息，饮之不尽。

屋子里很冷，但到最后，每瓶酒都被他摸暖了。他终于忍不住，打开了一瓶酒，对着瓶口，深深地吸了一口酒气，像一个快要窒息的人大口呼吸着空气。酒气冲进他的脑子，在他的血管里弥漫，他觉得自己那沉重累赘的身体一下子变得像烈酒一样热烈透明了，一下变得轻盈起来。他不知道那口酒是怎么进到他嘴里去的，他感觉像甘露洒在干裂的土地上，当酒在他嘴里蔓延开来，他兴奋得浑身颤抖起来。这些甘露最后变成了蓝色的火焰，灼烧得他忍不住呻吟了一声。那种滋味让他感动，让他想痛哭一场。

他有一种想把四瓶酒都灌进肚子里去的冲动，但他不能负了哈哈婶的一片好意，他也想成个家，想给刘家续个香火，这是大事。为了抵挡那种诱惑，他把储存红苕的地窖撬开，把四瓶酒放进地窖里，把窖口那厚重的石板盖好，然后才放心地舒了一口气。战胜了自己的欲望，他有些自豪起来。他觉得自己从来没有做出过这么大的牺牲，这也使他第一次隐隐对自己有些满意了。他躺到母亲留给他的那架木床上，闭上眼睛，心想，只要自己能一觉睡到明天早上，这一关就过去了。但正如他担心的那样，他一点儿睡意也没有，他的脑子出奇地清醒。那四瓶酒闪着光，在他的脑子里飞快地旋转。最后，他的脑子变成了一个透明的酒罐，里面盛满了那种火焰般的透明液体，似乎可以闻到从里面溢出来的酒气。

空气又阴又湿，冷得像一面结了冰的铁板。对刘世荣来说，这种有酒而不能喝的夜晚，使他觉得那寒意更难抵抗了。他盯着地窖口，觉得那压在窖口的石板自己飘了起来，里面的酒自己飞到了他的眼前，逗得他猛地坐了起来。他一从被窝里钻出来，寒意就嗖嗖地直往他的骨头缝里钻。他摸到洋火，擦了好几根都没有点燃，他觉得整个夜晚都在抖动，黑夜里的寒意和他腹腔里的火内外夹击着他，让他和夜晚一起发起抖来。一种力量推拥着他，让他激动和兴奋，那个瞬间如此幸福。当煤油灯点亮后，他看到窖口严严实实地盖着，他又看见了被烟火熏得发黑的四壁，他看到挂在墙上的镰刀和锄头才两天没用，就长出了黄色的锈迹，还有一些陈年的挂在墙上的粮食种子——那都是他母亲生前留下的——结满了蛛网，落满了扬尘。煤油灯的光晕那么祥和，使这间又脏又乱、充满光棍气息的房子蒙上了一层薄薄的暖意。他披上冰冷的棉袄，跳下床，两步跳到地窖跟前，把地窖的石板撬开，钻了进去。地窖里有一种让人呕吐晕厥的腐蚀味，几只被惊动的老鼠，吱吱叫着，蹿到自己的洞穴里去了。

刘世荣把一瓶酒抓在手里，抓得很紧，好像害怕它也像那些老鼠，吱地叫一声，嗖地蹿没了影子。他从地窖往上爬的时候，看到了映在墙上的、自己的巨大的影子，它是从地上折到墙上去的。他觉得自己像是从地里钻出来的鬼怪，像一个复活的幽灵。他冲着它笑了笑，然后看着自己脑袋的影子一直爬到了屋顶上。

他的脸上堆满了笑，他的笑扯着他的脸，他的笑有些重，扯得他的脸皮生痛，他的眼睛里充满了光彩，像一个捡到了元宝的穷鬼。

他把酒瓶攥在手里，来到灶头前。别人家的灶头都有三眼灶膛三口锅，是专门请打灶的师傅来垒的。他的灶头就一眼灶膛，是他自己垒的，他东家混一口，西家闯一顿，很多时候锅灶都是冷的。大年三十，他开了一次锅。

年前，生产队的一头老水牛摔死了，每人分了一斤牛肉，几水这里的人肠胃清净，除非是饥荒年，从不吃乱七八糟的东西，所以牛羊的下水他们都不吃的，一般都送给生产队的鳏寡孤独了。除了一斤牛肉，刘世荣还得到了半叶牛肺，一副牛小肠。他就把牛肉悄悄送给了秦秀莲。

虽然秦秀莲经历了这么多事，但刘世荣还是喜欢她，这是没有办法的事。她现在变成了一个年轻的女人，有一张让人看不够的脸，一个小母牛一样结实的屁股，她的乳房成熟、丰满，像装满了粮食的粮仓。他平时也念想她，而当他喝酒的时候，就会更加想念。他会想，这些酒要是能和她一起喝，那该多好啊！

刘世荣知道，秦秀莲是能喝些酒的，她那个死去的丈夫李金泉生前既是大队会计，也是民兵连连长，后来还成了六队的生产队长。人民公社有人到大队里来，她男人叫她陪干部喝过好几回酒，她有一次喝掉了半斤“烧老二”，直接把牛书记灌趴下了。公社干部都喜欢她给他们劝酒，因为喝得五迷三道的时候，他们可以和她开很荤的玩笑。那种时候，李金泉都只是摇晃着他瘦脖子上那颗被酒醉得像红灯笼一样的脑袋，露出一口整齐的白牙，嘿嘿笑着。

那时候，在其他人的眼里，她是多么光彩啊，家里的男人读过一年初中，能写会算，那么年轻，就掌握着全大队所有的账目，掌管着大队的人民武装力量，还掌管着一个生产队的生产和一百多户人家的命运。加之人民公社的干部隔三差五就到他家里来喝上一顿酒，那是多长脸面的事情啊！但她心里其实一点儿也不快乐，因为她依然时刻挂念着生死未卜的王晓军。

九

刘世荣长叹了一口气，这声叹息在已经清冷了的年夜里，像放了一挂鞭炮那么响。他打了个激灵，才发现自己站在灶台前只想秦秀莲去了，竟忘了手里还攥着一瓶酒。这样的事在以前从来没有发生过。也只有现在——天亮后就要去给岳父拜年的时候，他才不得不承认，他之所以那么尽心尽力地去帮秦秀莲，还是因为她把他的心给占据了。

昨天，也就是腊月二十九，他帮秦秀莲背回过年的柴火，把柴火劈好后，他接过秦秀莲递给他的一碗水，喝到嘴里，才知道是酒。他喝得太猛，憋得脸都红了，才没有被呛住。他有些惊喜。她看到他那个样子，哈哈大笑起来。这么久了，他第一次听到她那么爽朗的笑声。他高兴得一口就把剩下的酒喝完了。

你看你，真是个酒鬼啊，也不晓得慢慢喝！

刘世荣红着脸说，莲妹子，你也不说，我还以为是水呢，我听到你笑了！我高兴啊，这一高兴，就把一碗酒一口喝下去了。

我昨天赶场，专门去给你买酒，本来是想给你买半斤的，不想那只母鸡卖得贱，就只给你买了三两。这些年，如果没有你帮着，我这个家哪儿能撑到现在啊。

哎，妹子，我不就是出了一点儿气力吗？气力这玩意儿，用了还长，不用也就浪费了，没有啥的。

听说你初一要去给老丈人拜年了？

是啊，哈哈婶都给你说了吧。

你看你，这么大的好事情也不跟我讲一讲。那姑娘还好吧？

哎，我这个样子，哪儿还能去挑人家好不好啊。也不是姑娘了，听说结过婚的，名字叫赵大凤，家住赵家碥。

我听哈哈婶说那女的还不错，你一定要好好顾惜着，你也该成个家了。刚才那碗酒，妹子还有一份祝福的意思在里头呢。

他道了谢，突然觉得心里有些难受，就低着头回家了。

午饭的时候，秦秀莲让她大儿子牛牛给他端来了一碗炒牛肉，是用泡青椒炒的，味道很好，是他最喜欢吃的菜。中午吃它的时候，没有酒喝，觉得可惜，只吃了一点儿就舍不得吃了。现在有酒有菜，他觉得这个年夜像个年夜了，觉得这旧的一年很圆满，新年的开端也不错。唯一遗憾的是，缺个和他一起喝酒的人。

对秦秀莲的念想使他的心思分散了一些，他不再只想着酒了，看看时间已过了凌晨，便把酒肉先敬了父母和祖先。

随后，他坐下来，打开酒瓶，小心地嘬了一小口，慢慢咽进肚子里，然后忍不住又嘬了一口。到鸡叫头遍的时候，那瓶酒已经一滴不剩了。

他把其他三瓶酒拿出来，往空酒瓶里匀了一些，然后添上水，就又有四瓶酒了。他尝了尝，酒味还蛮浓的。他像一个顽皮的孩子，望着那四瓶兑了水的酒，得意地笑了。

他的身子稍微有些发飘，这种微醺的感觉使他忍不住向往——要是每天都过这样的日子就安逸死了！

然后，他换上哈哈婶给他借来的新衣服，准备出发。正要出门的时候，秦秀莲拉着牛牛来了。她平时怕人说闲话，很少到他住的地方来。他觉得这被烟火熏得暗淡无光的四壁一下亮堂起来了。她穿着一条蓝华达呢裤子，两个膝盖上都补着小块补丁，上身穿着一件小红碎花的棉袄，手肘和肩膀处也打了补丁，但显得既干净又得体。自从她家出现变故以后，他就没有看见她穿过新衣服了。但这个女人从来都是把自己和公婆儿女收拾得干干净净、利利索索的，她住的地方从来也都是清清爽爽、井井有条的，虽然全家里外就靠她一个人，好多人家里常常揭不开锅，但由于她操持得好，她家却很少有断顿缺粮的时候，在几水两岸，没有一个人不夸她是个好女人。

她的脸上虽然只带着很浅的笑，但小红碎花棉袄映衬得她的脸充满喜色。她的头发洗过了，老远就闻到了一股皂角的味道。这使刘世荣突然想起了他娘。

我家牛牛一早就要来给他荣叔叔拜年了，他吵嚷得我没办法，只好带他来了。说完，就低下头对儿子说，牛牛，给荣叔叔拜年！

牛牛就给他作了个揖，说，荣叔叔，新年吉祥，祝你今年能娶个荣婶娘回来！

孩子的话引得刘世荣和秦秀莲都哈哈笑了。刘世荣连忙从怀里摸出两角钱来，塞到孩子手里，又把要送老丈人的水果糖抓了几颗，放到孩子衣兜里。

这让秦秀莲觉得很难为情，推辞间，刘世荣第一次触到了秦秀莲的手。她的手背都是被霜风吹得皲裂的口子，手掌也像砂纸一样粗糙。而这双手他原来是见过的。那时，这手小而滋润，总有一种雪花膏的香气。那时候，李金泉给她安排的都是相对轻松一点儿的活儿，比如，在养猪场喂猪，在蘑菇房捡蘑菇，在保管室晒粮食，在生产队当记分员……那时，她的衣服是全队穿得最整洁的，一有太阳，她就戴着草帽，一到冬天，她就戴上手套；一年四季，她的手上和脸上都抹着雪花膏。她的公婆很疼爱这个媳妇，所以家里的好多事情都舍不得让她做，这在乡间，真可谓是养尊处优了。而她，对所有的人都那么好，她的嘴甜得像抹了蜂蜜一样，无论见了谁，老远就打招呼了；谁家有了难处，要借点儿钱借点儿粮的，只要有，她都会慷慨地答应。那时候，没有听谁说过她半句不是。即使是李金泉一直给她安排那些轻松的活儿，也没有听谁提过一点儿意见。

而现在，一切都改变了，她的嘴还是甜，但好多人应答时都变得勉强了，好像一应答她的问候，自己也就和她丈夫有不干净的联系了，所以有些人会假装没有听见她的话，有些人见了她，远远地就绕开了。好像只有这样，才能证明他们的清白，表明他们的立场。生产队里最重最脏的活儿都会安排她去做。原来那些借了她家钱粮的人，好像都忘掉了，没有一个人想着要还她。有一次，她家连续吃了一个多月粗粮，想让哈哈婶把从她那里借的三碗米还给她，没想哈哈婶说，那米是你的吗？那是你男人贪的集体的，我要还也只会还给集体的。她听后，愣了半天，什么也没说，就走了。

刘世荣触到她的手，心里很难过，但他脸上没有表现出来，只是说，你看我这屋里像个狗窝啊，如果早晓得你和牛牛要来，我一定把屋里收拾干净。

世荣哥是第一次到老丈人家去，我放心不下，也是想过来看看的。你把衣服要穿得整齐些，去了手脚要勤快些，要少说话，少喝酒，千万、千万不能喝醉。总之，这次对你是一个考验，考验过了，今年秋上不定就能把那女人娶过来了。她说完，就把他带的礼物检查了一遍，又看了他的穿着，然后拿出一把小剪刀和一面小镜子，说，一定要把胡子剪一剪，本来是个小伙子，胡子拉碴的，让人看着邋遢、老气。这小剪刀和小镜子就送给你了，处对象了，随时都要注意自己的样子呢。

妹子啊，你看你为我想得多周到，真是多谢你啊！

这有啥好谢的？对了，到了老丈人家，你喝酒的那些光荣事也是千万不能说的。

他点了点头，像个听话的孩子。

那你就赶紧走吧，还得赶午饭呢。你早上定是没有吃饭的，这路远，东西重，三十多里路呢，又是爬坡下坎的，不吃点儿东西怎么能走到呢？我给你带来了两个饭团，你在路上边走边吃吧。说完，就把用芭蕉叶包好的饭团塞到他手里。

刘世荣接过那两个温热的饭团时，心里真是感动极了。他突然想对秦秀莲说很多话，但却一句也说不出来。

十

虽然日子并不好过，但年味仍充满了山乡的每个角落。每家的年味都不一样，有清有淡，有苦有咸，但每家都在尽力去过。年岁不好过，路上走亲串戚的人并不多。

刘世荣过了几水后，才舍得吃秦秀莲送给他的饭团，那饭团上沾着芭蕉叶的清香，每个饭团里都裹有一块腊肉。他觉得，那是他吃过的最香的东西。虽然他是去给岳父拜年，但一路上都在郁郁地想着秦秀莲这个女人。但自己这个样子，怎么有资格去娶她呢？他无奈地对自己说。他已在私下里无数次对自己这样说过了。

快到中午时，他来到了岳父住的赵家碥。他放了一挂鞭炮后，岳父就带着他的儿子迎出来了。

刘世荣的岳父姓赵，是个杀猪匠。在肚子里缺油水的年代，杀猪是个能吃香喝辣的手艺，特别是到冬腊月间杀年猪的时节，他的身上总是明晃晃的，手上脸上也被猪油滋养得油腻腻的，让人一见他，就会想起好吃的猪肉、好闻的猪油，就不免垂涎。他去为别人家杀猪，主人自然要好好招待他一顿，临走，还会送上一坨板油或一块猪肉作为报酬。所以这个时节，他家是不会缺肉吃的，干瘦的一家人都会变胖，几张菜色的脸也会很快就变得红扑扑的，不知羡煞了多少人。

刘世荣洗了手脸，把礼物分好。他岳父见了礼物，脸上就一直挂着笑，看来他对这礼物还是比较满意的。这个家庭里的一切刘世荣都是陌生的，他有些拘谨和害羞，就在火塘边坐下来，一边嗑葵花子，一边烤火。岳父的两个弟弟也来了，这个家族在世的长辈和男人都陆续挤到了火塘边。他们都在打量他，毫无顾忌，像在打量一头刚刚买来的耕牛，他们一边审视，也会一边打听他的家世。家里的女性，有时则会装作做事，过来快速地瞟他一眼，想看看他长得咋样。当然，邻居也会跑来串门，也是要看看这个杀猪匠找的干儿子怎么样。

闲聊中说起他的父亲，他岳父竟然知道，说，你爸爸刘骡子不就是那个年纪轻轻就醉死了的刘酒罐子吗？刘世荣听他这么说，很是惊奇，他这才知道他父亲的酒名远扬到了这里。他醉死这么多年了，这里还有人知道他。说起他父亲，话题就多了，但他觉得那听起来有些像传说。比如说他父亲一次能喝三斤烧酒而不脸红。还有人说，解放军有个南下干部，到县上当副县长，他父亲和副县长曾一起拼过酒。说那副县长姓钱，三十来岁，也是个嗜酒的人，外号“钱五斤”，据说能喝五斤而不倒，肚子里装着五斤酒还能指挥打仗。副县长听说几水刘骡子能喝，有次到几水来，就把他叫去了，据说两人从头天中午一直喝到了次日早晨，但谁也没有把谁灌醉，只是大叫快意。

最后，他岳父就装作无意地说，你父亲那么能喝，想必你的酒量也不小吧？

他不晓得该怎么回答。他知道据实说出肯定不行，只好撒谎道，我还不知道自己有没有酒量，我很少去买酒喝的。

这样就好，吃喝嫖赌，可是四大恶习啊，沾上哪一样，都会败家的。

他忙说，那是那是。

午饭的时候，新干儿子第一次上门，岳父家所有的亲戚都来了，满满当当地坐了三桌。菜也算丰盛。大凤像一个蜜蜂似的，不停地穿梭着上菜，一看就是很会持家的那种女人。相亲时大凤总是红着脸，低着头，刘世荣也不好意思去看别人，所以他脑子里对她并没有多少印象。这次来拜年，表示他们的亲事已经定下来了，如果没有什么大的变故，只要刘世荣有能力，年内就可以择个日子成亲。现在，大凤显得大方了一些，使他总算把她看分明了。她高身材，方脸盘，红脸蛋，眯缝眼，高鼻梁，大嘴巴，双下巴，大胸脯，粗腰身，长着两扇敦实的屁股，两条油黑发亮的大辫子有时挂在胸前，有时又被她甩到背后，一看就是个能背能挑能吃苦能生养的好劳力。这种女人虽然长得不很受看，但在农村却很受欢迎，很多父母都愿意为自己的儿子讨上这样一个媳妇。如果不是二婚，像刘世荣这样的光棍，人家是不可能看上的。

刘世荣也很满意，能找个女人成个家，也没有辜负母亲养他一回了。但他一看见大凤，就老是想起秦秀莲。如果把这两个都是丧夫的女人放在一起让几水的人来为刘世荣选择，他们一定会让他娶大凤，原因就是大凤虽然结过婚，但年龄才二十岁，婚后的日子也短，最主要的是没有儿女，他一生不用为别人抚养孩子。而秦秀莲虽然长得有模有样，但她已有三个孩子，拖儿带女的，要想找个好一点儿的男人就不是那么容易了。但他自己却无论如何是愿意娶秦秀莲的。他虽然从未向她表白过，但坐在岳父堂屋的饭桌边，面对飘着香气的饭菜时，他发现自己的每一根骨头都是喜欢她的。

他的思绪一跑到秦秀莲那里，就好半天收不回来。他岳父招呼了他两声，他才回过神来。

他闻到了酒香。他岳父已给他斟好了满满的一杯酒。他的肠胃兴奋地蠕动起来。但他告诫自己，一定不能多喝，自己一定要装出不会喝酒的样子来。

那个时候，因为什么都缺，日子难过，不要说酒肉，就是普通的饭菜，也不能由着性子去吃，不然，就会给主人造成很大的负担。

斟的第一杯酒是刘世荣送的，他岳父有意向亲戚们炫耀了一番，只给每人倒了一小杯，意思是要每位客人都尝一尝。虽然里面兑了水，但毕竟是粮食酿的，酒的味道很不错，每个人都喝得很庄重。这一杯酒喝完，剩下的就是岳父家自己买的红苕酒了。两种酒的酒味对比很明显。但只要是酒，他都喜欢，他喜欢那酒进入口腔、咽喉和胃的感觉，所以他就不想控制自己了。凡来给他敬酒的人，他都来者不拒，连连干杯。岳父的脸色开始还沉在皱纹里，后来就沉不下去了，慢慢地就像浮木一样浮了上来。这个时候，没有酒量的人都已经下席了，剩下的人拼成一桌，开始拼酒。显然，所有的人都把目标对准了他，都想把他灌醉。

几水有收拾新干儿子的习俗，就是对第一次上门给岳父拜年的新干儿子，对象的平辈亲戚都会想办法让他出丑，这主要是在饭桌上进行。比方说把他灌醉，盛饭时用大碗给他盛上满满的一碗，然后在他不注意的时候，把他的饭碗再次抢走，再盛上一碗，有些还在饭里面埋上大块的肥肉，有些老实的，会被人连盛四五大碗干饭。这些饭盛在了他的碗里，都必须吃掉，这种游戏一般由对象的姐姐妹妹来进行。对象如果对男方不满意，也会亲自出马；劝酒这类事情，则由对象的哥哥弟弟堂兄堂弟来进行。一般这种丢了丑的人，会被认为是没有名堂、不懂礼节，间接地宣告了亲事已陷入危机。

刘世荣酒喝得高兴，渐渐地进入了自己的境界，把什么都忘了。没用三个小时，那些想把他灌醉的人，都被他灌醉了；他看到最后一个人被他灌得出溜到了桌子底下，环顾了一下周围，才猛然明白了这是在什么地方，他有些后悔了。他不知道，他岳父已经把这个院子里所有人家的酒都借了过来，让他们喝光了。他当然也没有看到，开始还来围观看热闹的人，一见他那个样子，都摇摇头叹息着走了。

他岳父全家的脸都冷了下来。刘世荣没有喝醉，在这种情况下，也只好装醉了。他们也以为他是真醉了，就议论起他来，没有一个不失望的。他岳父则一直唉声叹气，因为他不知道能在哪里搞到酒还给邻里，如果搞不到酒，全院子的人过年就都没有酒喝，那怎么待客啊？他岳父叹息完后，就出去搞酒去了。而其他的人则在议论，说原来他是刘骡子的儿子啊，难怪也是个酒鬼。

当天晚上很晚了，他岳父才回来，说把邻近几个卖酒的地方都跑了，酒早已卖光，想去向其他人家借一些，但这大年初一的，哪里开得了口呢？看来是要丢人了。全家人都叹息起来，后悔开了这门亲事。

刘世荣只能假装没有听见，第二天吃了一顿清冷的早饭，他就告辞，大凤家的人没有留他。大凤的娘说，在几水河，我活了几十年，还没有听祖辈说过有谁家大年初二就让第一次上门的干儿子走人的。但你要走，我也不留你了，我就开这个先例吧。你无父无母，两间房子四面漏风，家徒四壁，我们没有嫌弃你，但我女儿无论如何不能嫁给一个酒鬼！你把你送的礼都背走，就当我们没有认识吧！

真是对不起了，那点儿礼本来就不成敬意，万望你们留下！他满怀愧意地说完，就转身走了。大凤家的人也没有送他，任他去了。

他一边走，一边在心里嘀咕，娘啊，儿子对不起你了，好好一桩亲事，就这样被我这张馋嘴给毁了。

十一

刘世荣没精打采地往回走，他故意拖着时间，他知道一个去给岳父拜年的人头天去第二天就被人家冷落出来意味着什么。他为了喝酒，丢人的时候很多，这次却有些不同，这次丢人丢得他的骨头都有些痛。过几水场的时候，他闻到那些酒气，第一次产生了厌恶的感觉。他紧紧捏着口袋里仅有的一元钱，快步从古旧而逼仄的街上穿过，铺在街面上的每块鹅卵石都被时间磨得溜光，像刚刚出笼的馒头。他走到街头，狠狠地咽了一口唾沫，那张本已被无数人的汗水渗透过的、皱巴巴的纸币又被他手里的汗水洇湿了，他又往前走了几步，好像战胜了某种强大的东西。他把那种东西咕咚一声咽进了肚子里，在一棵柏树下坐下来，他感到有些虚脱。几水冬天中午的阳光暖洋洋的，把地面上的植物和地表下的泥土的气味都烘烤了出来，弥漫在空气中，像发酵了的酒糟，让人闻起来就觉得困倦。

哎，这个时候要是能喝上一口，那就赛过神仙了。他的心里不知怎么就冒出了这个他自己也觉得很可耻的想法。

他对自己说，我应该去买一碗面吃，刚才看见吝啬鬼张老二的“张老二饭馆”的门还开着。这个吝啬鬼从来不放过挣任何一厘钱的机会。他觉得这新年大节的，到馆子里去吃一碗面是不过分的。他这样想着，腿肚子已经往后转了。

他走到饭馆，看见矮小寡瘦的张老二坐在一张八仙桌后面，面前摆着一碟腊香肠、一碟花生米、一盘干腌菜，在用拇指大一个小杯子慢条斯理地喝酒。见他走进店里，张老二眼皮也没有抬一下。他们是街上的人，按几水的说法，是国家的人，而他，是乡下人，是属于刨泥巴的人。张老二的这种派头他和其他乡下人一样，见得多了，便小心地问道，请问张同志，你这里还有没得酒卖？他本来是要买一碗面吃，是要问有没有面卖，不想问出口的却是这样一句话。

刘世荣听见张老二把一口酒“吱——溜——”一声吸进嘴里，很响地“吧唧”了几声，良久，从嘴唇、口腔到咽喉又发出了一长串回味悠长的声响。他并没有抬眼皮，只是很快地看了刘世荣一眼，用和他人一样细瘦尖厉的声音说，酒嘛，年前就卖完了……

刘世荣一听，心就凉了半截，但仍有些不死心地站在那里。

张老二又有滋有味地把一口酒嘬进肚子里，用细瘦的食指和拇指拈了一颗金黄色的花生米，慢慢放进嘴里，慢慢咀嚼着，嚼得满室溢香。那份悠然自得使刘世荣羡慕不已，他咽了口唾沫，心中暗自畅想道，有朝一日，老子要能这样喝上一顿酒，也不枉来这人世一遭啊。

他终于听到张老二说话了，但是——我张老二从在这里挂上招牌做生意那天起，就有一个宗旨，那就是到我店里来的顾客，我都会尽力满足，我可以把我自己家的酒给你匀一些，不过，价格要贵一点儿。原来的红苕酒卖九角五分钱一斤，现在得一块，你要买就掏钱，不买就走人。

那我买半斤！刘世荣一听就很激动，话说得很快，生怕说慢了人家就要反悔。

原来我以为要多少呢，就买半斤。张老二满是不屑地说。

张老二用半斤的酒提给他打了半斤酒。

请问雪花膏多少钱？

三角。

请您给我来一盒雪花膏。

他把雪花膏接过来闻了闻，他好像又闻到了秦秀莲的香气。他把它揣进怀里，对张老二说，张同志，我最后还剩两角钱，请问您能不能把您的花生米给我卖上一角的？

当然可以嘛！这屋里有的东西，只要你买，我都可以卖给你！

嗨，我哪里买得起哟……

这一角钱我该卖给你多少花生米呢？

你随便吧。

这四十颗都是多的了，不过，这是年节，我给你数四十五颗吧！他说完，就小心地为刘世荣数了四十五颗花生米。数完之后，让刘世荣非得再数一遍。刘世荣说，你给我包好就行了，我就不数了。张老二就找了一张巴掌大小的草纸，把那四十五颗花生米小心地给包好，递到他手上。

有了这三样东西，他觉得生活又变踏实了。

他找了个向阳的、没人看见的草垛躺下来，让太阳暖暖地晒着他。然后，他学着张老二的样儿，捏起一颗花生米，在嘴里悠悠地嚼着，好像要把它的每一丝香气都品味出来。然后，他又学着张老二的样儿，嘬上一小口酒，品味着每一星酒味。在这里，他可以看到别人那些掩映在慈竹后面的房子屋脊，还可以看到从黑瓦间漫出来的蓝色的炊烟。他又把那盒雪花膏摸出来闻了闻。

看到太阳偏西、霜风吹起来的时候，他觉得自己可以往家里走了。他准备在今天晚上悄悄摸回自己家里，待到正月初四再出来，那时就没人知道他是正月初二回来的了。

过了几水河，天就黑透了，他回到自己住的地方，好多人家都已经吹灯睡觉了。山乡一片寂静，只能偶尔听见几声狗叫。

开了门，一股清冷的气息迎面扑来。他没有点灯，他把哈哈婶借给他的衣服叠起放好，喝了一瓢凉水，觉得自己困倦极了，身子一挨到床上，就呼呼睡着了。

醒来的时候，太阳已升得很高，无数道光线从房子的无数孔隙中射进来，可以看到空气中飞扬的尘土。他躺在床上，觉得身子轻快，而心却空落落的，没有边际，没有任何可以把它支撑起来的东西。

他不想动，一直在床上躺到下午才爬起来。他啃了几个年前洗好的生红苕，填了肚子，又躺到床上去了。他望着屋顶，觉得脑子有些重，有些昏沉，脑子里好像什么都没有想，又好像被什么东西塞满了。他就那样迷迷糊糊似睡非睡、似醒非醒地躺着，好不容易熬到了初四那天中午，他觉得可以烧火做饭了，就把锅洗了，放了两瓢水，点了柴火，看水快开了，就准备放半碗米进去。不想揭开米缸，才发现里面只剩下一碗米了，而他记得，年前里面至少是有五碗米的。他又到处看了看，发现还丢了些别的东西：他的口粮——三十多斤谷子，二十多斤苞谷和苕窖里的五十多斤红薯——都被人拿走了多半，还有生产队送给他的，他用盐、辣椒面、花椒、八角腌好的半叶牛肺，那副费了他很大劲才收拾干净的牛小肠也都被切走了一半——总归还给他剩了一些东西。他便想到，看来这人心肠还不错的，他是不忍心让我过不了这个年啊。他来到门后，竟然看到那人用木炭留下了一段顺口溜——

家里人口太多，
这个年关难过。
无奈取你吃食，
因你光棍一个。
一旦年岁好转，
还你白米一箩。

他一边读着，一边忍不住哈哈大笑起来。笑完了，就说，看来，你老哥也真是被逼得没有办法了才这样做的啊。他原想做干饭的，现在只能熬粥喝了。他抓了一小把米，洗了几根红薯放进锅里。

他家的烟冒了没多久，邻居们就来了，无非是想打听他这个亲走得怎么样，年内能不能把婚结了之类的消息。

他回答得虚虚实实，听了他的回答，他们就走了，其他的人也就不用来了，他们会把话传开去，自然会传得添油加醋、走样变形，但那是没有人能管得了的啦。

他没有看到秦秀莲，只看到了牛牛，别人都走了，他还站在那里。他就抱起他，说，叔叔没有什么好吃的给你，只有一点儿花生米。他说着，把剩下的二十多粒花生米从衣服口袋里掏出来，放在了牛牛手上。

多谢荣叔叔！

好孩子，不用谢。你娘呢？

她在家里给奶奶熬药，奶奶昨天晚上病了。

病得厉害吗？

病得下不了床了。

哦，走吧，带我去看看你奶奶。说完，又对牛牛说，你吃点儿花生米吧，可香可香了。

我不吃，我要拿回去，先给奶奶吃，再给娘和弟弟妹妹吃。

刘世荣听了牛牛的话，鼻子一酸，眼泪差点儿流了出来。他返回身去，把那剩下的牛肺和牛小肠都拿上了，说，回去让你妈妈给你煮了吃。

荣叔叔，你自己留着吃吧。

告诉牛牛啊，叔叔去走亲戚，吃了好多好吃的东西，现在吃不下了。

那我也快点儿长大，也去开个亲，也就有好吃的了。

刘世荣笑了，说，就是啊。

才走到屋角，牛牛就喊道，娘，荣叔叔回来了，他来看奶奶了。

秦秀莲正在灶前烧火熬药，听到牛牛的话，忙用手拢了一下有些零乱的头发，拍了拍落在身上的柴火灰，迎了出来。

世荣哥啊，怎么没有多耍几天再回来啊？

今天都初四了，该回来了。听说婶子病了，我来看看。

娘昨天晚上突然就病了。

是啥病呢？

我请了公社卫生院的吴医生来看了，他也拿不准，让先把他开的药喝了，如果没啥效果，就得送到公社卫生院去住院。

他把牛肺和牛小肠塞到秦秀莲手上，说，老人病了，也没啥东西，的确是不好意思啊……

你看你，你自己留着吃吧……

你不要嫌弃就好了，你没看到，我只给你切了一点儿，我自己还留着一些呢。你放心吧，我收拾得很干净的。

我真的不知道怎么谢你了……

那就不用说谢了。他说完，来到婶子床前。老人的脸上没有一丝血色。她一边伸出干枯的、颤抖的手来，一边用嘶哑的声音问道，世……世荣回来了？

婶子，我回来了。

哎……你看我把我家秀莲拖累的，这年都没有让她过好啊。我这种啥用没有的人，要是……要是能死了多好啊。

婶子啊，您不要这样说啊，您身子好着呢，一点儿小病，很快就会好的。

我一个瞎子，好了也只是拖累人啊……

这时，牛牛把一粒花生米塞到他奶奶嘴里，说，奶奶，这是荣叔叔给我的，您先吃。

真是个……孝顺的孙儿……她把那粒花生米在嘴里含着。牛牛又要给她喂时，她紧闭了嘴，说，乖孙子，够了。

他又给他娘喂，他娘也只尝了一颗。他就把剩下的分给他的弟妹了。刘世荣就说，这孩子真懂事啊，长大了一定会有出息的。

他们又说了些话，老人就让秦秀莲去做点儿饭，她想留世荣在这里吃饭。秦秀莲也挽留他。他也觉得疲惫的秦秀莲现在需要他陪一陪，客气了一番，也就留下了。

秦秀莲到厨房里忙碌去了。他坐在婶子的床头，又陪她说了些话，婶子便昏沉睡去。他在心里叹息了一声，来到正在削土豆的秦秀莲身边。

你这次去给你岳父拜年，也不说这个年拜得怎么样，我总觉得不对劲呢。秦秀莲关切地对他说。

没啥事的，真没啥事的。

你可哄不了我。

我哄你干啥呢？我去的当天中午是岳父待客，坐了三桌，晚上和初二中午分别是对象的大爹和幺爹待客，初二晚上和初三又是岳父待客，我觉得差不多了，今天吃了早饭才决意要走的。我怕我待久了，酒瘾一犯，管不住自己，丢人现眼。

哦，看来你还是有心眼儿的。她相信他的话了。

他摸了摸怀里那瓶雪花膏，想递给秦秀莲，却没有勇气。

他的心跳得像擂鼓，脸烫得像着了火，怕秦秀莲看见，转身想避开，不想已被秦秀莲看见了，她半开玩笑地说，看你脸红得像猴子屁股一样，有啥见不得人的事啊？

嘿，你说的是啥子话哟，谁脸红了？都是灶里的柴火映的。他的脸更红了。

秦秀莲笑了。你又没有在灶膛前，难道那灶膛里的火能拐了弯出来映照你的脸？

我……我给你带了一件东西……他说着，便把雪花膏塞到秦秀莲手里。

妹子，你原来这双手可不是这样子的，我今天过几水场，顺便买的，你擦擦手。我中午做的饭还没有吃完，就不在这里吃饭了。他说完，就转身走了。

她把那瓶雪花膏握在手里，瓶子还有暖意，她这才想起，自从丈夫死后，她就没有再用过这种奢侈的东西了。她揭开瓶盖，深深地吸了一口它的香气，泪水便哗哗地流了下来。

秦秀莲看见他已到了屋角，像一个做了坏事、要匆忙逃走的孩子，身影转眼便消失在了冬青树丛的后面。

十二

到了正月初十，秦秀莲的公婆就不行了，她来找刘世荣帮忙，要把她公婆抬到公社卫生院去治疗。刘世荣做了一副滑竿，和周哑巴一起抬着赵婶子往卫生院跑去，秦秀莲则领着两个大一点儿的孩子、背着最小的那个孩子跟在后面。

赵婶子一苏醒过来，就在滑竿上哭，求刘世荣把她抬回去，不要让秦秀莲花钱来救她这个没用的瞎婆子。

卫生院在几水场的东头。自从李金泉在这里死后，秦秀莲就很少到这里来过。

一个戴着黑框眼镜的医生给老人检查后，说要让她住院治疗，还有可能要做手术，让秦秀莲去交钱。秦秀莲求医生先让她公婆住下，她马上就去筹钱。

医生答应了，让她先去筹钱。

秦秀莲跑了好几天，把所有亲戚、熟人家都跑了，人跑瘦了一圈，才借了不到十块钱。那个时候，很少有人有余钱，即使有，哪个又肯把钱借给一个拖儿带女的寡妇呢？

刘世荣看在眼里，痛在心上。他决定帮助她。

大队书记一直想买他家那张雕花木床，但那张床是他祖上留下来的，他一直没有答应卖。这次，刘世荣找上门去，说自己要卖那张床了。

书记有些不相信，说，你真是个败家子啊！你是不是酒瘾又犯了？你不是都开亲了吗？你不久就要办婚事的，你把床卖了，你和你媳妇到时睡地上啊?!

他只好撒谎，说，我卖这床，就是要凑钱去给聘礼的。

那你是说，你要卖床娶媳妇啊？我可没有听说过！

书记啊，这你就不要管了。我先把媳妇弄到手，床以后再做嘛。

那我就买了！你说多少钱吗？

三十五块，还是你原来说的价。

原来是我要买你不卖，我出价当然高，现在是你找上门来，我最多给你三十二块。

刘世荣同意了。

书记家刚好有很多来拜年的亲戚，他也就利用他们，当天下午就把床抬走了。

刘世荣把钱拿到手上，就给秦秀莲送去了。谁也不会相信他卖床是为了解秦秀莲之难。当秦秀莲知道那钱是他卖床所得，瞪大了眼睛，死活也不肯收。

他说，你先给婶子看病吧，我光棍一条，那么好的床睡着也没意思。

秦秀莲啥话也说不出来，她扑通一声给刘世荣跪下了。

他赶忙把她拉起来，说，妹子啊，你这不是折杀我吗？快起来到卫生院去给婶子治病吧，这乡里人言杂得很，这件事你我晓得就行了，不要给别人说起。

她抹了一把泪，哽咽着，转身走了。

他看着她动人的背影快步远去，看见她脑袋后面的发髻又黑又沉，在太阳里闪着薄薄的光。

能帮助秦秀莲，他感到心情很好，在这样的时候，他就想喝上两杯。但现在，他身无分文，家里可以用来换酒的口粮又被人“借”走了。何况，现在正是年节后的春荒时节，好多人家都在想办法填肚子，哪里还有毫厘余钱去买酒喝呢？就是酒厂和场上的店铺，这个时节也不生产酒和卖酒。所以每年这个时节，都是他最难过的时候。

秦秀莲的公婆在公社卫生院住下后，吃了些药，病情并没见好转。昨天，卫生院的医生要她转到县医院去治疗。她嘴里答应了，说过完小年就去。小年那天中午，她说她想吃碗红糖汤圆，秦秀莲就去给她买了一碗，是“几水张”做的，味道很好，一碗有二十个，她给儿媳分了一半。吃完后，她很高兴，和秦秀莲说了很多话，说，莲儿啊，我拖累你了，耽误你了，有了合适的人，你就嫁过去。

秦秀莲说，我把你伺候好，把三个孩子养大成人就行了。

莲啊，现在孩子小，还省事一点儿，长大了，凭你一个人怎么行啊。你还这么年轻，你如果不带着孩子，走出去就跟姑娘一样的。一个女人没个男人怜惜着，那是不行的。

娘，等以后再说吧。

我看刘世荣这小伙子还不错的，心肠好，有力气，也没啥拖累。他要是能少喝一点儿酒那就更好了。我看出来了，他对你也好，只是没有说出来。

他是个好人，但人家已经定了亲了。

她叹息了一声，说，也是啊，先不说这些了，你把我的话记在心里就行了。

娘，我会记住的。她有些羞涩地说。

莲啊，今天是小年，我要收拾得干净些。我要把脸啊、手啊、脚啊，都洗干净，还要换一身干净衣服。今天一过，这年就过去了。

公婆住进医院后，一直唉声叹气的，从没有这么喜庆过。所以，秦秀莲听她那么说，也挺高兴，为她洗了脸和手脚，换了衣服，就到医院的厨房里给她熬药去了。药刚刚熬开，医院里的那个吴医生就满医院叫秦秀莲的名字。她答应后，吴医生火急火燎地说，你快点儿去，你娘在医院门口被车撞死了！

秦秀莲的脑子一下就空白了，她冲到街上，看到一大群人围在那里，她公婆躺在地上，脸侧向一边，表情很平静，像是睡着了，初春中午的阳光照在她的脸上，给她的脸镀上了一层薄薄的金色。有一绺鲜红的血迹从她身子底下爬出来，像一条红色的蚂蟥一样在灰色的街面上缓缓地蠕动着。

她出现的那个瞬间，人们都停止了嘈杂。世界很庄重地停滞了一个短暂的瞬间，然后又轰地响起。秦秀莲跪在公婆的身边。街道的上面，一株已有些年岁的樱桃树开满了白花，微风吹过，有几片花瓣飘落在了她和她公婆的身上。

秦秀莲把她公婆抱在怀里，像抱着一个遭遇厄运的婴儿。

撞人的吉普车上坐着一个穿蓝中山装和三个穿灰中山装的

人，他们的脸拉得老长，没有任何表情。那个年纪稍大的穿灰中山装的人下了车，一看就是个干部。他问她是死难者的什么人？吴医生替她回答了。那人用沉重的声调说，老乡啊，这是意外，真是对不起了，我们已叫人来当场解决这个不幸的事情。

不一会儿，公社的牛书记就小跑到了吉普车跟前，他脸上老远就堆上了一层层的笑，向那个年纪稍大的灰中山装不停地哈着腰。然后，那个灰中山装给他交代了一些话，只见他不停地点头，目送着吉普车开走了。

牛书记一直向吉普车扬起的灰尘挥手，直到看不见车影了，才转过身来，挺直了腰，把手往后一背，露出当官的威严来。有人赶紧给他递上烟，点上。他悠然地抽了一口，才看了一眼地上的死人，当他看见那血迹蠕动到了他的脚边，慌忙跳开了。

牛书记认出了秦秀莲，他愣了一下，连忙过来安慰了她几句。他叫人把她公婆抬到了卫生院，然后对秦秀莲说，这是个谁也不愿看到的意外，双方都有责任的，你娘眼睛看不见，就不该让她到街上去；当然，责任主要在他们。他接着说，刚才那个人是副县长，这个事情发生后，他很难过，他想留下来亲自处理这件事，但他要赶去开会，所以委托我来全权处理。副县长已经指示了，老人的后事由公社来负责。这样吧，给老人二十块钱安葬费，另外再给你十元抚恤金，你有没有什么意见？

秦秀莲摇了摇头。她一句话也不想和他说。

牛书记叫公社的会计拿了三十元钱给秦秀莲。她签了字。

秦秀莲到合作社给老人买了一块布，让裁缝张驼背赶制了一身新衣服，到卫生院给她换上，然后请刘世荣和周哑巴把她抬了回来。

第二天，秦秀莲免不了要去报丧、砍树、做棺木、准备丧礼需要的东西。刘世荣一直都在跑前跑后地忙碌。他在这个丧礼上没有喝一口酒，这是他第二次这么做。这使很多人都感到惊奇。这时，他在赵家碥因喝酒误了亲事的事已经传了过来，人们便以为他要戒酒了，要痛改前非了。刘世荣当然也希望自己能那么去做，但他无论如何也做不到。

十三

接下来三年，儿水出现了天灾。第一年大旱，旱得儿水都干了，锣山上的树木都枯死了，原来还可以采些野菜、剥些树皮，挖些米根、葛根回去加工后充饥的，没想一场大火呼啦啦一过，就把锣山烧成了秃山。据老人们说，这样的旱情，他们从来没有听说过。后来有人去查过县志，上面也没有记载过。

第二年发了场大水。去年那把火把锣山烧空了，大队就组织人把稍微平坦一点儿的地方，都开了荒，种上荞麦和玉米，想着能吃上饱饭。荞麦和玉米不用施肥，都长得满山油绿，十分喜人。不想到了五月，连天暴雨，整整下了九天九夜，把山上新垦的荒地洗刷得一干二净不说，泥石流把山下的熟田熟地和房屋也掩埋了不少。全大队被洪水冲走的，被泥石流掩埋了五十七人，差不多三分之一的房屋被冲垮了。整个几水被这场洪水折腾得像从地狱里翻出来的。

第三年地震。那场地震把刚从地狱里翻出来的几水又折腾回了地狱里。除了好多老式的木架房子还残破地保留了一些，土墙房子都被毁掉了，好多人都住进了茅草搭成的简易窝棚里。

秦秀莲的房子没有了，三个孩子只有牛牛存活了下来，女儿在地震中被压死了，小儿子死于天灾后的瘟疫。刘世荣的两间房子只剩下了西边的半堵墙壁，他也住在茅草窝棚里。

说起来很多人都不相信，刘世荣在那三年灾荒中竟然还喝到了酒。

据说这是因为他跟一个姓罗的瞎子学会了一门法术——他只要嘴里含一根竹管，念动咒语，就能够凭空喝到酒。

发生泥石流的那一年，锣山来了一个姓罗的外地人，因是个瞎子，人们就叫他“罗瞎子”。说他是外地人，其实也就是两百里之外的李家坪人，据说那里旱得石头都开裂了，政府已救济不过来，那里的人开头出去逃荒，政府还阻止，后来也就默许了。他就逃到了锣山。他是个瞎子，也是个孤人，开头还和他哥哥的儿子——也就是他的侄子同行。他侄子开始也是贪他年老且瞎，会博得更多人怜悯，容易填饱肚子；更主要的是，他有些法术，迫不得已的时候，可以卖弄一番，糊口活命。不想，这个能掐会算的人逃荒逃错了方向，从一个灾区逃到了另一个灾区，他侄儿嫌他拖累，把他扔在这里，奔另一个方向找活路去了。

罗瞎子能算命，会捉鬼，然而那个时候，人们命都难活，还算什么命，捉什么鬼呢？但这里人心不古，大队支书新修的一个三合院十一间房子加上猪牛圈全被洪水荡走了，只留下了从刘世荣那里买去的那张木床。罗瞎子来到他管理的地界，他还是操心了，安排他住在刘世荣的窝棚里，说他到了谁家，有吃的就给他一口饭吃，没吃的就给一口水喝，不能让他一个外地人在锣山饿死了。

支书的话让罗瞎子很感动，他说这里的人肯定会有大福报的。

开头也的确有人给他饭吃，但每家每户给上一两次也就不给了，只有刘世荣一直待他如长辈一般。刘世荣一人吃饱，全家不愁。他要糊口显然比那些上有老、下有小的人家容易得多。现在，供养了这个老人虽然使他拮据了一些，但还是能应付的。一到灾荒年，人的饭量反而大，他一顿可以吃掉八九斤红苕；几乎能吃的东西——蕨粉、葛根粉、米糠、麦麸、苕藤、南瓜叶、洋芋苗，各种野菜，甚至草根、树皮——人们吃起来都很有滋味，蛇、老鼠、泥鳅、黄鳝这些东西几水人原来都是不吃的，现在都被捉来吃掉了。那时候的老鼠真多，又大又肥，刘世荣很会捕捉，常常捉了来吃，他说那味道比鸡肉还要鲜美。

刘世荣捕的多是山鼠，如果吃不了，他把山鼠剥皮后，会抹上些盐，用自己采来的陈皮、八角腌上，用松柏枝熏上几天，那肉就会变得红亮好看，腥味也就去了很多，这样的肉他会给秦秀莲送上一些。

自从母亲去世后，刘世荣家就很少待过客人，所以，罗瞎子刚住到他家的时候，他觉得应该招待一下他，就在火上烤了四只山鼠，说，老辈子啊，没啥招待你，就一点儿山珍，你不要嫌弃啊！

罗瞎子闻到肉香时，就很吃惊了——说句实在话，他差不多有半年没有闻到过肉味了。他的胃发出了一阵刺耳的鸣响，尖利的喉结在瘦长的脖子上急剧地上下滑动着。他毫不掩饰——也难以掩饰——自己那副馋涎欲滴的样子。

你……你家还有这么香的肉吃啊！他因为惊奇，说话都结巴了。

这荒年里没有什么东西招待你，真是不好意思得很！这是我搞的一点儿野味，你尝一尝，看味道咋样？说完，把一只烤好的老鼠递到他手里。

罗瞎子抑制住疯狂的胃口，先把肉拿到鼻子跟前闻了闻，由衷地赞叹道，呵，真香啊！他知道这些东西在荒年里是很稀少的，所以吃得很小心，连骨头也舍不得吐。他一边吃，一边还在不停地赞叹。他把一只老鼠咀嚼了一半，问道，这肉这么香，是野鸡肉吧？

这是山鼠肉。

山鼠肉我可是第一次吃，没想到这么香啊！

越是荒年，这东西越多，锣山人肠胃清净，平时是吃不下这些东西的，灾荒年没有办法，填填肚子，解解馋。

真是好东西啊！罗瞎子感动得眼圈都红了，拍着刘世荣的肩膀，说，我孤身一人，没有子嗣，如果你不嫌弃我又老又瞎，愿意拜寄给我，我愿认你做我的义子。

刘世荣知道在这灾荒年认一个义父意味着什么，但他还是爽快地答应了。罗瞎子高兴得手舞足蹈的，说，那你从现在起，就得叫我干爹了。

那是当然的。只是拜您为义父，该给您敬杯酒，只是这荒年，酒味都闻不到啊！

罗瞎子笑了笑，问他，你想不想今天大醉一场啊？

不瞒您老说，我这人一生就喜欢喝酒，可是，现在我实在是搞不到酒了。

你想喝就好办，我会一种法术，如果你愿意学，我就教你，从此以后你就不会缺酒喝了。

真有这样的好事？他以为罗瞎子开玩笑。

你去把纸笔找来，我把咒语画出来，你只需看过一眼，我就会让它印在你的脑子里，到时，你只要想用就可以用了。

没有纸和笔，刘世荣就给罗瞎子找了一块木板，一块木炭。罗瞎子摸索着在木板上画了一个复杂的符号，嘴巴嚅动了一阵，说，现在，你过来，我给你悄悄说。刘世荣附耳上去，罗瞎子把咒语告诉了他，然后让他找了两根细竹管来，各自含了一根在嘴里，念动咒语，他嘴里果然就源源不断地流进一股酒来。

果真是酒！还是好酒！真是神奇啊！

咒语一念，你要喝酒就跟在瓶子里吸水一样简单。你知道我们现在喝的是哪里的酒吗？是县国营酒厂里刚刚酿出来的真正的“烧老二”酒！——现在，全县也就那个酒厂还在烤酒。

这个法术我是太需要了，老辈子，哦，干爹，您还可以教我一些别的法术吗？

不能教你了，因为这些法术大多损人害人，用多了是要遭报应的。我现在无儿无女，就是报应，所以，就是我教你的这招，你也不能随便用，更不能给外人说，你可要记住。

我记住了。刘世荣略微有些失望。

那一天，两人就那样含着一根竹管，对着虚空喝醉了。

后来，他俩又那样喝过两场酒，一场是当年过年的时候，是刘世荣想醉一场；一场是罗瞎子过七十八岁寿诞的时候，他自己提出来要喝的。刘世荣当然也偷偷地喝过几次，但都没有敢喝醉。

罗瞎子跟着刘世荣过到第二年，突然就失踪了——他是在那场地震中失踪的，过了二十多天，人们才把他刨出来。

刘世荣去找支书，希望大队出钱安葬罗瞎子。但支书说，这个瞎子老头如果在这里没有亲戚，大队出面安葬他也是可以的。但现在，你拜寄给他了，你就是他的儿子了，父死子埋，这一切就得你负责了。这是规矩，不能坏了。

刘世荣一听，傻眼了。支书说得很有道理，他也就无话可说了。

支书见他那副样子，有些不忍心了，就安慰他说，这灾荒年，人也死得多了，人命不值钱了，哪个死了不是用个草席一裹，埋了了事？他毕竟不是你的亲生父亲，你在灾荒年赡养、照顾他一年多，已是仁至义尽了，所以你也不要为难。

支书说的倒是实话。但刘世荣认为，这个人毕竟是他的干爹，他不忍心那样做。于是，他就把那仅有的半堵板壁拆了，给罗瞎子钉了一具棺木，还给他举办了一个简单的葬礼，才把他安葬了。

十四

灾荒年终于过去了，几水在缓慢地恢复着生机，留在人们心里不幸的阴云没有变淡，反而变浓了。他们现在终于有精力怀念亲人，体味那些不幸了。不幸无疑是过去时光中最刻骨铭心的记忆，它激励着几水的人生生不息。媒婆又开始去给人提亲了，又有人嫁女娶媳妇了，又有人生育儿女了，人们的脑子也好像清醒过来了。有些以前不可能发生的事情终于发生了——锣山的土地承包到户，每家每户都分到了土地。

秦秀莲和很多人一样，被灾荒摧残得老了许多。但她像一棵遭遇了干旱的禾苗，遇到雨水，又活过来了，又水灵起来了。

人们以从来没有过的热情投入自己的一亩三分地里，太阳还没有出来就到地里去了，太阳下山后还舍不得回来。有嚼头的事情少了，日子一下平淡了许多。

在几水，那两年最有说头的事情都和牛书记有关。一件事是一九七八年冬天，他老婆不知道为什么自杀了。他老婆是个本分的乡下女人，开头在农村种地，后来牛书记想办法，让她到公社食堂煮饭，算是个领工资的人。但到食堂才干五年半，就在公社旁边一棵油桐树上上吊，寻了短见。他把老婆埋到土里不久，自己也下台了。他的脸面自然暗淡了不少日子。但他很快就有了新的想法。他弄了个酒厂，开始酿酒。他的名字叫牛南山，就给酒厂取名“牛南山酿酒厂”。他在几水场本来是有房子的，但他说锣山的风水好，就把酒厂办到了锣山。反正没过多久，他的酒厂就酿出酒来了。锣山的空气里，从此以后也就多了一股酒糟的味道。这味儿对于别人没有什么，但对刘世荣的刺激就太大了。他原来闻不到酒香，有时还能忘掉喝酒，现在，那酒厂散发出来的味道时时勾着他的酒瘾，这等于是在勾他的魂。

说句实在话，刘世荣还是喜欢吃大锅饭的时候，那时候凭工分吃饭，他一个壮劳力，活得还算滋润。土地下户后，他一口人，只能分两亩田地，自己要喂耕牛、要置办全套农具，五谷杂粮、各种蔬菜他都得自己种才能吃到。别人两年下来，谷仓都满了，但他还是只能吃饱肚子，并没有多少节余。这里有了酒厂之后，他用粮食去换酒喝，很快就把粮食喝光了。

他没有办法，只好重新使用他干爹教给他的法术。他这法术一使用，牛南山酒厂那原本流得像山泉水一样欢畅的好酒，就流慢了。牛南山用原先一样多的粮食，酿出的酒总会少个三五斤。

牛南山深感奇怪，急得抓耳挠腮，却不知道是什么原因。刘世荣认为这个牛南山就是曾经害得王赤脚、秦秀莲家破人亡的人，心想这样也算是惩罚他了，所以也不会有什么顾惜。他躺在家里，想细品酒味时就叼一根麦秆，慢慢斟酌；想开怀畅饮时，就嘴含一管竹筒，哗哗地往嘴里灌。他常常酩酊大醉，感觉自己就像神仙一样。

秦秀莲也只有两个人的田地，加之要供牛牛上学，即使她再勤劳，会操持，日子过起来也还是有些困难。

有一天，秦秀莲走在古老的官道上往北望的时候，突然想起了王晓军。她这才发现，她已有好久没有想起过他了。她的泪水一下涌了出来。她在心里说，晓军啊，不知道你是不是还活在人世上，你看啊，为了过这苦日子，我竟然把你忘了！但她心里猜测，这个人肯定不在人世上了。即使这样，她也会一辈子牵挂他。她只能做到这些了。

她也多次暗自想过，这个世上，如果王晓军不在了，她如果再嫁人，只会选择刘世荣，其他人她是不会考虑的。她知道，如果没有刘世荣，她是挺不到今天的。除了那三个大灾荒年，刘世荣每年都会给她送一盒雪花膏，那些雪花膏她都用了，她把每个瓶子都珍藏着。

自从牛南山来到锣山后，秦秀莲总觉得身后有一双眼睛盯着她。她本来是该恨他的，但她却恨不起来。他五十多岁了，原本是个趾高气扬、作威作福的人，自从下台后，头发就白了，人也变得谦卑了，见了谁都会赔上笑脸。原来他身上总带着一股香皂味，现在已变成了酒糟味。他的酒厂酿出酒后不久，他就专门提了两瓶酒，来看望她，说了很多歉意的话。秦秀莲心就软了，说，要说不恨你，我三个亲人的死都和你有关；要说恨你，我已没有这个心力了，你现在也是个要活命的人。

从那以后，牛南山对她就格外热情。有天下午，他提着两瓶酒，不知怎么摸到了秦秀莲家，借故要找水喝。秦秀莲很客气地给他端了一碗茶。他喝着，就在院坝里的板凳上坐下了，东一句西一句地闲扯起来，就像屁股上坠了块石头，好半天起不了身。秦秀莲碍于情面，也不好赶他。他说，秀莲妹子，我一到锣山，就想起原先在你家喝酒的情形。

牛厂长只记得起喝酒的情形了，好像其他的事情都忘掉了。

也不是的，那个时候，我是公社的领导，什么事情都得听上面的。你也不能把所有的过错都推到我一个人身上。我对金泉兄弟一直抱歉得很，他是个太较真的人，一听说自己的账目有问题，一想自己贪污了，就想不开了，最后寻了短见。其实那个时候，我们公社都还没有下结论呢。

人都走了这么多年了，说这些还有什么用呢？我一个寡妇人家，天也不早了，你该走了。

我马上就走，我是想告诉你，我之所以把酒厂办到锣山来，就是看能否有个机会照顾你们母子，也还一些我心里的债。这两瓶酒你留下尝尝，以后有需要我帮助的地方，你尽管说。

多谢你的好意，我这里没有需要你帮助的，请把你的东西拿走！

牛厂长很没趣地提着两瓶酒走了。

这一切刚好被刘世荣看在眼里。他终于知道这个家伙把酒厂办到锣山来的原因了，他原来是想打秦秀莲的主意。他觉得这个人真是太无耻了。他一气之下，回到家里，含上竹管，念动咒语，把牛南山酒厂里的酒又痛饮了一番，方解了心头之恨。

牛牛这年考上了初中，需要到几水场住校。秦秀莲一下子就感到吃力了。这时，牛南山拎着两瓶酒，找到哈哈婶，请她做媒，说他当了那么多年公社书记，现在又是酒厂厂长，每个月都能赚上百八十块钱，只要秦秀莲愿意嫁给他，他保证让她后半生吃香喝辣，无忧无虑地过日子；牛牛就是上学上到外国去，他也供得起。

哈哈婶的脸当时就拉下来了，说，这样缺德的媒我可做不了。

牛南山立马掏出十块钱来，说，在几水，谁不晓得你哈哈婶没有做不了的媒啊，谁不晓得你的嘴能把死的说活、活的说死啊！这媒你如果说成了，我以后还会感谢你的。

哈哈婶又眉开眼笑了，把钱飞快地抓在手里，说，你如果没有害过他们家的人呢，这倒是个好姻缘。当然，那个时候嘛，也不能全怪你。我去给你试试。不过，这个女人要下些功夫，她心里不只是装着王晓军，还装着刘世荣呢。

牛南山道了谢，又来到秦秀莲家，掏出五十块钱来，说，我听说牛牛考上初中了，我来祝贺一下，这是我的心意，你要收就收下，不收，你就把它当几张废纸，拿来引火。他把钱往桌子上一放，转身就走了。

秦秀莲正为孩子上学的费用焦心，这五十块钱无疑解了她的燃眉之急。她冲着牛南山的背影说，你的钱我先借着，等秋后卖了粮食，我就还给你。

刘世荣知道秦秀莲在为牛牛的学费操心，他卖了一些粮食，又借了一点儿，凑了二十元，给秦秀莲送来了。秦秀莲没有收，她说，牛牛的学费钱已经够了，她便讲了牛南山到她这里来送钱的事。刘世荣听后，没有说什么。因为他知道，如果不是为了牛牛，秦秀莲是不会接受他的钱的。她不能不让孩子上学。他觉得自己应该想些办法。他很郁闷地回到家里，免不了又要借酒浇愁一番，把牛南山酒厂的酒干掉了一斤多，才昏昏沉沉地睡去。

十五

有一天，刘世荣在几水场的“张老二饭馆”喝酒，碰到

一个人也在他对面喝。两人都喝得有点儿闷，那人就和他搭话，他就给那人敬酒，一场酒下来，两人就熟了。那人告诉刘世荣说大巴山要修到陕西去的公路，他是包工头，他到几水就是来招兵买马的，说他如果愿意，可以叫一些人跟他到大巴山里去修公路挣钱。刘世荣回去跟很多人说了，但弄到最后，只有陈木匠愿意和他一起去。

临走的时候，刘世荣去跟秦秀莲道别。他说，莲妹子，我要到大巴山里去修公路挣钱。我那点儿田地，我就是把它种得像花园一样，也侍弄不出个啥名堂，这田地就送给你种吧。我如果挣到了钱，牛牛的学费你就不要操心了。

你还是先给自己娶个媳妇吧！我听说了，那里山高路远，你要注意自己的身子。你的田地我帮你照管着，到时候粮食收获了，我一颗不少地给你留着。

我娶媳妇的事，到时再说吧，我出去就得弄出一点儿名堂。我那天在几水场喝酒的时候，一个人告诉我说，现在时代已经变了……我觉得他说得对。

秦秀莲认同地点了点头，嘱咐道，世荣哥，在家千日好，出门一时难。你处处都要留意些，吃饱穿暖，要少喝点儿酒。

刘世荣点了点头。

刘世荣在锣山的时候，秦秀莲没有什么感觉，没想他走后，她就牵肠挂肚起来。她总会情不自禁地想起他。但这个人出去快一年了，却连个音信也没有。

这期间，哈哈婶来找过秦秀莲，也说了牛南山的意思，被她一口回绝了。哈哈婶也不给牛南山说，只说自己给秦秀莲讲了，骗他说那个女人有些动心了。

牛南山道了谢，又塞给哈哈婶两斤酒，几块钱，拜托她再费些功工夫。

当年年关前，刘世荣和陈木匠回来了。他们都穿着离开锣山时的那身衣服，只是更加破烂了，胡子拉碴、蓬头垢面的，刘世荣的左手还用一根发黑的绷带吊着，开始她以为他们是叫花子。初看到刘世荣的时候，她差点儿认不出来了。

你……你的手咋了？

没啥，为了要工钱，跟包工头干了一架。

让我看看！她挽起他的衣袖，看到他手臂上有一道紫色的伤疤。

刘世荣回到家，看见他的窝棚还在，被秦秀莲打扫得很干净。他吃惊地说，我以为这窝棚早就垮了呢，原以为我回来之后连个落脚的地方都没有了。没想跟我走时一样，好像我就没有走过。

看来你压根儿就不晓得家里还有个莲妹子。

我真是不好意思回来，我原想挣到钱，就让你把牛南山的钱还了。但包工头太黑了，一年干到头了，那个狗×的说没有钱，气得我和他打了一架，总算给我们付了一点儿路费。他说着，眼圈都红了。

世荣哥，你不要难过，第一次出门，谁不上当受骗呢？你人平平安安地回来了就好！

多谢妹子的宽心话！他说完，就从贴身的地方拿出一瓶雪花膏，塞到她的手上，说，妹子，这是我过县城时买的，是新包装的，他们说，比原来的好。

雪花膏装在一个好看的乳白色的瓶子里，瓶子摸上去润润的，被他焐热了。

莲妹子，我先回去了。

晚饭就在我这里吃，我前几天刚杀了年猪。明天我称些粮食给你。你先歇一会儿，我这就做饭去。秦秀莲说完，就到灶屋里忙碌去了。

刘世荣感动得不行，就跑到屋角，背过身去，把缝在内裤里的钱取出来，要给秦秀莲。他把那钱朝空中抖了几抖，然后数了数，有五张二元的，还有七张一元的，另外就是几张毛票。这点儿钱他实在拿不出手，就把它重新装到了口袋里。

秦秀莲做了几个菜，还拿出来了一瓶“烧老二”酒。

你出了一趟远门，有没有遇到一个中意的妹子啊？

刘世荣嘿嘿笑了，说，我心里有人。

哦，原来世荣哥心里早就有人了，我怎么都不知道啊？你是多久把那人装到你心里面去的啊？不告诉别人，给妹子讲讲总可以吧。

现在还不行，以后再告诉你。过了一会儿，他不由得叹了一口气，接着说，我也有可能一辈子都不会跟你讲，装在心里面的人就该一辈子装在心里面。我喜欢那样。你不知道，把一个人在心里装久了，就跟窖了很多年的酒一样，一想起来都醉人呢。

秦秀莲好看地笑了笑，说，那你就把那人窖在心里吧！

十六

第二年，刘世荣还准备出门挣钱，他发誓一定要挣到钱，让秦秀莲把牛南山的五十块钱还掉，然后把牛牛的学费挣到手。所以，他的手好后，想趁着农闲，把秦秀莲和自己的地都翻耕平整好，然后出门。

一年过去，牛南山的酒厂已初具规模，他雇了七个工人，附近几个场上的酒贩子都到他这里来批发酒了。他住在酒厂旁边新盖的一座三合院的大瓦房里，身体发福，肚子也挺了起来，又开始抬着头，背着手，像公社书记一样走路了。但他在秦秀莲面前还是那么殷勤。他注意到秦秀莲对刘世荣很好，他就更着急了。他担心秦秀莲脑子一热，就嫁给这个穷鬼了。他绞尽脑汁，终于想了一个办法。这个办法一出现在脑子里，他就得意得哈哈大笑起来。

正月末一个有些冷的上午，刘世荣挖了半天地，坐在地头，正想歇息一下，突然看见牛南山挺着肚皮向他走来。他老远就说，刘老弟啊，你把地翻这么深，是不是想种出金娃娃啊。刘世荣不想理他，只和他不冷不热地应酬了两句。

牛南山走近后，给刘世荣敬了一支纸烟，便在地头坐下来，一边吸烟，一边有一搭没一搭地闲扯。扯着扯着，牛南山就问道，刘老弟啊，回来这么久，怎么没见你到我那里买酒了，是不是酒量不行了?

在外头喝得少了，酒量还是没问题的。一说到酒，刘世荣就认真起来。

你喝了这么多年酒，晓不晓得自己有多大酒量啊?

这倒不知道，到现在为止，我最多的一次是喝过三斤多，当时是有些迷糊，但我还是走了十五里夜路，回到了家里。说个不谦虚的话，我觉得我喝上六七斤酒是没什么问题的。

我看你这酒量，就是喝上十斤也没问题!

如果这肚子能装得下，那是当然。

牛南山看他入套了，就“哈哈”大笑了几声，说，我记得你原来可不是一个说大话的人啊，现在怎么一开口就吹开牛了!你如果真能喝下，那就不是酒鬼而是酒神了。如果这样，哪天我拿我厂里最好的酒，请你好好喝上一场!

听到这话，刘世荣恨不得一抬屁股就到牛南山的酒厂去痛饮一番。这可是你说的话，你说话可得算数!

那我们打个赌!

赌什么?

赌酒!

这不公平，在这几水，谁不知道我刘世荣的酒量大?虽然你是开酒厂的，你的酒量肯定比不上我。

那就这样，我出五百块钱，你如果能喝下十斤酒，我赌给你五百块钱！你如果输了，就到我的酒厂去白干一年活！牛南山说完，狠狠地把手中的纸烟吸了一口，扔掉烟屁股，又给刘世荣递了一支。

五百块！刘世荣一听到这个数字，心里便想道，仅这一笔钱就足够牛牛把中学读完了。他马上答应下来，说，这个赌我打了！

要是出现了什么意外呢，比如说醉死了……

这跟你没有关系。

好，打赌之前我们可以签个生死状！我们都是站着尿尿的，谁也不准反悔！这个酒我要让你喝得体面，喝得排场。我到时要搭个台子，把全公社有脸面的人都请来，这些费用都是我出。我要让你刘世荣的酒名远播！我要让几水的人都来看看刘世荣是咋样喝酒的！我保证这个赌酒大会比我原来搞批斗大会时还要热闹。你要相信，我是有这个能力的！牛南山说到这里，脸上放光，激动得像个抒情诗人。

过了几天，几水的好多人都知道了这件事。这个消息一传开，整个几水都骚动起来了。自从土地分田到户，这样热闹的事情已很难碰上了。刚好又是农闲的时候，很多人都不愿失去这个看热闹的机会。

秦秀莲知道刘世荣为什么想赢这笔钱，她知道这个事后，劝了刘世荣好几回，刘世荣说他不可能反悔，男人说话是板上钉钉的。

赌酒的头天晚上，秦秀莲来到了刘世荣的窝棚里，她一见他就哭了。

刘世荣倒格外平静，像个即将去冲锋陷阵的将军。

和牛南山打下那个赌后，他不怕醉死，但怕自己的肚子装不了那么多酒，被酒撑死。为此，他特意备了十斤水，自己一碗接一碗喝了，肚子很撑，但都装进去了。他心里就有数了。最后，他又设计了这个酒的喝法，既然是在公开的场合，当着几水那么多人的面，仪态、姿势都得从容，节奏非常重要，这要根据酒在肚子里的反应。开头可以喝慢一些，然后速度加快，最后快到支撑不住的时候，不管还剩多少酒，都倒进肚子里再说。

刘世荣替秦秀莲擦眼泪，她的眼泪却越擦越多，好像一个泉眼。他安慰她，你不要担心，我不会有什么事，我会赢的。

秦秀莲抬起泪脸，说，你真是的，那可是十斤白酒啊，他牛南山是想要了你的命呢。

秀莲妹子，我是看中那五百块钱了，但我也想赢一把牛南山。

既然劝不住你，那你现在要好好休息，我明天早上给你送早饭来。天晚了，我要回去了。

刘世荣把她送到她的窝棚前。她回头看他的时候，他一直咧着嘴在笑。

秦秀莲回到家里，取了一根腊猪腿，把它剁成块；又取了一刀腊肉，切成坨，放了些香料，烧了青冈木炭火，在铁罐里炖好，才去睡了。到早上醒来，那铁罐里的肉已炖得香气四溢，入口即烂。然后，她把刘世荣叫来，给他舀了一大碗肉汤，说，你来趁热把它吃下去！

刘世荣把一大碗肉汤捧在手里，用鼻子贪婪地闻了好一会儿，但他把碗放下了，说，这肉汤真香啊！只可惜我的肚子要用来装酒，我要是把它喝下去，我就装不下那十斤酒了。

你绝不能空腹喝酒的，空腹在寒天里的露天操场上喝进十斤冷酒，即使不要你的命，也会把你废了。这肉汤你喝下去，可以保你一整天身子都暖和。

刘世荣听了她的话，埋头把一碗肉汤喝了。他觉得浑身舒坦，忍不住长长地舒了一口气，又眯着眼睛回味了一番，说，哎，我就是死也无憾了。

她连忙打住他的话，说，不要说这些不吉利的话，我还想着以后天天给你炖肉汤喝呢。

他避开她的眼神，说，有了这碗肉汤，我相信我一定会没事的。

十七

那天一大早，牛南山就在锣山小学的操场上，用课桌搭了一个三米的高台，高台上搭了一张铺了红布的八仙桌，桌子上摆着一副碗筷，一个白瓷酒杯。八仙桌的后面还有两排座位，第一排坐的是几水和锣山的长者，他们负责监督和评判，后面一排坐的是几水和附近乡场做白酒批发的商贩。他们的面前，放了几盘香肠、熏猪肝、猪头肉、豆腐干、炒胡豆之类的下酒小菜，也放了酒杯，使他们可以一边悠然品酒，一边看刘世荣喝酒。他还把锣山大队那套过去开大会使用的、已有好几年没有用过的高音喇叭和麦克风也搬出来了，高台的两侧还贴了一副十分醒目的大红对联——

酒壮英雄胆千杯也少

饭胀哈聋包①十碗不多

这对联是解放前教过私塾的周吉祥、外号叫“周子曰”的周老夫子拟就并书写的，它使现场气氛看上去热烈了不少。

太阳从东边升起来的时候，就有些发白，像一个甜米糕。很多人一大早就赶过来了，有些路远的，半夜就出发了。偌大个操场很快就挤满了人，而路上，还有很多人急匆匆地在往这里赶。在人们的印象中，锣山还从没有聚集过这么多的人，就是以前开群众大会，因为只限于本大队的社员参加，就是全部到齐了，也只有一千来人，而今天至少来了两千人。他们把那个特殊的高台围在了中间。

太阳升起约莫一丈多高的时候，东侧的人群自动地闪开了一条通道，嘈杂声猛然安静下来，所有人在瞬间凝固成了一个整体。但很快，聒噪声又像被捅了的马蜂窝，轰然而起，人群也像煅烧开了的铁水般骚动起来。

① 川北方言，傻瓜之意。

今天的主角刘世荣上场了，他内穿土白布衬衣，外穿一身半新的蓝华达呢中山服——脚蹬一双足有七成新的黄解放胶鞋，脸上挂着喝了肉汤后浮现出的满足而害羞的神色。他本是个脚步匆忙的人，但今天他有意放缓了脚步，看上去有些像电影里的慢镜头。他的身后跟着好几个半大小伙子，半大小伙子后面跟着一群毛头小子。

来啦，来啦，刘世荣来啦——人们压低了声音传递着这句话。他们的脑袋都随着他的步伐移动着，目光不约而同地追逐着他。他觉得这种感觉很好。

到了那座高台前，他有意一眼也不望它，好像它根本不存在。他径直走到那架木梯跟前，想用一连串很漂亮的动作噌噌噌地登上去，但他刚蹬到第三步，脚一滑，嘴巴就啃到了木梯上，来了个“狗啃梯”，差点儿把他的门牙磕掉了。下面的观众哄地笑了起来。他嘴里冒出一股咸味，知道嘴里出血了，但他忍着，把它咽进了肚子里。他想用很漂亮的动作登到高台上的愿望就这样断送了，心里难免懊悔，脸一下红了，低声骂了一句很难听的话，然后慌乱地、手脚并用地爬到了高台上。

牛南山请他在正中的桌子的上位坐下，然后对着高音喇叭讲了一些什么话，下面的人在他讲完后，欢呼了一阵。刘世荣还在为刚才不漂亮的上台难过，加之高音喇叭离他太近，牛南山开始讲的话他一句也没有听进去，只听进了满耳刺耳的噪音。

牛南山讲完后，把十瓶一斤装的上等烧酒提了上来，在刘世荣面前摆好，拿起一瓶，晃了晃，大声说，这是我牛南山酒厂生产的上等美酒几水纯粮液，县里的领导过去都喝国营酒厂的“烧老二”，现在都喝这种酒了。今天，我请在上面就座的各位长辈和我老弟刘世荣品尝！

刘世荣的心情已平静了一些，听了他的话，就在心里骂道，你个龟儿子真精啊，难怪你把那些酒贩子都请来了，原来是要利用赌酒顺带在这里为你家酒厂的酒做广告啊。

牛南山把酒放回到刘世荣的面前，他看到酒瓶里冒出来的一串串酒花，觉得那些酒花有了各种颜色，从自己的眼前铺排开去，铺满了几水的山水，每朵花都散发出幽幽的酒香，像几水的、弥漫着酒香的春天已经到来。他知道这是好酒，心里感到很是欢喜。

牛南山把一沓厚厚的、用写对联的红纸包好的、十元一张的钞票高高地举起来，说，这是五百元现金，我兄弟刘世荣今天如果把这十斤酒喝进了他的肚子里，这钱就属于他了！他说完后，把钱交给了最年长的公证人周老夫子。

下面的人群发出了一阵惊叹——那时候，很少有人一次见过这么多钱。

年届八十，头包黑色丝帕，留着一绺山羊胡子的周老夫子拿出一张纸，颤颤巍巍地走到麦克风前，清了清自己的老嗓子，文绉绉地、咬文嚼字地说，欣逢盛世，万民康乐。牛南山原系几水父母官，现为总经理，他致富有方，聚财有道，特备佳酿十斤，钱财五百，娱乐乡亲。自古诗酒乃雅者所好也，其留名者之多，不可胜数，侄孙刘世荣向以善饮闻名乡里，今特来挑战，欲饮尽十斤美酒，以饮者留名，真乃英雄豪气也。今在座长辈及来观看之各位乡亲做证，双方均属自愿，不得后悔，如有不测，责在自己。过去人证即可，今乃法制社会，特立字据，以清是非。现请挑战方签名——

周老夫子抑扬顿挫地说完，让刘世荣在一张纸上签了自己的名字。然后，牛南山便给刘世荣摆上了数样小菜，说，这酒你怎么喝自己决定，有什么要求就尽管说。

我没有什么要求了，给我另备三杯酒吧。

刘世荣望了一眼蠕动的蓝灰色的人群，人们都望着他。他想找到秦秀莲，但他不知道她被淹没在哪里了。他又望了一眼天空，天上翻卷着水墨一样的云团，太阳显得更加柔软。

牛南山另备了三杯酒，刘世荣用一杯酒敬了天地，又用一杯酒敬了父母，他端起剩下的一杯酒，上前敬了各位长辈，然后坐回自己的座位上，说，换大碗！

牛南山就把酒杯撤了，换上了一个青花白瓷海碗。

刘世荣斟了一碗酒。下面灰蓝色的人群一下安静了，好像是酒倒入碗里的好听的声音让他们安静的；酒的香气已经弥漫开来，每个人屏息都可以闻到。

刘世荣端起那碗酒，正要喝下去，却看见蓝灰色的人海里浮现出了一星红色，像一朵莲花慢慢开放。他看见是秦秀莲。她穿着蓝裤子，红底白花对襟棉袄。她在四五千只眼睛齐刷刷的注视下，径直爬到了高台上。她手里提着一个黑色的瓦罐，嘴里哈着热气，白净的脸上托着两朵红云，她比平时显得更加漂亮迷人。所有人都没有想到，这个女人会到现场来，会出现在高台上。

她脸上挂着淡淡的笑。她大方地向各位长者鞠了躬，又向下面的人群鞠了躬。然后把瓦罐放在桌上，对各位长者说，锣山的各位长辈子都晓得，自从我丈夫走后，刘世荣就像我的亲哥哥一样照顾我和我的孩子，为了表达我的一点儿谢意，我熬了一罐汤来，想请各位长辈和他在喝酒前先喝一碗热汤，天寒地冻的，好暖暖身子。她说完，就给每人盛了一碗。几个老人连夸她的汤熬得好。刘世荣没想到秦秀莲会到高台上来，他觉得，她这是在向整个几水的人宣布，她是他刘世荣的亲人。他又喝了一碗，觉得这汤更香、更热乎了。牛南山也喝了，他没有喝出一点儿滋味。

秦秀莲看着他们喝了汤，便提了瓦罐，下了高台。刘世荣目送她消失在了蓝灰色的人群里，然后端起酒，向各位长者示意了一下，慢慢地喝了一口，不由得赞叹道，真是好酒！他把碗里剩下的酒一饮而尽。

下面的一些男人被酒香刺激得直蹦跳。他们说，这个刘世荣真是有喝酒的命啊，有那么漂亮的小寡妇挂念着，他喝了热汤，吃了好酒，挣了大钱，出了名声，还显得像电影里面英勇就义的烈士一样。

就是啊，能这样，就是死了，又有什么呢？死得多舒坦啊，哪儿像我们，成天就像牛一样累着，累一辈子，最后还不死在犁沟里了事。

你有那个酒量你也去喝啊，那可是六十度的原酒！十斤酒喝不完，拿不到钱不说，还得到牛南山的酒厂白干一年活，搞不好，就把自己喝死了。

你真是个榆木脑壳！他们是在赌酒吗？你难道没有看出来？他们是在决斗，是在为刚才提着瓦罐到高台上去的那个寡妇决斗！

既然是决斗，那就应该是两个人面对面比着喝呀，为什么牛南山不上场？

人家出了五百元钱啊！还出了这酒！这些东西，谁能拿得出来？所以他就不用上场了！

他虽然出了五百块钱，但把自己的酒也宣传了！

就是嘛，所以说这人贼嘛，所以说无商不奸嘛！

看看看，快看！刘世荣已喝掉三瓶酒了，好像一点儿反应也没有。

人家如果没那个酒量，敢在这么多人面前摆场子吗？

各种各样的议论都在下面传播着。

刀子一样的风啸叫着，好像要下雪了。

站在前面的人已经看到刘世荣的额头在冒热气。但他依然端坐不动，他已经喝掉了五瓶酒。他感觉很舒服，他的身体里充满了暖意，像有一个春天已经苏醒，他变得轻盈，有一股微微的倦怠。他在心里感激着秦秀莲给他熬的热腾腾的肉汤。

天空中的云的墨色更浓了，太阳早已被云层覆盖。刘世荣看到了云层里隐藏的花朵，各种各样的、曾在几水开放过的花儿，现在变成了雪花，从天空飘落下来。他望着那些带着各种香味的花，不知不觉地就把两碗酒喝进了肚子里。

他已喝掉七瓶酒了，却还好好地端坐在那里！

人们发出了各种各样的赞叹声，嗡嗡的一片，像一群蜜蜂在蜂巢上蠕动，声音忽远忽近，但刘世荣听起来，却像仙乐一样美妙。那些已经枯瘦的山他是熟悉的，现在看上去却缥缈如仙境。这高台不知什么时候幻化成了一朵祥云，带着他在天宇间飘飞，那些长者都成了鹤发童颜、慈眉善目的仙人，和他站在同一朵祥云上；牛南山就站在他的身边，他披着一身鲜亮的盔甲，剑眉怒目，青脸阔嘴，一看便知是护卫天庭的凶神。有时候，那祥云飘飞得极快，使他感到眩晕，他看到自己吊在了祥云上，整个世界都在旋转。他喜欢那种感觉，甚至有些沉迷。他感到自己只想去那极远的地方，只想到九重天最高的一重。

他想跳跃翻腾，但总有一种声音在提醒他，要像端坐在莲台上的观音那样纹丝不动。他这么想的时候，果然就坐在了莲台上。莲花那细腻、纯洁、性感的花瓣上还带着清晨晶莹的露珠，莲花花蕊里鹅黄色的幽香缓缓地飘上来，沁人心脾。

正当他双目微合、面带微笑地陶醉在另一个天地里的时候，他听到了周老夫子那抑扬顿挫的声音，牛南山，你且看看，他坐在那里好久没动了，是不是不行了？

牛南山过来摇晃了他一下，他端坐不动。牛南山便一边摇晃，一边呼唤他，世荣老弟，世荣老弟……见他睁开了眼睛，牛南山长舒了一口气，小心翼翼地问道，你……还能喝吗?

刘世荣还沉浸在刚才的境界里，对这个把他拉回到现实中的人，他有些恼怒。他不想和他说话，只是点了点头。然后，自己把三瓶酒的瓶盖都拧开了。

刘世荣好像已坐惯了刚才的莲花，不习惯坐这长条凳了，他说，椅子。

牛南山就给他搬来了一个老旧的、发着暗红色彩的柏木太师椅。

从那美妙虚幻的境界里回来后，刘世荣羽毛一样轻盈的身体变得像生锈的秤砣一样沉重了。他觉得身子里面塞满了破铜烂铁，使他总想下坠，下坠到无底的深渊里去。他感到自己都移动不了自己的身体了，好像他就是一坨生锈的铁墩子。最后，在牛南山的帮助下，他总算坐到了椅子里，椅子安稳一些，他把身子靠在了椅背上。

还剩多少酒……没……没……喝?

三瓶，还剩三瓶呢！如果不舒服，你就不要喝了。

只有……只有三瓶了?我……我就是再喝三十瓶……都……都没事儿，我不喝，我不喝就……就输了，哪……哪有这么好的事儿?他说完，把一瓶酒拿起来，咕咚咕咚地直接喝进了肚子里。然后他把酒瓶朝高台下扔去，下面的人哄的一声闪开了，酒瓶哐地掉在了泥地上。

天上刮起了刀子一样的北风，泼墨一样的云团变成了浅灰色，雪花像夏天的暴雨一样降落下来，每一朵都又湿又沉，像一床床从冰水里捞起来又扔到人世间的棉絮。

周老夫子的酒已喝得微醺，看着铺天盖地的、突降的大雪，他仰起核桃壳一样的老脸，捋了捋下巴上几绺稀疏的山羊胡子，叹曰，瑞雪普降，真乃天公作美也！雪中畅饮，实太白之风度也！

第八瓶酒进了刘世荣的肚子后，他觉得浑身有些发冷，身下的大地在开裂，自己这坨生锈的铁在飞快地下坠。他觉得自己的身子已经不在了，飞散在那道深不见底的地缝里。只有两只眼睛还在那个高台上，各盯着剩下的一瓶酒。他的脑子在一个很远的地下的裂缝里提醒他，你要速战速决！

倒……倒酒！刘世荣指了一下碗。

他看到酒从酒瓶里咕嘟咕嘟吐到碗里的时候，快乐地痴笑起来。

一瓶酒刚好可以倒两碗，他连着喝了两碗酒。然后，他用手指点了一下剩下的那瓶酒，又点了一下自己的嘴，牛南山赶紧把那瓶酒放到他的手上。他用所有的力气攥住了那瓶酒，好像酒瓶都被他攥出了裂纹。他将酒瓶对着嘴，把酒倒进了自己的嘴里。然后，酒瓶“咣”地掉到了高台的木板上，他的头和手都无力地垂了下来。他微笑着，瘫在那把柏木椅子上。鹅毛大雪铺在他的身上，像给他盖了一床羽绒毛毯。

刘世荣一喝完酒，秦秀莲就抱着一床有芍药花和喜鹊的红布被面的被子出现了。刚才人们一直没有见到她，她像是从空气中突然现身的。她抱着那床红被子，冒着风雪，蹚开人海，向高台走来。她的身上披着雪，她嘴里喷出的白色气息很急。她没有跑，但她的步子移动得很快，像在竞走，她爬上高台，把刘世荣裹了起来。

几个长者都凑在刘世荣身边，看着这个不省人事的人，像在研究一件古董。他们既兴奋又担心：兴奋的是，这个后生真喝进去了十斤酒，从此几水肯定会因他而名声远扬；担心的是，他是不是会有危险——下面的观众都认为这家伙肯定已经醉死了，就是不死，恐怕也是个废人了。

这时，“朱赤脚”背着药箱很及时地出现了。他拿出一件闪亮的器具在刘世荣的胸口比画了一番，松了一口气，抹了一把脸上的雪，小声对牛南山说，你输了！牛南山笑了笑，说，我输不了，我要把酒厂的规模扩大了。

朱医生，怎么样？他怎么样了？周老夫子问道。

朱医生说，他的心还跳着，就是跳得急了些，没啥事的，撒几泡尿，醉上三五天就会醒过来。

好家伙，真是好酒量啊！周老夫子很激动，喝了几杯酒，他的老脸上挂上了一抹酡红。他两步跨到麦克风前，也顾不上咬文嚼字了，举起五百元钱，大声宣布道，各位乡亲父老，刘世荣赢了，我们几水诞生了一个真正的酒徒，不，是酒仙，他赢了！他不但赢了，并且生命无虞！

听了他的话，下面的人却没有欢呼，他们几乎同时失望地叹了一口气，然后又不甘心地异口同声地问道，生命无虞是啥意思吗？有人问完后还抱怨道，这个老夫子，这么关键的时候，还摆啥文采嘛！

周老夫子看了一眼人群，像一个智者面对群盲似的，无奈地摇了摇头，只好大声解释道，无虞者，就是啥事也没有！就是说，刘世荣过几天就跟原来一样了！这是我们的朱赤脚医生用他的听诊仪器诊断后宣布的。

哦——人们恍然大悟，终于放心了。

秦秀莲开始也以为“无虞”就是死了的意思，泪水一下子就涌了出来。听了周老夫子的解释，她又笑了。

有了这个满意的结果，看热闹的人心满意足地散去了，沿着各自那条铺了白雪的路往家走了。他们一路都赞叹着。没有到现场来的人都想知道结果，见了这些人就会问，怎么样？他喝下那十斤酒了吗？他赢了那五百块钱了吗？那个女人你见到了吗？她长得什么样啊？被问的人通常会停下来，眉飞色舞地、不厌其烦地、略微压低了声音，详细讲述每一个细节，那神情好像不是在讲述现实中刚刚发生的事，而是在讲述他们有幸目睹的一个传奇。

十八

陈木匠背着刘世荣回家，秦秀莲跟在他们后面。路上留下了两个人的脚印。

陈木匠把刘世荣背到秦秀莲家的路口，问她，我把他背到他的窝棚里，还是背到你家去？秦秀莲说，到我家吧。陈木匠就把他背到她家，放到床上，就告辞走了。

秦秀莲连忙拿了一个木桶，放在床头，然后又叫牛牛来帮忙，把他的嘴掰开，用手指去掏他的嗓子眼儿，掏了几下，他“哇哇”呕吐起来，吐了半桶秽物。然后，秦秀莲听到他长长地舒了一口气。这是他醉酒后第一次发出声音。秦秀莲把那半桶秽物提出去，让他漱了口，给他盖好被子，让他睡去，她和牛牛则轮流守护着他。

第二天一早，她煮了稀饭，给刘世荣端来了，但他还沉醉着，喂他，他也不张嘴。

早饭刚过，邻近几户人就找上门来，说他们家的狗死了，问是不是吃了刘世荣吐的东西醉死的。秦秀莲这才记起，刘世荣呕吐的那半桶秽物她昨天忘了倒进粪池里，不想一下醉死了七条狗。但她只能假装不知道，说，他是吐过的，等他醒了，让他给你们赔礼道歉去。

到第三天，刘世荣还是迷糊的，上厕所都要牛牛扶着才能去。第三天中午，他醒过来了，看看屋里的摆设，知道自己还活着。

秦秀莲正在忙碌，见他醒来，高兴得不行，连忙问他有没有不舒服的地方。

他晃了晃脑袋，说，没啥不舒服的，就是觉得饿。

你现在先喝碗稀饭，我这就给你端来。

他接过一大碗稀饭，呼呼地倒到肚子里去了，觉得舒服了很多，忙向秦秀莲道了谢。

你跟我还这么客气，真是见外得很！

你看我这个样子，让你照顾，真是不好意思！

你看你还说这样的话，你不嫌弃我是一个寡妇就行了。

我哪能嫌弃！

世荣哥，我孤儿寡母的，这些年，多承你照应。不管世道怎么变，你对我们母子从来没有变过。你如果不嫌弃，我就嫁给你！

秦秀莲的话很结实，像一颗颗石子掷地有声。

我……我哪儿有嫌弃，可我啥也没有！我……我早想着这一天，只是不忍心让你跟着我受苦、丢人……刘世荣低下头，仿佛自言自语。

当他抬起头，发现秦秀莲已像一阵风似的离开了。

这事，秦秀莲没管那么多，就替自己和刘世荣做了主。他们定亲那天是三月初三，他们决定那天晚上请客。

那天一大早，秦秀莲就开始忙碌了，一过中午，和她近邻的几位婶娘、嫂子就过来帮她的忙。刘世荣先去买了二十多斤酒，然后也来忙碌，他高兴得一直咧着嘴在笑。和他同辈的几位嫂子一直在开他的玩笑。

这时候，陈木匠急急慌慌地向这边跑来，他满脸惊喜，好像在人世里看见了天宫，在几水遇到了七仙女沐浴。他跑到秦秀莲跟前，秦秀莲问他怎么了，他把手撑在膝盖上，喘着气，却说不出话来。他喘了好几口气，才说，秀……秀莲妹子，走，快走，你……你快跟我去看看，你看谁回来了！

你看你疯疯癫癫的，谁啊？

走，快走，你去看了就知道了！他说完，拉起秦秀莲就跑。

其他人以为他在开什么玩笑，都嘻嘻哈哈地笑起来。

秦秀莲甩脱了自己的手，说，我这就跟你去看，我看能看到啥稀罕东西！

他们爬上屋侧的几重田坎，就到了朝东的官道的路口。

看，快看，秀莲妹子，你看那是谁？

秦秀莲顺着他手指的方向，看到了青青的麦田，一片片金黄的油菜花，一树树梨花、桃花、杏花，一株株伞一样的柏树、塔一样的松树，含苞待放的油桐树，青色的山，山下隐约可见的闪亮的几水，山后面的山，模糊的天际……

你看那路上！

哦，那路上有一个人。这有什么稀罕的？这路上天天都有人走。她说完，就要转身回去。

你再等等，等他走近了你再看看！

我哪儿有这闲工夫啊，你晓得的，我晚上要待客，肉还在锅里炖着呢。

那个人是谁你真没看出来？

这条大路每天过那么多人，我晓得是哪个啊。

他是王晓军！王晓军回来了！

陈木匠，你真能逗人耍啊！秦秀莲以为陈木匠还在开玩笑，但听到这个名字，她的心一下变得难过起来。她又往大路上望了一眼，那个人刚好被一片树林遮住了，像个梦一样消失了。她转身要走。

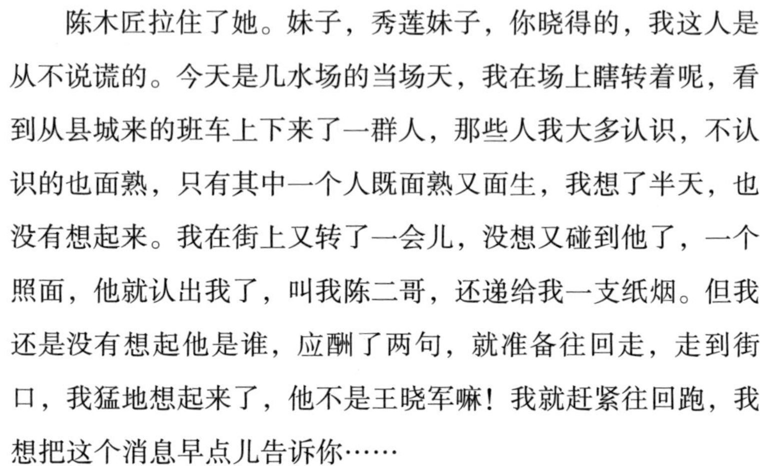

陈木匠拉住了她。妹子，秀莲妹子，你晓得的，我这人是从不说谎的。今天是几水场的当场天，我在场上瞎转着呢，看到从县城来的班车上下来了一群人，那些人我大多认识，不认识的也面熟，只有其中一个人既面熟又面生，我想了半天，也没有想起来。我在街上又转了一会儿，没想又碰到他了，一个照面，他就认出我了，叫我陈二哥，还递给我一支纸烟。但我还是没有想起他是谁，应酬了两句，就准备往回走，走到街口，我猛地想起来了，他不是王晓军嘛！我就赶紧往回跑，我想把这个消息早点儿告诉你……

真的？你……你个陈木匠，你……你……没有逗我吧?!你是说，他……他还活着……

这样的事我咋能逗你呢！他活着呢，他回来了！

你……你没有返回去再问问他是不是晓军？她的眼睛里已满是泪水。

没有，我只想着赶紧跑回来告诉你。

那你可能是看花眼了……她已泪流满面。

我还没有到七老八十的年纪，我怎能看花眼呢。你看，他在那里。

他已走出了那片树林。他穿着一套蓝色的衣服。泪水模糊了秦秀莲的双眼，她只看到了一个清瘦、模糊的身影，像梦境中的人。

十九

王晓军的冤案本来在一九七八年就该平反的，不想当年冤案的制造者还在京华大学当校长，所以就拖到了一九八〇年的夏天。他被无罪释放后，便想回家一趟，不想当时已恢复高考，他就参加了那年夏季的考试，并被北京的另一所大学录取了。他出狱后，就给父亲和秦秀莲写了信，告知了自己所有的情况。不想信寄出后，都石沉大海，他没有收到任何回音。眼看一个学年就要结束了，他思乡心切，也担心父亲和秦秀莲的命运，就决定请假回来看看。

在几水场，他碰到了很多他面熟的人，但却没有一个人认识他了，就是有些见了他有些面熟的人，也记不起他是谁了。是啊，自己离开这里的时候刚满十八岁，转眼十五年过去了，他已过而立之年。他的身上布满了伤疤，他的心里留下了伤痕……

几水的春天如此繁茂，每一个角落都是春意盎然、繁花似锦的景象。空气中充满了各种花儿和各种植物的香气，安静了一个冬天的溪流重新变得喧嚣起来，天空中飞翔着各种颜色的小鸟。有些人家已开始春耕。十多年了，他怀念故乡的春天，所以他选择这个季节回来。但这春色并没有使他的心情变得轻松起来。

他老想把自己是谁告诉遇到的人，然后问一声自己的父亲怎么样了，问一声秦秀莲嫁给了谁，过得怎样，但他没有勇气。他害怕他们的回答令他绝望。

过了一座垂挂着深绿色巴茅草的拱桥，就是那个贞节牌坊。他离开这里的时候，那个牌坊还是完好的，现在却被砸残破了，上面铺着一层浅绿色的苔藓。过了那个牌坊，他看到几个人向他跑来。

他看到了那个熟悉的身影。是的，即使那个身影已过去一百年，变得老迈弯曲，他也能认出来。他叫了一声秀莲——他没想到自己的声音会突然变得那么嘶哑——然后向她跑去，他以为自己几步就可以跑到她的跟前，没想自己会步履踉跄，像个老人。

她听到了他喊她的声音，那是他的声音——王晓军的声音，一个死而复活的声音。她知道那就是他！晓军……她呼唤了一声，她喊他了，却没有喊出来，她跑了几步，突然觉得自己没有一点儿力气了。有一种东西把她攒了十五年的力气一下抽空了，她像一朵开放得太久、一直从初春开到盛夏的花朵，疲惫得不想再保留一点儿花色，只想赶快飘落，化作泥土，消于无痕。她跌跪在田埂上，然后像一只鸟儿一样跌落在田坎下的麦田里。

王晓军一边嘶哑地喊着她的名字，一边向她飞奔过去。

秦秀莲像个婴儿一样蜷在麦田里，王晓军把她扶起来。她脸上有残留的露水，有自己的泪水，有王晓军滴落在她脸上的热泪……她的身上也有露水和麦花。她的眼角已有细小的皱纹，她的脸有些粗糙，还有皴后留下的痕迹。她浑身散发着一种由庄稼、灶屋、泥土组合而成的苦涩的乡村气息。

他拂去她脸上的泪水和麦花，把她小心翼翼地抱在怀里，好像怕她化作一缕春风，飘入虚空。两人都觉得自己是在做梦。谁也说不出一句话，都只是痛哭着。旁边的人都不相信这是真的。他们那么惊讶，像是看见了别人梦中的情景。

秀莲……我回来了！

她用粗糙的手擦拭着他脸上的泪水，说不出一句话。

秀莲，我……我还活着，是你让我活着，我为你活着……

可我……她从他的怀抱中挣脱出来，突然痛哭起来。

刘世荣看着他们，也忍不住哭了，哭得很伤心。他说不清楚自己为什么哭，他的眼泪里包含了太多的东西，有惊喜，有深深的忧伤和失落，还有他自己也说不清楚的东西。

乡邻们带着疑惑从四面八方凑了过来。这些年来，他们除了偶尔在摆龙门阵的时候提及王赤脚父子，差不多快把他们忘记了。当他们看到王晓军的时候，都不相信自己的眼睛。

哎呀，真是这孩子啊，你看，都有胡子了！

你看，一晃十五年过去了！

一看他就是一个有文化的文明人啊！

你看，他跟他爸爸王医生长得多像啊！

孩子啊，你在外头没有遭罪受苦吧？

见到他们，王晓军擦干了眼泪，不停地跟他们弯腰致敬，给他们敬上香烟。同时，他在寻找自己父亲的身影。他一会儿就把一条“大前门”发完了，他没有看见父亲的影子，就问，我爸爸呢？他怎么还没有来？我刚才看到我家的房子没有了，他是不是搬到其他地方去了？

人们一下沉默了，变成了一动不动的雕像。世界陷入寂静，似乎麦花飘落的声音都可以听见。直到一群斑鸠从头顶飞过，哈哈婶才想起不能让他一回来就伤心，赶紧说，你爸爸选了新屋基，修了新房子，他去给人家看病去了，等一会儿我们找个小伙子去喊他回来。

这样吧，我十多年没有回来了，我先回家里去看看吧。

秦秀莲背过身去，强忍住悲痛，说，晓军哥，我今天和世荣哥定亲，正好请客，刚才就在忙这事，我也请了……请了王伯伯，他看完病就会到我家来。你如果不嫌我家寒碜，就先到我那里去坐坐吧！

大家也都劝他。王晓军从人们的表情中已经预感到了什么，但他不愿意相信。他答应了秦秀莲。他故作平静地说，秀莲，你看我多有口福啊，一回来就赶上吃你们定亲的宴席。

于是，人们便拥着他，像拥着久别重逢的亲人，一起向秦秀莲家走去。

二十

大家在秦秀莲家的院子里坐下，那些来看热闹的人，听王晓军讲了这些年的经历，知道了他在监狱里受的苦，也知道他又考进了比京华大学更有名的大学，还是在北京读书，大家就散去了。这时，秦秀莲才告诉了他父亲和她娘双双跳河自杀的事情。

听到这个消息的时候，王晓军的脑袋轰地响了一声，只留下了一片空白。他的身体弯了下去，他的双膝颓然跪下，他的头伏在地上，他的泪水无声地滴落在冰凉的地板上。

秦秀莲也哭得像泪人似的，她想把他扶起来，但他像长期被苦水浸泡的石头一样沉。她见他这样，就去拿了刀头、敬酒、火纸、香烛，她把刀头敬酒摆好，把香烛点上，说，晓军，王伯伯走后，你家的房子就被充公了，他的……牌位没地方放，我就把它放在我家的堂屋里了。后来，我家的堂屋也被人拆了，就把他的牌位放在了这里。你给他磕个头，给他烧点儿纸，让他知道你已平反了，告诉他，你考上了新的大学，告诉他，你活着回来了……

爸爸呀……伯母……王晓军嘶哑地喊叫了一声，一股鲜血涌到他的嘴里，但他没有让这口血喷出来，他把它咽进了肚子里。

火纸燃烧后飘起的纸屑像黑灰色的蝴蝶，在人们头顶上飘飞。火纸烧完，王晓军站起来，向众乡亲鞠了躬，说，我对不住大家，我给故乡带来了不幸。说到这里，他特地向秦秀莲鞠了一躬，说，你和伯母是最无辜的，却因我遭受了这么大的劫难……

大队书记上去把王晓军扶住，长叹了一声，说，现在，你回来了就好了。他把王晓军一直扶到里间的屋里，哈哈婶也跟进去劝他说，晓军啊，人走了不能复活，你要想开一些。你还年轻，你前面的路还长啊，你是我们锣山最有出息的孩子，我们还指望着你呢，你在这屋里先歇息一会儿。我去把秀莲叫进来，你们还没有机会说说话呢，你遭遇冤屈后，她的日子就泡在黄连里了，那种苦味道，就是旁人，老远也能闻出来啊！哈哈婶说完，抹了一把眼泪，就出去了。

房子里有一股由潮味、泥土味、稻草味组成的窝棚的味道。窝棚低矮，房子也暗，但从小窗透进来的光可以看见房间靠后墙的地方摆着一张床，上面放着一床洗得很干净的大红底面的被子，有喜鹊闹枝和双喜图案，补着几块补丁，补丁和被面是一色的，针脚很细密，不仔细看，是看不出来的。靠西的墙角放着一个简易谷仓，他敲了敲，里面是空的，靠东的床头放着一张不知有多少年头的桌子，那面墙上很端正地贴着一个叫李文斌的孩子的奖状，从一年级到初二的都有。他坐在桌子前的板凳上，想象着这个孩子的父亲是谁，为什么现在还没有露面，为什么秦秀莲现在又和刘世荣定亲？

秦秀莲走了进来，她给他端来了一碗茶水，她把茶递给他，在床沿上坐下，把围腰解下来，显得很害羞。

秀莲，这孩子成绩很好啊，他是你儿子吧？

是的，他在公社里读初中，住校，我指望他能像你一样有文化。

孩子的爸爸呢？我现在还没见上呢。

他走了好多年了。

她给他讲述了这些年的遭遇。她显得很平静，像在述说着一件与自己没有关系的往事，只有说到两个孩子饿死的事情时，她才哭了。

王晓军的头一直低垂着，他一把把地抹着脸上的泪。秦秀莲不再说话的时候，他才抬起头来。秀莲，你怎么现在才决定和刘世荣定亲呢？

秦秀莲看着他，用汪着泪水的眼睛看着他好一会儿，摇了摇头，说，我以为等不到你了，我死心了。而世荣哥，他是个好人，这么多年来，全靠他帮我。

刘世荣在外面忙着搭酒席、劈柴、挑水。现在，他的心情更加复杂了。

挑第四挑水的时候，他把头伸进水井里，照了照自己的脸。井水清澈如镜，他看到自己的面容已显得有些老气了，额头上的抬头纹已很明显。他在水井边坐了好一会儿，他不知道自己今天为什么哭了那么多场。他记得自己已有很多年没有哭过了。

他挑着水往回走的时候，看见王晓军踱到了秦秀莲屋后的田埂上。

王晓军望着春日余晖中的故乡景色，觉得这一切是多么美啊，即使一朵小小的油菜花，也经得起细细地打量。但他的脸上却布满了悲伤和忧戚，即使美得醉人的傍晚的春光也抹不掉一丁点儿。他觉得自己好像并没有离开过这里，觉得自己还是十五年前那个山野少年。那十五年时光所串起来的场景就像一场噩梦，既漫长如同百年，又短暂得就像一个瞬间。而他，刚从梦里醒来。

他向刘世荣迎过去，老远就叫了一声世荣哥。刘世荣走近后，他递给了刘世荣一支纸烟。世荣哥，你歇一会儿吧。

刘世荣把水桶放下，把烟点了，深深地吸了一口。他不知道该跟王晓军说什么话。

王晓军不吸烟，但他也点了一支。他们蹲在田埂上，望着对面黛色的、抹着夕阳的山脊，像一对历经坎坷的、沉默的兄弟，正在追忆沧桑年华。

世荣哥啊，这些年……你过得还好吧……

活下来了，这些年，能活下来就行。秀莲妹子的两个孩子就没能活下来，还有很多人也没能活下来……

秀莲说了，这些年全靠你顾着她。

这有啥呢，我无非是出了一点儿力气。他深深地吸了一口烟，然后小心地问道，晓军，我们从小在一起长大……我现在想问你一个问题，你现在是知识分子，秀莲是一个农村的小寡妇，你……你还会要秀莲吗？这些年，你每时每刻都在她心里面。

世荣哥啊，我在外面这些年，如果不是念想着她，我可能就不会活到今天了。但我知道她不可能不成家。我这次回来之前就想好了，如果她成了家，我没有办法再娶她了，我就把她认作我的妹妹，我从此以后要像待亲妹妹一样待她；她如果是一个人在过，无论怎样，我都要娶她。但我刚才问过她，她说她有人了……

我配不上她，她跟着我只会受苦。我如果配得上她，我早就跟她讲了。我也晓得，你是刻在她骨头里的人。她嫁给李金泉，是没有办法的事，但李金泉还是保护了她，不然啊，她可能也被折磨死了。他说完，把烟屁股狠狠地吸了一口，挑起水走了。

酒席开始后，刘世荣主动讲了话。他说，今天晚上这个酒席原是为我和秀莲妹子定亲办下的，现在，晓军在外面吃了很多苦，受了很多罪，时隔十五年，回到家乡，所以，这个酒席改为为他接风！至于我和秀莲定亲的事，我们等两天再请大家！

酒席结束后，月亮已爬得老高了，银色的月光铺满了大地。酒足饭饱的客人们先后离开了，融进了月色里。

第二天吃过早饭，秦秀莲给牛添了青草，就去找刘世荣。刘世荣窝棚的门没有锁，只从外面扣着。但秦秀莲还是敲了敲门。听里面没有什么动静，她才推门进去。屋子里打扫得很干净，桌子上放着两瓶瓶装的“双喜”酒，还有一张“经济”烟的烟盒纸，烟盒纸上歪歪扭扭地写着几行字——

晓军、秀莲：

我要出门打工去了。从场上到巴州城里的早班车六点

就要发车，我就不能和你们词（辞）行了。我可能要两三年才回来。你们两个等了十五年才见面，你们两个很班（般）配。你们两个不在一起，天下的人在一起就没有乙（意）思了。我有很多祝福的话要说，我真想把天下所有祝福的话都说给你们。但我没文化，我说得出来，要写就吃力了。你们是天下最好的元（缘）分。我祝福你们在天愿作比易（翼）鸟，在地愿为连里（理）枝。我没有什么东西送给你们，留两平（瓶）酒给你们。那五百块钱我带了五十块作路费。其他的压在我床的铺草下，请秀莲妹子留着，先把牛南山那五十块钱还了，胜（剩）下的就给牛牛交学费。这钱是我赌酒迎（赢）来的，没有废（费）力气，给牛牛花是最值得的，请你们不要闲（嫌）弃，一定收下。我走了，等两年再见。

秦秀莲把那个字条读了好几遍，她的眼睛模糊了，她跑出窝棚，望着那一重重蔚蓝色的群山，哽咽着，一句话也说不出来。